# LA ETERNIDAD
# INVADE
# EL TIEMPO

Advantage™
INSPIRATIONAL

*Renny McLean*

# ~ Prólogo ~

Siempre es un honor escribir comentarios y prólogos para amigos, hijos e hijas espirituales; pero en este caso es un privilegio hacerlo para un gran amigo. El Dr. McLean es un apóstol que porta y manifiesta la revelación de la gloria de Dios. Yo creo que sus más de tres décadas de ministerio público, en las cuales él ha sido testigo de cómo los ciegos ven, los sordos oyen, los cojos andan, y los muertos son resucitados, prueban que la revelación que él trae, proviene de Dios. Cuando Nicodemo visitó a Jesús, le dijo que ninguno hace esas cosas a menos que venga de Dios, y yo creo que las cosas que les he descrito sucedieron porque Dios estaba con él.

Soy privilegiado de poder llamar al Dr. McLean, amigo. En lo concerniente al poder sobrenatural de Dios, hemos aprendido mucho el uno del otro, pese a que existe muy poca revelación al respecto. Yo creo que la iglesia nació en lo sobrenatural, pero se apartó de ello. El Dr. McLean está trayendo una revelación fresca desde el trono de Dios; es revelación fresca de lo que Dios está diciendo y haciendo ¡aquí y ahora! Recomiendo altamente este libro. Cualquier revelación que usted reciba de la lectura de este libro producirá una manifestación en su vida.

*Apóstol Guillermo Maldonado*
Fundador y Pastor del Ministerio Internacional El Rey Jesús
Miami, FL.

Verdaderamente, estamos viviendo tiempos trascendentales. Ésta es una época emocionante para estar vivo pero, más emocionante es para la persona que se ha extendido por fe hacia la eternidad y ha comenzado a traerla al presente.

La Biblia nos dice que en el tiempo final "...el conocimiento aumentará". (Daniel 12:4). Vemos que hoy hay un gran conocimiento disponible para todos como nunca antes. Los desarrollos científicos son formidables. El mundo de la medicina ha abierto nuevas vías para ayudarnos a vivir. El mundo de los negocios ha traído nuevos desarrollos, nuevas ideas, nuevos inventos, caminos más grandes, extensos y mejores para viajar, vivir y disfrutar la vida.

Si esto es verdad en lo natural, y lo es, entonces debemos asirnos del hecho de que también es cierto en lo espiritual. Dios, por revelación, nos está ayudando a aprehender las grandes verdades que Él nos ha dado a través de Su palabra. Éste no es un nuevo "Evangelio"; este manuscrito nos ayuda, por la revelación y la fe, a movernos en el ámbito del "Espíritu" para que podamos "entender mejor todo lo que Dios ha declarado".

Este libro le ayudará a ver que usted puede ir más allá de lo que ha experimentado en su caminar cristiano. Lo pondrá cara a cara con las verdades eternas de Dios. ¡Deje a Dios ser Dios! Permita que su fe adelante otro paso y comience a experimentar las grandes cosas que Dios le ha prometido.

El obispo, anciano, Dr. R.G. McLean no sólo ha escrito otro nuevo libro, sino que ha compartido con nosotros la revelación de la verdad de Dios que ha desafiado y cambiado su vida y lo ha llevado a un ministerio sobrenatural de alcance mundial.

Deje que Dios toque su corazón a través de la lectura de esta revelación de la verdad.

S. K. Biffle
*CFO Full Gospel Fellowship of Churches and Ministers Int.*

Es un honor escribir una introducción para este libro de Fe escrito por el Dr. Renny McLean. Conozco al Dr. McLean desde hace años y he escuchado muchas de sus grabaciones. Él viaja alrededor del mundo compartiendo el evangelio de Cristo con aquellos en necesidad. Les predica a miles a través de cruzadas en Asia, África, Europa e India, así como en los Estados Unidos. El Dr. McLean es una de las autoridades más destacadas en lo que respecta a la Fe en la palabra de Dios. Es un verdadero privilegio trabajar como su obispo y supervisar el movimiento del Espíritu en su ministerio. ¡Disfrute este libro y permita que la Fe cobre vida y se manifieste dentro de usted!

Obispo C.W. Goforth
*Pentecostal Church of God – Distrito de Florida*
*Obispo Asistente General Pentecostal Church of God*

# ~ Dedicatoria ~

Este libro está dedicado al Padre,
al Hijo y al Espíritu Santo
por su exquisito consejo y tutela
de aquellos que Él llama sus hijos e hijas.

Al cuerpo de Cristo de los últimos tiempos,
a aquellos que han sido llamados
y equipados para un tiempo así,
para revelar la gloria de Dios en la Tierra.

A los apóstoles, profetas,
evangelistas, pastores y maestros,
pasados, presentes y futuros,
que pusieron la piedra fundamental para todos nosotros.

Y a ti, el lector, que tu jornada en esta tierra
no termine hasta que te pares frente a Dios,
donde el tiempo ya no es más, y tu gozo
sea inexplicable y lleno de Gloria.

# ~ Reconocimientos ~

No podría haber logrado este libro si no hubiera sido por mi esposa, Marina, y mis hijos, Maranatha, Caleb y Zoe. Gracias por ser tan pacientes y apoyarme.

Mis padres, George y Mavis McLean; mis suegros, los fallecidos Charles y Clarice Headlam; y mis hermanos y hermanas, Kathleen, Angela, Paul, Rose, Patricia y Wendy; la fallecida Florence Hines quien me dio mi herencia judía; los amo, a cada uno, profundamente.

Quiero agradecerle a Dios por el privilegio de haber crecido en Gran Bretaña. El crisol metropolitano me sirvió de mucho. Aprendí a apreciar las muchas diversas culturas que se entrecruzan en Londres antes de mudarme a Dallas, Texas.

A nuestra familia de Global Glory, no hay palabras suficientes para expresar cómo me siento por su amor, apoyo y oraciones.

Y al resto del equipo de Global Glory, especialmente a nuestra cobertura espiritual, el Rev. C.W. Goforth y a la Pentecostal Church of God, Rev. Al y al Dr. Billie Deck, Chris Kennedy, Kevin Forney, Rev. Josh e Iffy Nathan.

Al Dr. Don Arnold y al Dr. Bud Biffle; tanto como a todo Full Gospel Fellowship of Churches and Ministries, Jerry y Lucretia Hobbs, Mike y Margaret Maxey, Ken y Faith Shipp, Joyce Essman en la edición de este libro.

Y un agradecimiento especial a todos los instructores del Global Glory Institute, Rev. David Alleredge, quien fue de gran ayuda en la edición de este trabajo, Rev. John y Emma Stewart, pastores Tony y Debbie Davidson, Jo Martin, Isaac y Rally Williams, Sue Gilpin, Billy y Cynthia Thompson, Rev. Barrington y Maxine Burell, obispos Keith y Winnie McCloud, Rev. Gordon y Louise Young, Ron y Beverly Prestage, Bill y Connie Wilson y Madre Jenkins, pastores Paul y Kathy Melnichuk y el Palacio de oración de Toronto.

Emma Butler, Bob y Sharon Koons, Ruth Meadows, Rev. Ervin y la fallecida Mabel Smith, y Rev. Ademas.

Sería negligente de mi parte si no mencionara a la fallecida Ruth Ward Heflin, Benny Hinn, Dr. Morris Cerillo, Dr. T.L. Osborn, y a los miles de hijos e hijas alrededor del mundo. Que Dios bendiga a cada uno por su inversión en mi vida y ministerio. Son incontables las personas que le han abierto las puertas a nuestro ministerio alrededor del mundo y, a cada una de ellas, le quiero expresar mi agradecimiento de corazón.

Y a Dios, el Creador de todo lo visible y lo invisible; al Padre, al Hijo y al Espíritu Santo, porque sin Él nada de lo que fue hecho sería, incluyéndome a mí. Señor, Tú eres mi Rey soberano, mi Príncipe de Paz, mi Padre eterno y la Salvación de mi alma. ¡Alab-A-Lei-Lu-Ya! porque nuestros nombres están escritos en el Libro de la Vida del Cordero.

*Dr. R. G. McLean*

# ~ Introducción ~

Al Dr. R.G. McLean se le ha preguntado ¿a qué colegio e Instituto bíblico asistió y por cuánto tiempo estudió allí? ¿Dónde aprendió la vernácula para describir las cosas no discernidas que es capaz de expresar tan gráficamente? Mi respuesta, por lo general, es: "Yo estudié en el Calvario. Mi seminario fue a los pies del Señor. Mi vocabulario es el que los ángeles me traían con la revelación en los primeros años y de mi visita a los Cielos en los últimos años". Esos primeros encuentros capturaron mi pasión a tal punto que nada más importaba, fuera de entrar y quedarme en la gloria de Dios. Me vi dedicado a la presencia del Señor y a lo que Él establecería como mi estilo de vida. A partir de allí, mi vida se convirtió en una disciplina de oración, ayuno y adoración.

Antes de que lea este libro quisiera anticiparle que comprenderá al Creador con un entendimiento renovado. El Diccionario Webster describe la palabra "Dios" como: "el gobernador del Universo, considerado infinito, lleno de poder, Ser Supremo Todopoderoso".

La iglesia encuentra las palabras "sobrenatural" o "gobernador supremo" como una frase rara para describir a Dios. Sin embargo, la ciencia ficción y las organizaciones gubernamentales y religiosas pueden establecer los límites de lo que se considera normal o sobrenatural. Aunque por otro lado, los medios de comunicación nos han insensibilizado con respecto del asombroso poder de Dios.

Yo desafío al creyente a redefinir su entendimiento de las verdades básicas de su caminar con Dios. Yo describo la fe como una antena cuya frecuencia está sintonizada con las ondas espirituales que vienen directamente del Trono. La fe es también la moneda del Cielo. Usted necesita fe para ver a Dios, para negociar con Dios a Su nivel, y para hacer extracciones de los recursos de la Gloria. Es sólo a través de la fe que la mente puede concebir que el mundo fuera formado con los principios invisibles que el Padre tiene que revelar. La ciencia no puede razonar la fe; tampoco puede explicarla.

El trabajo del diablo es mantenerlo enfocado en lo que usted puede ver versus lo que ya existe en el ámbito del Espíritu. Por consiguiente, usted queda reducido a creer sólo lo que ve. La religión también ha jugado una gran parte en su incredulidad, pues lo mantiene atado a su pasado, negando su presente y retrasando su futuro. Como resultado, usted no tiene bases para construir su fe sobre la palabra de Dios.

Muchos de ustedes mirarán el título de este libro, La eternidad invade el tiempo, y se preguntarán ¡de qué se trata todo esto! El tiempo es el hijo de la Eternidad, la eternidad fue antes que el tiempo, y el tiempo fue puesto en la Creación en el cuarto día. Dios puso al sol para gobernar el día y la luna para gobernar la noche, estableciendo así el tiempo y las estaciones.

A través de las páginas de este libro usted entenderá que el tiempo se está alineando con los propósitos eternos que fueron establecidos antes de la fundación del mundo. La Biblia declara que el Cordero fue muerto antes de la fundación del mundo. Sin embargo, tomó tiempo –cuatro mil años– ver la obra actuada a través de Jesús.

Usted será desafiado a hablar desde el ámbito eterno al tiempo. Aprenderá los principios que le ayudarán a activar los milagros en su ministerio. Usted no puede ver milagros aplicando un marco natural de tiempo, porque de ser así, siempre se perderá la manifestación del milagro. Todo en el ámbito eterno ya ha sucedido. Los milagros ya ocurrieron. Las partes del cuerpo que faltan, las necesidades financieras, emocionales y relacionales ya fueron suplidas. Usted tiene que llamarlo desde el ámbito en que ya existe al ámbito en el que se manifestará.

Yo hablé acerca de haber visto nuevos mundos ser creados en una de mis visitas a los Cielos; vi nuevas estrellas ser creadas por el poder de Dios, sólo para Su placer. Vi universos que no podría alcanzar a comprender que entrarían en nuestra estratosfera. Si bien el Time Magazine y el telescopio de la NASA siempre están verificando la existencia de nuevos planetas y estrellas más allá de nuestra galaxia, yo no espero a que la ciencia confirme lo que he visto en los Cielos como mi realidad; yo visito los Cielos para ver la realidad de donde fui formado.

Usted está comenzando una gran jornada; su apetito se encenderá de pasión por la presencia del Creador. Visitará las cámaras secretas del Padre para adorarlo y recibir de Él los misterios, cara a cara. Verá la ciencia de una manera totalmente nueva. No será la ciencia dándole a usted el razonamiento y las teorías para basar su entendimiento; será el conocimiento revelado el que le dará la definición del ámbito que no se ve. Su vida y ministerio tomarán las características de los Cielos. El vocabulario del Cielo se hará suyo. Hoy siéntese, quítese los zapatos, quite los relojes y apague sus alarmas. El tiempo está a punto de ser invadido por el destino eterno de Dios. ¡Alab-A-Lei-Lu-Yah!

# ~ Contenido ~

# Capítulo 1

## Mi vida de niño

*"Los genios y los profetas, por lo general, no se destacan en el aprendizaje profesional, y su originalidad, si alguna, a menudo es debida precisamente a ese mismo hecho".*

J.A. Schumpeter

Érase una vez, en un lugar donde el tiempo no era, una voz que llamó a un ser creado. El ser fue instruido sabiendo que tenía un destino y que el plan predeterminado para él estaba comenzando. Y por el milagro de la Palabra hablada de su Creador, el ser salió de la eternidad. En este ámbito eterno su Creador tenía el conocimiento previo del ser. Ese ser recibió un nombre no conocido por el hombre o por sí mismo, y luego fue puesto en la semilla de un hombre en la Tierra. El hombre conoció a la mujer que estaba destinada a llevar la semilla hasta completar su ciclo y juntos crearon un ser de destino. Ese ser de destino era yo. Ahora estoy en un tiempo determinado para el destino que Él tiene para mi vida. Pero no todo comenzó tan simple como estas pocas primeras líneas.

Yo nunca he sido un estudiante muy interesado en las conclusiones del hombre. Durante mi crecimiento en Londres, me sentía atraído por las cosas de Dios de tal manera que mis maestros pensaban que era un soñador. Creo que había un poco de verdad en aquello, pero no estaba soñando con no estar en el salón de clases, estaba reviviendo las experiencias que venía teniendo desde mi infancia.

Estos sucesos eran tan poderosos que hacían las cosas comunes del salón de clases un poco aburridas. Los soñadores viven en el más allá, en el futuro, aunque vivan en el aquí y ahora.

El Espíritu de Dios comenzó a desvelar las verdades escondidas en la palabra de Dios. Yo fui creado para comprender esas cosas, aunque no tengo entrenamiento. Tenía la habilidad de comprender conceptos eternos que para otros eran complicados y confusos. Con el transcurso de los años alcanzaría un conocimiento funcional de la Palabra y el corazón de Dios. El ámbito profético se hizo más real para mí que la misma realidad que estaba viviendo. Las naciones del mundo se convirtieron en el latido de mi corazón.

Yo he tenido el privilegio de enseñar en muchas escuelas bíblicas, y en todas me han preguntado: "¿A qué escuela asistió usted?" Yo simplemente les respondía con la mejor respuesta que les podía dar: "Aprendí en la clase de postgrado en el ámbito de la gloria de Dios". La expresión de sus rostros lo decía todo. Ellos no podían entender lo que les decía. Algunos pensaban que era un altruista arrogante, cuando ése no era el caso. Finalmente, compartía con ellos lo que quería decir. Después de explicarles, los estudiantes comenzaban a hacerme preguntas, y yo compartía con mucho entusiasmo lo que el Espíritu Santo me había dado con esos corazones hambrientos. Yo confío en que su corazón está hambriento de conocerlo a Él y la maravillosa colección de verdades y revelaciones que Él ha preparado para todos Sus hijos. Oro para que usted encuentre el conocerlo tan apasionante como lo ha sido para mí. Este gran Creador es más de lo que puedo comenzar a compartirle; pero en la medida que pueda, lo haré. Mi historia no es tan inusual. Hay muchos que han tenido experiencias similares a las mías y han sido usados por Dios. Sólo se trata de que yo estoy aquí en este tiempo para compartir mis comienzos con usted, tanto como aquellas cosas que aprendí a través de esos preciosos momentos que pasé en Su presencia.

Yo he estado en el Cielo en varias ocasiones, lo que en las Escrituras se describe como "ser arrebatado en el Espíritu". Para algunos de ustedes este comentario tendrá un efecto profundo, mientras que para otros los comentarios que hago en este libro les generarán preguntas. Así que pongámonos de acuerdo desde el principio en que yo contaré mi historia con un corazón honesto, sin astucia ni manipulación. Éste será un relato de lo que me ha sucedido a mí y de cómo lo he experimentado. La referencia ocasional que pueda hacer a un milagro en uno de los servicios será precisa y verificable. Éste no es un libro para que te impresiones conmigo. Éste es un libro que, oro sinceramente, te dejará impresionado con Él. Y si yo vengo a ti con el corazón abierto, te voy a pedir que lo leas con una mente abierta, y que no me juzgues en ninguna medida, porque lo que me ha sucedido es mi testimonio en cuanto se refiere a lo que yo he presenciado.

Así que comencemos con pequeñas porciones de información básica. Yo fui salvo a los cinco años de edad, y en ese tiempo tuve mi primer encuentro con la presencia manifestada del Señor. Cuando tenía siete años tuve una experiencia sobrenatural que cambió mi vida. La recuerdo como si fuera ayer. Me estaba preparando para dormir y, como de costumbre, oraba y decía: "Alabado sea el Señor ¡Aleluya! Gracias Señor, por el día de hoy; gracias por la salud y la fortaleza. Gracias por mi mami. Gracias por mi papi. Gracias por todos mis hermanos y hermanas. Te amor Señor".Tan pronto como me tapé la cabeza con la frazada, una luz vino a mi habitación que no era resultado de la electricidad. De la luz venía la persona de Jesús. Vi la entrada del Cielo y Él me miró y me llamó para que fuera hacia Él. De repente, me di cuenta de que no estaba en mi habitación. Las paredes se habían desvanecido, no había techo, sólo la luz de Su gloria que llenaba cada dirección en la que yo miraba.

‖‖‖‖‖‖‖‖‖‖‖‖‖‖‖‖‖‖‖‖‖‖‖‖‖‖‖‖‖‖‖‖‖‖‖‖‖‖‖‖‖‖‖‖‖‖‖‖‖‖‖‖‖‖‖‖‖‖‖‖‖‖‖‖

*"Los colores en el Cielo estaban vivos e irradiaban la presencia de Dios".*

‖‖‖‖‖‖‖‖‖‖‖‖‖‖‖‖‖‖‖‖‖‖‖‖‖‖‖‖‖‖‖‖‖‖‖‖‖‖‖‖‖‖‖‖‖‖‖‖‖‖‖‖‖‖‖‖‖‖‖‖‖‖‖‖

Vi los seres angelicales alrededor de Su trono en adoración. Vi un arco iris alrededor del trono en colores vivos. De alguna manera, entendí que los colores en el Cielo estaban vivos e irradiaban la presencia de Dios. Estaba consciente de que los colores en el Cielo respondían a un sonido. Mientras seguía observando lo que sucedía me di cuenta de que la adoración alrededor del trono afectaba los colores del arco iris y de los colores que rodeaban Su trono. Mientras el Señor me hablaba, comenzó a mostrarme cosas que no he olvidado hasta hoy día. Vi la vida como Él la ve. Era totalmente distinta de como nosotros la consideramos. No hay palabras para explicar lo que observé. Debes recordar que yo era un niño, con el entendimiento de un niño. Llegaría a comprender las cosas que vi con mayor claridad conforme fuera creciendo. Luego fui llevado adonde el tiempo comenzó. Vi momentos en el tiempo donde las cosas sucedieron en la Tierra que tenían relevancia profética. Incluso a esa temprana edad, de alguna manera, entendí el concepto de la eternidad invadiendo el tiempo. Fue fácil para mí ver que el tiempo fue un evento creado.

Mi querido lector, el tiempo es el hijo de la eternidad; es la cría del diseño eterno. El tiempo no pudo, no podrá o no puede ser mayor que la eternidad. A veces, cometemos el error de buscar una respuesta en el tiempo. Hay un antiguo dicho que dice que el tiempo cura todas las heridas, pero la verdad es que el tiempo no posee el poder de hacer nada. Eso es una ilusión. Aquello de donde el tiempo nació tiene la respuesta. La eternidad fue el vientre de donde salió el tiempo. Fue un producto de Su diseño. El original debe estar ahí antes que cualquier réplica, de cualquiera de sus partes, pueda ser fabricada.

Cuando la presencia física de Jesús entró en mi cuarto, se paró frente a mí a los pies de mi cama. A su lado había dos hermosos seres angelicales.

Él me dijo: *"Te he llamado a predicar. Dirás cosas que salen del trono. No serás enseñado por el hombre, ni tu mente será formada como la mayoría de los hombres. Tú serás formado por Mí. Yo trataré contigo de acuerdo con las temporadas de tu vida. Te he llamado a las naciones".*

Cuando Él dijo la palabra "naciones", un globo emergió de Su boca. Vi estrellas celestiales cernirse sobre cada lugar en el que yo estaba supuesto a predicar. Podía ver cada nación a la que luego iría a ministrar por Él. Cuando, más tarde en mi vida, fui a las naciones fue tan natural para mí estar allí porque había estado allí en el Espíritu cuando era un niño.

Para cuando tenía doce años ya estaba predicando. No hablo de leer una Escritura en un servicio, me paraba en el púlpito y predicaba. Se me hacía tan fácil entonces como lo es ahora. Él me estaba formando con Su mano.

Una de las veces que estuve sentado frente a Él, el Señor me dijo:

*"La revelación que pondré en tu Espíritu te llevará más allá de lo que has sido usado en toda tu vida. En los últimos años antes de Mi retorno, te usaré para llevar las revelaciones de los Cielos a mi pueblo".*

Recuerdo que le decía a mi madre acerca de mis visiones, y ella pensaba que yo estaba un poco loco en aquel tiempo. La gente en la Iglesia Pentecostal en la que había sido criado no se sentía cómoda con un niño con el tipo de ministerio que yo tenía, a una edad tan temprana. Tienen más temor del don que de verlo por lo que es. En lugar de reconocer Su presencia, y exclamar su gozo de que Dios hubiera escogido poner Su mano sobre alguien tan joven, criticaban y eran de mente cerrada. Más tarde, entendería que esto no era nada más que el espíritu de religiosidad de aquella denominación. Ellos temían que algo no estuviera bien debido a que sucedían tantas manifestaciones a mi alrededor. Yo no hacía nada más que hablar desde mi corazón, y las manifestaciones sólo sucedían.

Yo sabía que el Señor estaba a cargo de mi vida y nada de lo que dijeran me haría cambiar de mentalidad o lo que estaba haciendo por Él. Yo había decidido ser fiel a la carga que me había dado en esas palabras. Amo la Iglesia con profunda pasión, y estoy totalmente consciente de que no puedes vivir en el entusiasmo de las manifestaciones, no importa lo grandiosas que sean. Pero debemos tener revelación antes de que podamos tener manifestación. ¡No se puede sacar agua del fuego! se necesita fuego para encender un fuego. Se necesita cierta cantidad de lluvia para provocar una inundación. Sin un flujo constante de revelación, las manifestaciones no permanecen. Es conveniente que tengamos revelación. No estoy hablando de doctrina. Si la doctrina pudiera traer el avivamiento estaríamos en el mayor avivamiento que el mundo haya visto hasta ahora.

Sin lugar a dudas, yo fui destinado a predicar una palabra "Jréma" a la familia de la fe. Alguien me preguntó por qué los milagros suceden tan fácilmente en nuestras reuniones. Mi respuesta fue: "El séptimo día es un día de descanso. Como yo descanso en Él, yo no lo hago. Dios es el que lo está haciendo. Yo no hago que los milagros sucedan. ¡Él lo hace!" Yo llegué a una conclusión, a una edad temprana, de que la fe es un poderoso estado de conciencia del mundo invisible y sus realidades. Los milagros suceden en el tiempo señalado por Dios para que sucedan. Él ya planeó eso desde el mismo comienzo del tiempo.

> 1 Corintios 2:6-11 (RV)   *"Sin embargo, hablamos sabiduría entre los que han alcanzado madurez; y sabiduría, no de este siglo, ni de los príncipes de este siglo, que perecen. Mas hablamos sabiduría de Dios en misterio, la sabiduría oculta, la cual Dios predestinó antes de los siglos para nuestra gloria, la que ninguno de los príncipes de este siglo conoció; porque si la hubieran conocido, nunca habrían crucificado al Señor de gloria. Antes bien, como está escrito: Cosas que ojo no vio, ni oído oyó, ni han subido en corazón de hombre, son las que*

*Dios ha preparado para los que le aman. Pero Dios nos las reveló a nosotros por el Espíritu; porque el Espíritu todo lo escudriña, aun lo profundo de Dios. Porque ¿quién de los hombres sabe las cosas del hombre, sino el espíritu del hombre que está en él? Así tampoco nadie conoció las cosas de Dios, sino el Espíritu de Dios".*

¡Lo mejor está por venir! Estamos en un momento crítico en la historia del planeta Tierra. Ahora mismo, nada de lo que sucede en la Tierra carece de significado espiritual. Cada uno de los eventos tiene razones tan poderosas para suceder, que a veces se torna difícil percibir el propósito divino en ellos. Las áreas de la política, la educación, la cultura, la sociología y la economía están siendo sacudidas. Las guerras que arrecian alrededor del mundo son el mero cumplimiento de las Escrituras proféticas que anunciaron sus llegadas. Ahora mismo todo está sucediendo de acuerdo con el plan de Dios. Recuerda, más allá de lo grande que la Iglesia es, y fue, todavía hay más por ver. Por encima de todos los movimientos de Dios que hemos experimentado, lo mejor aún está por venir. Tiene que ser algo más grande que lo que hemos experimentado hasta ahora. Todavía hay millones de personas fuera del reino de Dios; todavía hay enfermedades en la Iglesia de hoy que no han sido sanadas, y enfermedades que aún deben ser curadas. ¿Qué necesitamos para que nos demos cuenta de que lo que hemos estado haciendo durante todos estos años no está funcionando? Debemos cambiar el curso. Tenemos que reconsiderar el modo en que interactuamos con la palabra de Dios, sin mencionar Su presencia.

Hemos presenciado cosas tremendas, sin embargo, por enormes que sean tenemos que ver más allá de ellas. Debemos mirar más allá de lo que vemos incluso ahora. Debemos mirar adónde está Él ahora. Debemos seguir avanzando y buscar esas cosas más grandes de Dios. Él nos dijo en Su palabra que haríamos mayores cosas que las que Él hizo. Si observas el simple hecho de que nos movemos alrededor del globo a una velocidad mayor para llevar Su mensaje a las naciones, eso en sí mismo es una de las maneras en que hacemos mayores cosas que las que Él hizo. Cuando el apóstol Pablo enviaba una carta a una de las iglesias, la gente se reunía, con pergamino y pluma en mano, para copiar las palabras a medida que eran leídas. No puedo comenzar a contar cuántas versiones de la Biblia tengo en mi biblioteca. Eso es hacer mayores... cuando veo toda la maravillosa programación cristiana que se pone en el aire, otra vez recuerdo que esto también es una situación de mayores cosas.

Mientras Jesús y sus discípulos estaban limitados por su esfera de influencia a un espacio geográfico más pequeño, el impacto de lo que lograron se multiplicó millones de veces a medida que el mensaje iba alcanzando el mundo. Hubo un tiempo en que todo el mundo conocido se consideraba cristiano. Hoy, con todos los avances tecnológicos en las comunicaciones, tenemos acceso al mundo a través de la Internet, sin mencionar la televisión y la radio. Nuestra ubicación geográfica no es más importante de lo que era en aquellos días. El contenido del mensaje, o debería decir el poder en el mensaje, es lo que lleva la información y la distribuye a las masas.

Le agradezco a Dios por todo lo que he presenciado. Todos los milagros, maravillas, señales, manifestaciones, los hechos gloriosos y asombrosos siempre han sido apasionantes para mí como para aquellos que asistieron a los servicios. Como no soy yo quien los hace, me entusiasmo tanto por ver lo próximo que Él hará como cualquier otra persona. Le he pedido a Dios muchas cosas. Una de ellas es la salvación de mi familia. Aún hay miembros de mi familia que no son salvos. Ellos han estado en mis reuniones y han visto con sus propios ojos toda clase de maravillas y milagros hechos por Dios, pero aún no son salvos. Sin embargo, yo continúo parándome en la palabra de Dios, donde Él promete que toda tu casa será salva y libre.

En Hechos 16:31 (RV), leemos: *"Ellos dijeron: Cree en el Señor Jesucristo, y serás salvo, tú y tu casa"*.

Estoy tan agradecido con el Señor por el hecho de que mis hijos lo estén sirviendo. Maranatha, Caleb y Zoe son hijos brillantes. Me ayudan en la oficina del ministerio durante el año, de mil maneras diferentes. Nunca dejan de asombrarme con los conceptos del mundo en que viven. Vivir aquí, en los Estados Unidos, les ha dado una perspectiva completamente diferente comparada con sus primeros años en Londres. Decir que se han americanizado sería una afirmación inapropiada; más bien, son niños globales, con una visión global en la que la mayoría de nosotros no hemos sido formados. Yo no tengo ni la menor idea de cómo operar una computadora, pero ellos saben todo acerca de eso. Parecen crecer con fuerza en el mundo de la tecnología. ¡Yo, por lo pronto, he conquistado mi teléfono celular!

Si me conociera tan bien como algunos, se daría cuenta de que todavía mantengo una fascinación infantil cuando se trata del ámbito de la gloria de Dios. Estoy fascinado con cómo interactúa con nosotros, con que es el adhesivo que nos mantiene unidos. La gloria de Dios todavía me asombra. Haber estado en los Cielos, haber caminado las calles de oro, haberme parado en el salón del trono, haber hablado con los ángeles y haber sido instruido en la presencia manifestada del Señor ha dejado una impresión en mi espíritu que nada puede borrar. Alguna gente me ha preguntado por qué no he compartido todas las cosas que he visto en esas visitas a los Cielos. Hay una respuesta muy simple para dicha pregunta: No es el tiempo de revelar esas cosas. Hay momentos en que me siento como el profeta Daniel, Juan el revelador y Pablo el apóstol, que fueron instruidos acerca de cosas que no podrían compartir hasta determinado momento. Una vez más vemos esa palabra, "tiempo". Si bien no tiene efecto en la eternidad, sirve para aquello que es profético.

Dios me ha dado un poderoso mandato para compartir más de lo que he compartido hasta ahora. Y a medida que Él me libera para compartir estas revelaciones, usted las oirá y las leerá impresas. Algunos tendrán que buscar sinceramente el entendimiento a medida que lean este libro. Los conceptos no son naturales para la mente del hombre. Hay frases que no son parte del vocabulario del hombre moderno. Cuando las encuentre no les tenga miedo ni pelee contra ellas; no son más que conceptos milenarios para este tiempo. Lo que está oyendo es Su vocabulario. Aquellos que tengan oído para oír, oigan lo que le dice el Espíritu a la Iglesia en este tiempo. Estamos recibiendo instrucciones que determinarán nuestro rol en estos últimos días.

Usted debe aprender a reconocer Su voz. Es imperativo que lo conozca como Él lo conoce a usted desde la eternidad. Usted es ese individuo de quien Él tenía conocimiento previo. ¡Él sabe los planes que tiene para su vida, y son para que prospere y para darle un futuro! Deje que su entendimiento se tome de Sus promesas.

El Dios del Universo siempre lo ha tenido en su plan maestro. Eso es suficiente para hacer que cada hombre, mujer, niño y niña, levante su voz a los Cielos y declare las maravillas de Dios.

¡Señor de Gloria! ¡Eres digno de toda la alabanza!

# Capítulo 2

## La creación del tiempo

*"Los planetas detuvieron su curso para oírlas, mientras la brillante pompa seguía ascendiendo, extática de júbilo. ¡Abríos eternales puertas!, iban cantando. ¡Cielos, abrid vuestras vivientes puertas, y entrad al Creador magnificente que vuelve terminada ya Su obra de seis días, un mundo!"*

MILTON

Cuál es el gran misterio de los primeros siete días de la Creación? La mente agnóstica, ateísta y científica dice que debe haber habido una gran explosión que causó que todas las formas de vida vinieran a la existencia. Bien, hubo un gran ruido, está bien, sólo que no fue del tipo del que ellos hablan. El ruido alto que se oyó fue la voz del Todopoderoso penetrando lo vasto de Su percepción en el ámbito eterno mientras Él hablaba a la existencia aquello que ya había creado dentro de Su ser. Todo lo que tenía que hacer era llamar de Sí mismo aquellas cosas que eran parte de Su gloria, y ellas responderían.

¡La parte verdaderamente interesante de Su creación es que Él tomó el tiempo en el séptimo día para descansar! Este entendimiento de cómo Él creó de Sí mismo todas las cosas puede probar ser una de las mayores llaves para manifestar las revelaciones espirituales que aprenderás a medida que lees este libro.

Hay tres elementos necesarios para esta jornada: fe, imaginación y visión. Debes leer este libro en el ámbito de la fe. Sin ella no oirás lo que el Espíritu dice. La imaginación es una de las características del lado creativo de Dios. Él imaginó todas las cosas que creó, luego las habló a ser. Debes confiar en el ADN del Todopoderoso que reside en ti. Para ver en el ámbito invisible de lo sobrenatural debes tener visión. Sin visión perecerás en medio de algunos de los momentos provocadores más pensados que hayas experimentados. Tendrás que visualizar y percibir el ámbito de Dios tanto como Sus conceptos.

Ahora te invito a correr la cortina de ese evento llamado Creación. Tienes una butaca y una invitación escrita del Rey de reyes, para observar y ver que el Señor es bueno y Su misericordia es para siempre. La creación que ves es la evidencia y la prueba positiva de que Dios ha hablado.

> GÉNESIS 1:14-18 (RV) *"Dijo luego Dios: Haya lumbreras en la expansión de los cielos para separar el día de la noche; y sirvan de señales para las estaciones, para días y años, y sean por lumbreras en la expansión de los cielos para alumbrar sobre la tierra. Y fue así. E hizo Dios las dos grandes lumbreras; la lumbrera mayor para que señorease en el día, y la lumbrera menor para que señorease en la noche; hizo también las estrellas. Y las puso Dios en la expansión de los cielos para alumbrar sobre la tierra, y para señorear en el día y en la noche, y para separar la luz de las tinieblas. Y vio Dios que era bueno".*

¡Qué increíble despliegue del poder creativo de Dios debe hacer sido esta serie de eventos! Imagina a Dios Padre, Dios Hijo (Jesucristo) y al Espíritu Santo en la ciudad celestial. Miraron a lo lejos y vieron una esfera sin belleza, sin una atmósfera que diera vida, vacía de vida, más parecida a un bulto de arcilla esperando que un escultor ponga sus manos en él. Todo lo que se podía ver era una masa suspendida en el espacio.

Desde la vista de nuestra butaca preguntamos: "¿Qué va a hacer Él con esta masa deforme? ¿Cuál es el propósito de todo esto? ¿Cuál es mi rol en este drama eterno?" Tal vez no tengamos conocimiento de los pensamientos más íntimos de nuestro Padre celestial, pero podemos leer el recuento en Génesis y visualizar el misterio del Universo delante de nuestros propios ojos mentales.

En el comienzo no había leyes que regularan el tiempo, las estaciones, las situaciones y las circunstancias, porque estas cosas no existían en la realidad todavía. En el principio existía sólo el ahora. De la boca de Dios saldría la expresión de Su voluntad y sus deseos. Cada emisión verbal que sale de Sus labios se cumplió con obediencia cuando la materia y la sustancia fueron declaradas divinamente, y luego controladas. La misma esencia de la vida de sus pensamientos fue empujada a la existencia, y vista cuando Él habló. Los pensamientos se convirtieron en palabras y las palabras se convirtieron en una realidad objetiva. Todo fue sujeto al propósito de Su corazón. El sonido de Su voz precedió la manifestación visible de cada obra creativa. Él dijo: "Sea la luz" y la luz fue. Por favor, note que el sonido de Su voz precedió la manifestación. Esta verdad tendrá mayor impacto a medida que avance en la lectura de este libro. El sonido precede la vista.

El hombre occidental ha sido equipado con el concepto de establecer y cumplir metas. Vamos a dormir por la noche, ponemos la alarma y, a la mañana siguiente, la alarma suena y es hora de levantarse. Durante el resto del día miramos nuestros relojes para ver qué hora es: hora de nuestro café, hora de almorzar, hora de salir del trabajo. Luego, miramos nuestro reloj para asegurarnos de no perder las noticias y el estado del tiempo.

*"El tiempo no es un absoluto, porque sólo existe cuando sus parámetros están definidos por absolutos".*

Después de la cena vamos a un lugar de parada, cerramos el día y nos vamos a dormir. La siguiente mañana, la alarma suena y comenzamos el día otra vez. Nunca pensamos acerca de las pequeñas agujas que dan la vuelta sobre la cara del reloj midiendo el tiempo. Para la mayoría de nosotros, el tiempo no es nada más que un instrumento de medición alrededor del cual planeamos nuestro día, o el parámetro dentro del cual suceden las cosas.

Por ejemplo, ¿cuántas veces has oído a alguien decir: "Desearía tener más tiempo", "Estás perdiendo el tiempo", "Si tan sólo tuviera más tiempo"? Todas son frases aceptables. Cada una denota un propósito que depende del tiempo, si bien ninguna de ellas es posible de cumplir. Uno no puede tener más tiempo, no puede perderlo ni puede tener más. El tiempo no es un absoluto porque sólo existe cuando sus parámetros están definidos por absolutos. Y esos absolutos existen por, y a través de, aquello que Dios ha hablado y creado. Es tan ilusorio como el viento. Déle una mirada a su reloj pulsera. Mire cómo el segundero se mueve sin esfuerzo. A medida que cada movimiento empuja la manecilla, el tiempo se evapora en el aire; pero no lo puede ver irse o desaparecer. Simplemente se va, para nunca ser recuperado. Aunque reseteara el reloj una hora antes no tendría efecto en el tiempo. Esa hora se fue. En lo que le llevó leer el último par de párrafos, el tiempo, como lo conoce se deslizó silenciosamente. Los momentos que acaban de pasar nunca serán recapturados.

Este actual Universo sólo es un elemento del reino de Dios, aunque es uno muy maravilloso e importante. Es totalmente absurdo para nosotros pensar que algún libro puede comenzar a revelar los intrincados mecanismos del cómo y el por qué de los planes y propósitos de Dios. Así que tomemos los próximos momentos para observar este fenómeno llamado tiempo. El tiempo fue creado, del mismo modo que nosotros fuimos creados. El tiempo fue definido por Dios, tanto como nosotros fuimos definidos por Él. Nosotros, junto al tiempo, no siempre existimos. Él lo creó todo.

El tiempo es el producto de un concepto de donde se derivan las conclusiones científicas relacionadas con la rotación de la Tierra alrededor del sol, y la rotación de la luna alrededor de la Tierra. Sin la operación de la rotación del sistema planetario no habría calendario, mucho menos una manera de medir los días, o la edad de una persona.

Dios puso la Tierra en el tiempo mientras que el hombre fue creado para la eternidad. El hombre no fue diseñado para morir o enfermarse; fue hecho para vivir en, ser lleno de, y existir en y fuera de la gloria de Dios. La atmósfera original de la Tierra era la gloria de Dios, que es su presencia total manifestada. El hombre fue creado para vivir en esta atmósfera, o gloria de Dios, con la distinción de poseer el ADN de Dios. Tenía el aliento de Dios. Él era inspiración divina. Era el ser de Dios en la Tierra. No tenía edad, creado para vivir en, y para, la eternidad como su Creador en Su ámbito.

El tiempo no es una de las características de la gloria de Dios. El tiempo se define por días, meses, estaciones y años. Pero Dios no fe ni es definido por el tiempo. Esto explica por qué la Iglesia no entendió el poder del ámbito sobrenatural de Dios. No hay tiempo fijado al poder de Dios.

Los milagros están en un ámbito más alto, sin la influencia del tiempo, mientras nuestras circunstancias son producto del tiempo. Una circunstancia es un acontecimiento dentro de un período de tiempo con un comienzo y un final. Imagínese de pie en un círculo donde hay un principio y un final. Lo único que puede romper este círculo de tiempo es la fe.

La fe es una ley más alta que el tiempo. La fe es salir fuera del tiempo y subir a la eternidad. Estamos tan orientados a las crisis que no nos damos cuenta, o no vemos, la gloria de Dios porque nos hemos conformado al ámbito de los sentidos. Lo que realmente vemos obedece al intelectualismo y a los hechos, no a la verdad. La fe opera desde la ley de la verdad, no del hecho.

Por ejemplo, sus circunstancias son temporales. Esto en sí mismo es un hecho. Pero en el nombre de Jesús, usted no opera en el hecho, sino en la verdad. La verdad es que por Sus llagas usted es sano. La verdad siempre reemplaza los hechos y el intelectualismo porque Dios reveló la verdad en la persona de Jesucristo cuando dijo: "Yo soy el camino, la verdad y la vida" en Juan 14:6. Por lo tanto, para el hombre que conoce sus derechos como ciudadano de los Cielos, el tiempo fue hecho para servirlo. El hombre no fue diseñado para servir al tiempo.

El tiempo es parte de la materia, y no al revés. El tiempo no es parte de la fe. La fe es la materia de Dios. Es la sustancia o material que representa elementos hechos por Dios para servir en un propósito eternal. El tiempo fue diseñado y creado específicamente para la Tierra; no existe fuera de este planeta. Los Cielos son gobernados por Su gloria, que es el ámbito de la eternidad donde no hay tiempo, como lo conocemos en esta Tierra. Por consiguiente, cuando entramos en la Gloria experimentamos Su "ausencia de tiempo". Es otro mundo. Es imposible separar la presencia de Dios de la eternidad o la ausencia de tiempo.

Los científicos han hecho un descubrimiento que debería ponernos a pensar. Descubrieron que la velocidad de la luz se está desacelerando. Esto es porque cuando los dos mundos colisionan la eternidad invade el tiempo, y el ámbito dominante, la eternidad, desplaza al tiempo. El Cielo se está acercando a la Tierra con el advenimiento del glorioso Día del Señor. Estamos en la consumación del tiempo, temprano en la mañana del tercer día, cuando la atmósfera celestial invade la Tierra. Esta atmósfera celestial trae con ella el ámbito eterno de la gloria. El tiempo, como lo conocemos en esta Tierra, es una cosa creada. Es el fruto de la creación del sol, la luna y las estrellas, todo dado al hombre para que pudiera "medir sus días". Esto también se conoce como la luz del cuarto día. Estos elementos fueron creados en el cuarto día de la Creación registrada en Génesis. La luz de la Gloria, sin embargo, es la luz del primer día. Ésta es la luz del mismo Dios, emanando de Su ser, que vino a la existencia cuando dijo:

GÉNESIS 1:3 (RV) *"Y dijo Dios: Sea la luz; y fue la luz"*.

Ésta era Su luz, no la luz creada del sol. Para entender el tiempo es necesario entender la luz. El tiempo es un producto de la luz creada, definido por el campo de la cadena de eventos divina necesaria para facilitar Su propósito. Dios le dio a la Tierra un tiempo a causa de la caída del hombre. La caída del hombre cambió el rango del tiempo. Recuerda, el tiempo, como lo conocemos no existía antes de la Creación. Algo tuvo que causar que el fuera llamado a la existencia.

A partir de la caída, la atmósfera espiritual dentro de la Tierra está presurizada por la presencia incrementada y aumentada de Dios, enviada en el tiempo a través de la profecía dada a los hombres. El tiempo de Dios en la Tierra es profético, como vemos en los patrones de las fiestas judías. Cuando estudiamos estas fiestas, entendemos que Dios se mueve en ciclos y patrones.

La manera que Dios usa para descubrir estos patrones y ciclos es el conocimiento revelado, que es sobrenatural. Y la revelación viene  de acuerdo con el propósito, el tiempo y la voluntad de Dios. La fe  sale de la Palabra revelada, la cual nos capacita para ver las cosas que no se ven.

Dios nos ha dado dominio sobre Su creación.

SALMOS 8:6 (RV) dice: *"Le hiciste señorear sobre las obras de tus manos; todo lo pusiste debajo de sus pies"*.

Éstos son los días en que la gloria de Dios está siendo restaurada y manifestada a través del cuerpo de Cristo. El remanente se levantará a un nuevo nivel de autoridad y dominio sobre la Tierra, entrando en la plenitud de la medida de la estatura de Cristo.

El primer hombre fue creado para tener este dominio, y el remanente de esta hora será el cumplimiento de ese propósito. El remanente también será el cumplimiento de ese primer hombre. El remanente es el nuevo hombre apareciendo sobre la Tierra. Estamos a punto de ver la manifestación completa del poder de la resurrección de Jesucristo, mientras la Novia crece de la infancia a la adultez. ¡Aleluya!

Dios nos está devolviendo el dominio sobre el ámbito de la Tierra, y la autoridad para afectar y efectuar lo que sucede dentro y sobre la Tierra. Por lo tanto, hablando relativamente, tenemos dominio sobre el tiempo bajo Su autoridad y Su poder. Si nos han dado el privilegio de tomar dominio sobre el tiempo, podemos ir más allá de los confines del ámbito del tiempo por medio de entrar en la gloria de Dios. Para ingresar a la gloria de Dios debemos aprender la clave de acceso. Esa clave es presentarse uno mismo como un vaso de adoración. En ese ámbito es donde obtenemos nuestros milagros. No podemos obtener lo milagroso de ninguna otra manera. Algunos nos enseñan a esperar en el Señor por el milagro, pero si Dios hubiera querido que estuviéramos limitados sólo al tiempo nunca nos hubiera dado la fe. Ésta es la hora de creer por fe y no por vista. La fe es ahora.

||||||||||||||||||||||||||||||||||||||||||||||||||||||||||||||||||||||||||||||||||||||||||||||||||||||

*"Dios nos está devolviendo el dominio*
*sobre el ámbito de la Tierra".*

||||||||||||||||||||||||||||||||||||||||||||||||||||||||||||||||||||||||||||||||||||||||||||||||||||||

El mundo invisible siempre está perturbando el mundo visible porque hay cosas que se están depositando en la Tierra desde la Palabra profética eterna, que fue diseñada y planeada para el ahora. En la actualidad, aquello que fue visto por los profetas está siendo alterado por la eternidad que invade el tiempo. La fe trae a Dios a la escena. Las cosas ya no son las mismas. Dios está cambiando todo ahora mismo. El remanente está muy consciente de estos cambios, mientras la Iglesia sedentaria pasa por alto lo que Dios hace. Cuando usted adora, entra en el ámbito de la gloria de Dios. Cuando su pasado ve su futuro se da cuenta de que no puede ir adonde usted va. Cuando entra en su futuro, la religión, la incredulidad y la tradición entran en una clasificación de gravedad espiritual negativa. Esta gravedad negativa te mantiene conformado al statu quo espiritual. Detiene su transformación y la renovación de su mente. Lo mantiene en un estado de niñez, carnalidad y tibieza, y lo deja con una forma de divinidad que niega el poder de la misma.

La supervivencia de la religión depende de nuestro deseo de permanecer ignorantes de la Palabra. De hecho, la palabra de Dios nos instruye a alejarnos de aquellos que llegan a este estado de apostasía. Sin embargo, muchos se sienten cómodos sentados bajo el liderazgo de un líder infantil, carnal y tibio. Algunos se sienten orgullosos de llamar a aquellos que niegan el poder de Dios sus cabezas espirituales.

Ahora sabemos por qué la religión es antagonista a los cambios divinos. Ésta no puede manejar este tipo de cambios. Los cambios divinos requieren renunciar al control y hacerse totalmente dependiente de Dios y confiar en Él. Entonces los sistemas religiosos, o de gravedad espiritual negativa, quedan sin poder.

El término denominación es inusual. El término en sí es usado en la fabricación de moneda. Tenemos denominaciones de billetes de un dólar, cinco, diez, veinte, cincuenta, cien y más. Cuando pienso en el término denominacionalismo ahora, pienso en un sistema de conteo o contabilidad. No es más que un sistema numérico donde los números son más importantes que el bienestar espiritual de aquellos que componen el Cuerpo. Incluso he escuchado a algunos de mis hermanos ministeriales decir que, a menudo, se sienten como nada más que un número en la organización a la que pertenecen. Eso es muy triste. Pero la verdad es difícil de aceptar a veces. ¡Cualquier sistema que no te haga mejor en el Reino de los Cielos puede estar amargándote! Puede que no esté yendo adonde Dios te está llamando a ti. La religión no puede ir adonde Dios te está llevando. ¡Estás en un rumbo muy diferente!

En los últimos días habrá un remanente de aquellos que han salido de la iglesia de Laodicea. La novia de Cristo se está preparando. Éste es el tiempo aceptable para que te conviertas en lo que Dios planeó que fueras antes de que la fundación de la Tierra fuera puesta. ¡Prepárate para algo nuevo! Sigue la nube de la gloria de Dios.

Estaba ministrando en una iglesia en Tulsa, Oklahoma en 1999. Fue como si dejara la Tierra y entrara en el Cielo. Vi la Tierra girando y los Cielos viajando hacia la Tierra. Entonces los Cielos literalmente se detuvieron en alineamiento divino sobre la Tierra. Una puerta a la Cámara del Trono se abrió y el Río de Dios brotó raudo hacia delante como un salto del Niágara, gigante y global.

> Escuché al Señor hablar y decir: *"La corriente está cambiando. Mira los Cielos y escucha Mi voz. Está cambiando de manera que ninguna persona será un punto de referencia. Sólo seré Yo. Pregúntales a mis siervos cómo pueden decir que vienen a Mi presencia y negar el Río. ¡Observa! Las olas están cambiando".*

Desde mi posición de ventaja una ola gigante vino sobre Tulsa y vi a Richard Roberts postrado sobre su rostro clamando a Dios por el avivamiento. Sus lágrimas se hicieron parte del Río. El Señor continuó: "Voy a visitar Tulsa y a manifestar señales como no se han visto antes". Luego vi a Richard de pie junto a su padre, Oral. Oral avanzó hacia Richard y ambos se convirtieron en uno.

> El Señor dijo: *"Estoy consumando las olas. Estoy consumando los mantos que este padre tuvo en una nueva cosa. No será lo mismo sino una corriente diferente. No es tan sólo un cambio de guardia, sino más bien el cambio de las olas. Mientras una fluye hacia fuera, la otra fluye hacia dentro. En este caso habrá una diferencia en el tamaño y poder de las olas. Habrá allí olas que nunca han estado en la Tierra antes".*

Las olas se quedaron sobre la Universidad Oral Roberts y comenzaron a fluir a lugares de Tulsa, y se quedaron en lugares prácticamente desconocidos para los habitantes de la ciudad. La visión duró como unos veinte minutos. Dios me volvió a mostrar la visión completa cuando entré al santuario y comencé a ministrar. La palabra profética brotó por casi treinta minutos.

El Señor continuó: *"¡Di esto como un lema! Diles, la corriente está cambiando. No es lo que piensan. No pueden entrar al servicio esperando lo mismo de siempre. Tienen que aprender a ministrar desde esta nueva corriente".*

El Río de Dios recorrió ciertas partes de Tulsa. Yo le pregunté al Señor: "¿Por qué el río no recorre todo Tulsa?"

El Señor respondió: *"Algunos de ellos están en engaño".* Y le pedí al Señor que me explicara lo que me estaba diciendo. *Ésta fue su respuesta: "El engaño es éste, esto es lo que ellos dirán, lo que causará que pierdan la nueva ola de Mi gloria: 'Ya lo hemos visto todo antes'. Hay olas que se aproximan a la Tierra que no han sido vistas nunca antes. ¿Crees que todas esas olas anteriores eran lo único que había? La iglesia del fin de los tiempos está más cerca de Mi retorno de lo que pueden imaginar. A medida que se acerquen al Trono, no serán capaces de hablar. Todo lo que podrán decir será: 'Es Dios'. Ahora sabes por qué hay cosas que revelaré a último momento. Habrá gente que comenzará a atribuirse el crédito por esta nueva ola de Mi gloria. Cuando lo hagan, la corriente la salteará, porque Yo soy imparable".*

Un decano de la Universidad Oral Roberts que estaba presente en la reunión tomó la grabación de la profecía y dijo: "Richard ha estado clamando a Dios por días". Una nueva ola golpeó la Universidad Oral Roberts y el avivamiento se extendió por una temporada. Dios fue fiel a Su palabra.

Estamos viviendo un tiempo asombroso en la Historia del mundo, y del cuerpo de Cristo. No hay nada, de lo que sucede concerniente al Cuerpo, que no tenga significado espiritual. Todo está sucediendo de acuerdo con el plan y el horario de Dios. Pero por magnífica que sea y haya sido la Iglesia en el pasado, todavía hay mucho que hacer para preparar a la Prometida del Novio. Las estadísticas reportan que cerca de dos tercios de la población mundial, cuatro billones de almas, están fuera del Reino de Dios.

¿Estamos asumiendo que el cuerpo de Cristo es, actualmente, tres billones de almas? Para ser honesto, esto no refleja lo que la Biblia clasifica como el remanente. Dice que en los últimos días habrá una gran caída. ¿Dónde más tomaría lugar esto si no fuera dentro de las paredes de la Iglesia?

El mundo no puede caer de una altura que no ha alcanzado. ¡Despierta Iglesia! Hay algunos alrededor de nosotros que no son de Él. Pero más trágico que eso es que entre nosotros están aquellos que son de Él hoy que no lo serán mañana. Y habrá una gran caída antes de que Jesús venga por Su novia. ¡Despiértate Iglesia! La hora está cerca. Como Jesús les dijo a Sus discípulos en

MATEO 24:4 (RV) *"...Mirad que nadie os engañe".*

La Iglesia continúa plagada con múltiples enfermedades, afecciones y pecados. Las relaciones familiares se están destruyendo con la tasa de divorcio que ha excedido la proporción en el mundo. Un grupo de investigaciones muy conocido en la costa oeste reporta que por cada tres personas que ingresan al ministerio, cinco lo están dejando. Aquellos que alguna vez tuvieron una unción poderosa están cambiando su posición en los cinco ministerios para convertirse en guías de vida. ¿Por qué está sucediendo esto? Porque el poder de Dios no es evidente en sus vidas. Están buscando su propia meta, su ganancia personal. Cuando la Iglesia ya no puede satisfacer sus deseos carnales, se desvían a los caminos mundanos. ¡Qué oportunidad y desafío para la sanidad, la liberación y la restauración! Ahora es el tiempo oportuno para que el cuerpo de Cristo arremeta y busque las grandes cosas de Dios que están entrando en la Tierra.

1 Corintios 2:9-10 (RV) declara: *"Antes bien, como está escrito: Cosas que ojo no vio, ni oído oyó, ni han subido en corazón de hombre, son las que Dios ha preparado para los que le aman. Pero Dios nos las reveló a nosotros por el Espíritu; porque el Espíritu todo lo escudriña, aun lo profundo de Dios".*

En estos últimos días, vamos a presenciar las demostraciones de Su amor y poder a través de milagros, señales y maravillas. Estas manifestaciones nos dejarán sin habla y asombrados ante Él. No es tiempo de hacer negocios como de costumbre. De hecho, Dios nos demanda que operemos por Su principio. Tampoco podemos operar según aquellos modelos de operación que solían funcionar en el pasado. Dios está haciendo algo nuevo. Y para que el Cuerpo se alinee con esta nueva cosa tendrá que soltar lo viejo.

Mateo 9:16-17 (RV): *"Nadie pone remiendo de paño nuevo en vestido viejo; porque tal remiendo tira del vestido, y se hace peor la rotura. Ni echan vino nuevo en odres viejos; de otra manera los odres se rompen, y el vino se derrama, y los odres se pierden; pero echan el vino nuevo en odres nuevos, y lo uno y lo otro se conservan juntamente".*

La verdad que yace aquí es profunda, y aun así simple. Lo viejo no se puede mezclar con lo nuevo. Lo viejo no puede contener lo nuevo. En la Iglesia primitiva las Escrituras se aplicaban a la mezcla del Judaísmo y el Cristianismo. No se pueden mezclar por la capacidad limitada en cada uno por el otro. En estos últimos días veremos que es imposible para la vieja escuela de pensamiento mezclarse con la nueva mentalidad del remanente. La nueva mentalidad es dejarse llevar por la revelación y la manifestación de la gloria de Dios hoy, por el Espíritu Santo, con la invasión de la eternidad en el tiempo.

Como ya hemos declarado, el cambio divino es difícil de abrazar para la Iglesia. Si no pueden tolerar el cambio divino, entonces seguramente no tomarán lo nuevo que Él está trayendo. La Iglesia está entrando y viviendo en una temporada de expectativa, por la plenitud de la Palabra, "mucho más abundantemente de lo que pedimos y pensamos", como dice Efesios 3:20. No hay nada en el mundo invisible que vaya a permanecer invisible. No nos queda mucho tiempo. El alquiler que Dios le ha concedido a la Tierra está por llegar a su final.

Estos eventos, que están a la puerta, no sucederán de manera convencional o por los nombres de familia de la gente que conocemos. Esta nueva ola, este nuevo movimiento de Dios no será oído en los medios de comunicación. Tampoco tendrá un punto de referencia como el movimiento de la fe. Lo que Él hará en la Tierra antes de que Jesús regrese no necesitará un punto de referencia humano. La única referencia será el Espíritu Santo revelando a Jesús a toda la humanidad en la plenitud de Su gloria a través de los santos, Su Cuerpo, cada uno una piedra viva de Su templo. ¡Aleluya!

El Evangelio sin señales y maravillas no es válido pues éste dice que las señales seguirán a la Palabra.

> MARCOS 16:20 (RV): *"Y ellos, saliendo, predicaron en todas partes, ayudándoles el Señor y confirmando la palabra con las señales que la seguían. Amén"*

Es decir, si la palabra de Dios es predicada, entonces habrá señales que la seguirán. En nuestras reuniones hoy regularmente vemos manifestaciones de la presencia de Dios cuando Él desata Su gloria. La Palabra está penetrando los corazones, transformando el ser mismo y la existencia de aquellos que escuchan con gozo y expectativa. Sus no solicitadas señales, maravillas y milagros fluyen en nuestras reuniones sin instigación. ¡Gloria a Dios! ¡Quéhonor es tener Su presencia en estas reuniones! Estamos tan agradecidos con Él por mostrarse a nosotros de manera tan asombrosa. Todo lo que podemos hacer es gritar: "¡Gracias Señor!"

# Capítulo 3

## El ámbito de la visión profética

*" El hombre parece tener la habilidad única de ver más allá del presente, en el futuro, y parece más adepto a esto cuando inventa y crea aquellas entidades que cambian el curso de la sociedad".*

Anónimo

Cuando Dios les habla a Sus apóstoles, profetas, evangelistas, pastores y maestros, a menudo hace que sueñen o tengan visiones. A lo largo de toda la palabra de Dios hay ejemplos de visiones que establecieron el destino de naciones. He conocido mucha gente alrededor del mundo que se me ha acercado a decirme que tuvo una visión o un sueño. Muchos querían que yo interpretara la visión o el sueño. En algunos casos, recibí la palabra "jréma" para ellos, mientras que otras veces, el significado fue para mí tan misterioso como para ellos.

A lo largo de mi vida he tenido muchas visiones abiertas. Una visión abierta es cuando estás totalmente despierto y puedes ver, no sólo el ambiente alrededor de ti, sino que también tienes la habilidad de ver en el ámbito sobrenatural. Uno de los aspectos más interesantes de estas visiones abiertas es lo detalladas que son. No hay nada brumoso. De hecho, muy a menudo, las razones de lo que estoy viendo son explicadas al mismo tiempo que veo las visiones. He tenido muchas visiones tan apabullantes, que las he tenido que compartir con la congregación, mientras que otras veces se me ha instruido guardarlas para mí hasta recibir nuevas instrucciones.

A través de los años Dios ha sido muy bueno al compartir conmigo a este nivel varias veces. Algunas visiones me avisan de circunstancias inminentes a las que tengo que estar atento, mientras que otras eran herramientas para agudizar mi entendimiento de Su hábitat, y de lo que nos esperaba en el glorioso día cuando Él diga que el tiempo no es más y nos llame a Su presencia. Las visiones tempranas me mostraron aquellas naciones a las que iba a ir. Algunas me mostraban las caras de aquellos que no sabían, pero llegarían a saber. En cada circunstancia, se me recordaba que estaba viendo otra dimensión, aquella de donde el hombre y la mujer habían venido en un principio. Era aquella atmósfera donde Él moraba, y donde deseaba que moráramos con Él.

¿Qué otras maravillas hay para observar?, no lo sé. Estoy seguro de que no lo he visto todo.

> Como dice Su palabra en 1 Corintios 2:9 (RV), *"Cosas que ojo no vio, ni oído oyó, ni han subido en corazón de hombre, son las que Dios ha preparado para los que le aman"*.

No hay otro camino mejor para ver y experimentar lo que "Dios está haciendo" que compartir los testimonios de lo que Él está haciendo. Por lo tanto, quiero compartir algunos de los testimonios de las muchas manifestaciones y fenómenos que he presenciado en nuestras reuniones.

Sin embargo, antes de compartirlos, permítame hablarle desde mi corazón por un momento. Mucha gente me ha preguntado acerca de algunos de los fenómenos descritos dentro de los testimonios que siguen. Para ser completamente honesto, yo no tengo una respuesta para aquellos que buscan algún tipo de respuesta tradicional. Mucho de lo que estoy viendo en nuestro ministerio estos días es tan nuevo para mí como lo es para usted, y para aquellos a quienes les sucede. A través de los años he llegado a aceptar estas cosas que son claramente inexplicables maravillas, señales, prodigios y milagros. Una de las premisas fundamentales de nuestro ministerio es honrar la doctrina de Jesucristo que recibimos en forma de seis principios, en HEBREOS 6:1-2 (RV):

> *"Por tanto, dejando ya los rudimentos de la doctrina de Cristo, vamos adelante a la perfección; no echando otra vez el fundamento del arrepentimiento de obras muertas, de la fe en Dios, de la doctrina de bautismos, de la imposición de manos, de la resurrección de los muertos y del juicio eterno".*

En esencia, estos principios de Cristo son identificados de manera específica como las responsabilidades de los bebés en Cristo: uno no llega a la perfección hasta que estos principios son cumplidos por esos bebés. Uno de ellos es la doctrina de la imposición de manos, lo cual no es evidente en la mayoría de las iglesias culturales hoy, como un ejemplo. ¿Cómo esperamos entrar y entender las cosas nuevas que aparecerán mientras crecemos hasta la plenitud de Cristo sin llegar a la plenitud del entendimiento de lo básico? En Hebreo 5:12,  los santos "bebés" están siendo disciplinados con estas palabras:

> HEBREOS 5:12 (RV) *"Porque debiendo ser ya maestros, después de tanto tiempo, tenéis necesidad de que se os vuelva a enseñar cuáles son los primeros rudimentos de las palabras de Dios".*

Luego, Hebreos 6:3 nos da una afirmación clara, en el contexto de Hebreos 5 y 6, acerca de que Dios no va a permitirnos ir a la madurez hasta que terminemos lo básico.

Los siguientes testimonios reflejan lo que tomó lugar mientras enseñaba la Palabra en algunas de nuestras reuniones. Cuando la gloria de Dios cae en estos lugares donde nos reunimos, la fe de aquellos presentes le hace a Él una demanda para que los sane. Yo no tengo nada que ver con esos milagros; sólo soy testigo de ellos y le doy a Dios la gloria. Yo he visto al muerto levantarse, como también he presenciado milagros creativos que restauraron partes de cuerpo dañadas o que faltaban, y así mismo he visto la sanidad de muchas diferentes enfermedades y dolencias. Hemos visto a Dios sanar enfermedades de transmisión sexual, incluyendo el SIDA, sin mencionar los milagros financieros.

Hemos visto a Dios sanar relaciones que parecían dirigirse a la corte de divorcio. Nos hemos regocijado con aquellos que encontraron su camino de vuelta a la senda que el Señor tenía preparada para ellos, y hemos visto la mano de Dios liberar a aquellos que estaban atados y oprimidos con amargura. Pero estoy convencido de que no hemos visto nada aún comparado con lo que nuestro Dios está por hacer en esta última temporada. Hemos comenzado a ver los resultados del poder de Su resurrección de manera más grandiosa y poderosa. Así que mientras lees estos testimonios permítele al Espíritu Santo acelerar tu hombre espiritual para que sepas que la revelación de Dios se está manifestando en el ámbito terrenal.

En Ohio, una señora que vino a nuestra reunión experimentó el aceite sobrenatural y la presencia de Dios cayó. Durante dos días sintió que Dios estaba tratando su boca y confesaba que el Señor purificaría su manera de hablar. Al día siguiente, durante un servicio, la gloria de Dios cayó y desató milagros mientras yo hablaba, y ella recibió ocho dientes de oro en su boca. Ella es una señal y una maravilla.

Mientras la gloria de Dios caía, en otra reunión, una misionera recibió una multiplicación sobrenatural de dinero. Ella dio lo que tenía y luego se lamentaba porque no tenía más dinero para dar. Cuando revisó su bolsillo tenía la misma cantidad que acaba de ofrendar. De inmediato volvió a poner el dinero como ofrenda. Un momento después alguien más le dio la misma cantidad. Dios le devolvió lo que ella ofrendó al principio.

En Houston, Texas, la Gloria cayó durante la reunión con tal magnitud que cientos de personas recibieron milagros. Los tumores desaparecieron, se sanaron piernas y brazos. Un hermano que tenía un caso pendiente en la corte pidió un milagro financiero. En cuestión de días recibió un cheque por $1.500.000. Aun así, este milagro no es mayor que cualquiera de los otros.

En una reunión en Ohio, una señora interrumpía el servicio a cada rato gritando: "¡Quiero testificar!" "Bueno, alabado sea Dios" -respondí yo-. Entonces ella respondió: "Algo más sucedió". La señora insistió y yo le di el micrófono y dijo: "Yo estaba aquí la otra noche cuando la gloria de Dios cayó. Allí Dios comenzó a lidiar conmigo y mis finanzas. Yo sabía que había recibido un milagro". Al día siguiente recibió un llamado confirmando la aprobación de un contrato con el gobierno por $53 millones de dólares, y lo cambió por uno de $83 millones.

En una reunión en Atlanta, Georgia, había dos inválidos en la audiencia. Durante el servicio el Señor me dijo: "Dile a la gente que se levante y comience a caminar". Yo le dije a toda la iglesia que se pusiera de pie y comenzara a caminar. Toda la congregación obedeció, incluyendo los inválidos; de repente, la gloria de Dios cayó de forma poderosa. Recuerdo a esta mujer, que había estado inválida con esclerosis múltiple, que mientras caminaba comenzó a danzar.

Recuerdo haber visto una señora que conozco desde hace años, en una de nuestras cumbres de gloria. Su brazo estaba roto en varias partes. No hubo ninguna mención de sanidad, pero de repente, su mano se enderezó y ella comenzó a moverla. Entonces supo que estaba sana. Llegó hasta la plataforma y, con gran entusiasmo, nos informó que había recibido un milagro. Cuando volvió a su casa, fue al médico a que le examinara el brazo. El médico estaba asombradísimo y no le creía. "Yo nunca había visto esto antes –dijo–; no sé cómo decírselo, pero sus huesos están frescos, como nuevos". Ella sabía lo que había ocurrido, y ahora su doctor también. Lo único que tuvo que hacer fue adorar y el milagro se manifestó. ¡A Dios sea la gloria!

En una reunión de tres días en Texas, recuerdo que la gloria del Señor se manifestaba mientras la gente adoraba. Una noche en particular, una señora vino con un aparato en la pierna. Yo le dije: "¡Quítatelo!", sin darme cuenta de lo que realmente estaba sucediendo. En obediencia a la palabra hablada ella se quitó el aparato, para darse cuenta de que podía caminar sin problemas por todo el salón. Esto disparó otro milagro. Otra mujer, que estaba confinada a una silla de ruedas, fue sanada gloriosamente. Se paró de la silla y comenzó a seguir a la otra mujer alrededor del salón. ¡Los milagros comenzaron a llover sobre aquella reunión! Varias semanas después de esa reunión, nos llegó un testimonio de la hermana que tenía el aparato en la pierna. Cuando fue al hospital los doctores quedaron desconcertados. Ella tenía cita esa semana para implantarse un clavo de acero en la pierna. Cuando los técnicos miraron las radiografías vieron un hueso totalmente nuevo formado en su pierna.

Me invitaron a predicar en una reunión en Filadelfia, donde prevalecía una gran hambre por la presencia y el poder de Dios. Era abrumador ver tantas manos levantadas en total rendición a la gloria de Dios, al ser llevados ante Su presencia en la adoración. El tiempo se suspendió. No tenía significado alguno. Había perdido su control sobre la gente. Cuando entramos a Su presencia manifestada, había en la atmósfera una sensación de que en ese momento todo podía suceder. Le habíamos quitado las limitaciones a Dios. La palabra imposible nunca cruzó nuestras mentes. Era como si la hubiéramos eliminado de nuestro vocabulario. Estábamos atrapados en ese instante, listos para que el poder de Dios se manifestara. Mientras predicaba comencé a declarar lo que veía. Comencé a declarar que los oídos sordos se abrían, los cánceres y los tumores se disolvían y se disipaban en el nombre de Jesús. De repente, la plataforma se llenó de testimonios milagrosos. El número de los sanados de sordera superaba los cincuenta. Allí estaban en la plataforma, oyendo por la palabra y el poder de Dios. Era asombroso ver tantos sordos curados. Pero después de examinarlos, la mitad de ellos nos informaron que no tenían tímpanos antes de su milagro. ¡Qué milagros creativos tan maravillosos ocurrieron esa noche! ¡Dios había creado tímpanos a gran escala! Además, había al menos treinta personas con tumores que de repente habían desaparecido. El poder de Dios había eliminado varios tumores, algunos del tamaño del puño de un hombre.

## *"¡Yo recibí un milagro!"*

Cuando me retiraba de la plataforma, una mujer corrió hacia mí, me agarró del saco y dijo: "¡Hermano Renny, recibí un milagro!". Y yo le contesté: "¡Gloria a Dios!", y le pregunté qué había hecho el Señor por ella. Era una de las mujeres que habían experimentado la eliminación de un tumor sobrenaturalmente. Pero entonces dijo que el Señor había hecho algo más. "¿Qué ha hecho el Señor por ti?" –pregunté-. Y ella respondió: "Mira mi boca". Hasta ese momento en nuestro ministerio, habíamos visto dientes de oro y rellenos de oro en abundancia, así que yo esperaba ver un diente restaurado con oro; sin embargo, no había oro. La mujer estaba más que entusiasmada, y seguía insistiendo en que mirara dentro de su boca. Esto era un poco divertido para mí porque no veía nada fuera de lo ordinario. Finalmente, ella me miró y sonrió. "Hermano Renny, usted no se da cuenta" –dijo-. "No, no me doy cuenta", -respondí yo-. Entonces me contó: "Cuando vine al servicio esta noche, ¡yo no tenía ningún diente en mi boca!" Esta mujer de 48 años tenía un set completo de dientes nuevos. Hasta el día de hoy ella no puede parar de hablar de lo que Dios hizo esa noche. Y nos cuentan que sonríe todo el tiempo. Usted también lo haría, ¿o no? A la noche siguiente su dentista vino a la reunión a ver por sí mismo. Subió a la plataforma con los récords dentales de aquella mujer, y confirmó que Dios había producido un milagro. ¡Qué manera tan extraordinaria de comenzar la reunión! Y eso fue sólo la segunda noche.

Una serie completa de milagros creativos se estaba desatando. La siguiente noche vimos al paralítico caminar; 18 creyentes arrojaron sus muletas y bastones. Algunos se pararon de sus sillas de ruedas cuando la gloria se movía dentro del lugar. Durante esta reunión, el Señor me dio una palabra "jréma" que escribo a continuación:

*"Si me llevas una alabanza alta habrá una apertura continua en los Cielos, en espiral hacia arriba, y tocarás ámbitos más altos donde mayores milagros están esperando manifestarse en la Tierra".*

Yo creo que es sabio detenernos aquí y declarar enfáticamente que nosotros, en o de nosotros, no podemos fabricar o manipular milagros. Son actos de un Dios soberano. Nosotros somos simplemente testigos de Su gloria.

Yo he visto a Dios realizar milagros creativos durante los últimos veinte años en mi ministerio. Sé que la llave de la operación de esta atmósfera es la habilidad de acceder al ámbito de la fe y romper los límites del ámbito del tiempo. Algunos años atrás, Ruth Heflin me pidió que la llevara a un retiro católico donde había 900 sacerdotes altamente estimados. Ellos me dieron 45 minutos para hablar de ¿Cómo ministrar todas las necesidades y permitir que Dios se mueva en Su poder en menos de una hora?

Afortunadamente, estaban hambrientos por lo sobrenatural, y Dios se presentó de manera sobrenatural. Durante aquella reunión la gloria cayó y más de cincuenta oídos sordos fueron abiertos. Más de la mitad de ellos habían nacido sin tímpanos, y Dios les creó los tímpanos en aquella reunión.

¿Por qué nos sorprenden y nos limitan nuestros pensamientos acerca de los milagros creativos? No nos resulta extraño que Dios pueda hacer crecer el pelo de nuestra cabeza, las uñas, o que pueda renovar nuestras células. Pero sí nos cuesta creer que Dios puede crear una parte del cuerpo dañada o que falta. Suelta ese pensamiento limitante. Es perfectamente natural, dentro del campo de la habilidad de Dios, hacer crecer dientes nuevos, ojos, huesos y tímpanos. Mirar negativamente la habilidad creativa de Dios nos separa de lo sobrenatural, de nuestro milagro, de un milagro financiero, un milagro de sanidad o un milagro en las relaciones. Cualquiera sea la necesidad debemos cambiar nuestra percepción del tiempo para destrabar o abrir lo sobrenatural. Cualquier razón que le demos a Dios para decir que no puede hacer algo por nosotros es la razón por la que Él no lo hará.

En esa misma reunión vimos 25 cánceres desaparecer. En aquella reunión veinte sillas de rueda se vaciaron milagrosamente. Sólo cuando estemos delante del Señor sabremos de verdad todo lo que sucedió en aquellos servicios. Muy a menudo, Dios hace cosas en Su lugar secreto.

|||||||||||||||||||||||||||||||||||||||||||||||||||||||||||||||||||||||||||||||||||||||||||||||||||||

## *"No hay distancia, o tiempo, cuando se trata de la oración".*

|||||||||||||||||||||||||||||||||||||||||||||||||||||||||||||||||||||||||||||||||||||||||||||||||||||

Muchos en el ámbito médico reconocerán que Dios sana, pero luego tratarán de minimizar el milagro diciendo: "Se hubieran recuperado de todos modos con el tiempo". Cuando Dios interfiere en el orden natural del tiempo y acelera las cosas, eso se llama milagro.

Yo estaba ministrando en una iglesia en Houston, Texas. El pastor me había invitado, a mí y a otros ministros presentes en los servicios, a su casa a servirnos unos refrescos. Estando allí, él recibió un llamado del hospital pues su nieto estaba muy enfermo. Luego, en cuestión de momentos, entró otra llamada anunciando que su nieto había muerto. Por demás está decir que las emociones estaban muy alteradas, pues se trataba del primer nieto. Yo le dije al pastor: "No hay distancia ni tiempo cuando se trata de la oración. Dios nos puede dar un milagro creativo sin que estemos allí". Sintiendo la urgencia de la situación, comencé a preguntarle al Señor qué quería Él que hiciera yo. De repente, una palabra "jréma" explotó en mi espíritu. Le pedí al grupo que uniera sus manos y orara. Comencé a declarar que la vida regresaba al cuerpo de aquel joven. Después de un tiempo de oración, el teléfono sonó una vez más con la noticia de que el joven, de repente, y milagrosamente, había comenzado a respirar por sí mismo. Allí estaba un joven que había estado muerto ¡pero ahora estaba vivo! A Dios sea la gloria.

El diccionario define la palabra "creativo" de la siguiente manera: Tener la habilidad o poder de crear cosas. Crear; productivo. Caracterizado por su originalidad y expresividad; imaginativo. Para darte un ejemplo de lo que estoy hablando, permíteme compartir uno de los milagros creativos más maravillosos que yo haya podido presenciar. En Maine, había una familia con hijos mellizos. Uno de ellos tenía los ojos perfectos, mientras que el otro no tenía color en el área de las pupilas. Durante el servicio la gloria de Dios fue tan poderosa que elevó la fe del padre a tal nivel que dejó el auditorio y fue a la guardería donde cuidaban a los mellizos. Él levantó al niño que no tenía color en las pupilas y lo llevó al servicio. Mientras, yo no tenía idea de que todo eso estaba sucediendo. Estábamos cantando y adorando mientras la presencia del Espíritu de Dios se sentía de modo maravilloso y, a medida que el servicio avanzaba, comenzamos a tomar testimonios. Aquel padre subió a la plataforma, con su hijo en brazos, y compartió con nosotros un testimonio inusual. Mientras adorábamos él bajó la mirada a su hijo y se espantó al ver que las pupilas blancas de sus ojos estaban llenas con el más hermoso tono de azul. ¡Qué glorioso milagro para este niño, familia e iglesia!

Una de nuestras colaboradoras, Pauline, nos seguía arriba y abajo del país. Ella dijo: "Tan pronto como escuché que iban a estar en la iglesia del pastor Tony Miller, el Señor me dijo que les trajera a este hombre. "Él está peleado con su padre y necesita oración". Yo le respondí: "De acuerdo, tráelo y oraré por él". Después del servicio, ella trajo al joven conmigo. Lo que iba a saber en los próximos momentos era que este joven no tenía ojos.

Cuando oré por él, el Señor dijo: "Pon tus manos en sus ojos". Todavía estaba mirando las cuencas vacías cuando escuché la voz de Dios llamándolos ¡ojos! Cuando impuse mis manos sobre aquel joven, vi los Cielos abrirse como un rayo. Cuando eso sucedió, mi mano se sacudió y vi en ella un ojo. El Señor dijo: "Ahí está; ahora decláralo".

Sentí que surgía en mi mano y salía de ella hacia las cuencas vacías. Cuando quité mis manos, él tenía dos saludables y normales ojos.

He caminado en milagros desde que tenía diez años. Vi a los muertos levantarse cuando tenía catorce. Vi ojos aparecer donde no los había. Vi oídos materializarse donde no había ninguno. Vi partes faltantes de cuerpo desarrollarse de modo sobrenatural desde que tenía diez años, y no hay manera de documentar todo lo que he visto en mi ministerio. ¿Alguna vez ha estado en una reunión con una gran multitud, pero de los cientos que pasan sólo uno se destaca en su mente? Ése es el único que puede documentar. Pero cuando piensa en eso se da cuenta de que hubo mucho más. Con sólo 25 años, me hallaba en una iglesia en Inglaterra donde un hermano estaba en una silla de ruedas sentado en frente de mí. Alrededor de siete sillas de ruedas quedaron vacías aquella noche. Yo le dije al hermano: "Levántate y sé sano". Quedaron muletas por todas partes aquella noche. El Señor dijo: "No lo toques. Sólo dile: "Levántate y sé sano". Él me miró como si yo estuviera un poco loco. Yo entiendo eso. La mitad de la iglesia piensa lo mismo. Pero entonces él se levantó y se movió, y luego comenzó a caminar perfectamente. Cuando dejé aquella iglesia, la noticia había estado en los periódicos por seis semanas. Alguien me envió el recorte. Los titulares decían: "Un hombre que nació sin hueso en los tobillos, recibió hueso en los tobillos". Nuestro trabajo no es tratar de entender el milagro. Nuestro trabajo es dejar que el milagro se haga a sí mismo. Nunca tendrá problemas si sólo deja que Dios lo haga.

## *"Sólo decláralo sano".*

Estaba en una reunión de tres noches en una iglesia en Boston, y una mujer con un aparato en la pierna estaba allí la primera noche. Yo no sabía nada de su situación. Durante la adoración vi un aparato médico para la pierna en mi espíritu. El Señor dijo: "Sólo decláralo sana". Cuando hablé la palabra fue obvio que la gente no la creía. Nada sucedía allí nunca, ¿por qué debían creer ahora? Yo dije: "Hay una condición en una pierna que está siendo sanada al fondo de este salón". En mi espíritu vi el aparato en la pierna y Dios dijo: "Le daré una señal para que ella sepa que Soy Yo". La señal fue la siguiente: Tan pronto como yo declaré la palabra, el aparato se desabrochó solo y cayó a sus pies. Ella lo levantó y comenzó a colocárselo. ¡Qué poderoso Dios de señales, maravillas y milagros servimos!

Otra mujer tenía una severa infección en su ojo. Su ojo estaba enfermo y descolorido y los doctores estaban por extirparlo. El Espíritu me dijo: "Sólo dale una palmada rápida al ojo y lo sostienes. No quites tu mano… Ahora sácala". Cuando quité mi mano ella tenía un ojo claro y sano, de apariencia y color normales. Una hermana filipina con hipermetropía estaba sentada en la fila del frente. Le dije: "Cubre tu ojo bueno. Sigue mi dedo". Dios restauró su visión al instante.

En una reunión en Tulsa, el Espíritu Santo me arrebató por varias horas. Esa noche se convirtió en cuatro semanas. Nadie permanecía en su asiento. Estábamos ajenos al tiempo. Las criaturas vivientes llegaban a la reunión. Una señora de la congregación tenía cáncer en el hígado y metástasis en el cerebro. A mí no me gusta orar por la sanidad de la gente porque Jesús no oró por el enfermo. Su palabra era suficiente. Yo estoy ungido, hablo la Palabra. Mi Señor es mi ejemplo. Yo oro por la gente pero ahora creo más en usar mi fe para llevar a la gente a la presencia de Dios dejando que la gloria de Dios haga el resto. En los primeros días del avivamiento era: "Sólo cree". Ahora que ya creo es: "Sólo entra". Eso supera tu lucha y la gloria de Dios hace el resto.

Una mujer en particular fue arrebatada por el Espíritu durante tres horas. Se congeló, incapaz de moverse. Ella estaba en diálisis debido a un hígado deshecho. Mientras estaba en el Espíritu, físicamente, sintió la mano de Dios moverse dentro de su cuerpo. Ella sabía que había un milagro. Cuando el doctor la examinó, le dijo: "Tienes un nuevo hígado. Ni siquiera se corresponde con el que tenías antes". Pon atención, Iglesia; sólo entra en la presencia de Dios y deja que Él haga el resto.

En una reunión en Inglaterra, había un niño que no tenía huesos en sus brazos. Mientras oraba por los enfermos esa noche, vi claramente huesos. No sabía exactamente qué huesos estaba viendo, pero de repente, dije: "Padre, yo declaro huesos en los brazos de alguien, ahora mismo". Cuando tomamos los testimonios después de la reunión, hubo un niño de diez años de edad que había nacido sin huesos en sus brazos. Al día siguiente, fue al doctor y éste descubrió que le habían crecido huesos donde antes no los había. Debemos madurar hasta el punto en que declaremos lo que vemos. Hay algunas cosas en el ámbito del Espíritu para las que el hombre es quien declara el marco de tiempo, no Dios. La fe es ahora. Declarar significa sacar algo. Usted no tiene que esperar a que suceda. Puede sacarlo y se manifestará ahora. En el ámbito del Espíritu, la profecía, como la conocemos, va a cambiar. En la profecía, miramos el avivamiento, pero no lo tomamos ahora. Si es una sanidad, puede tomar semanas, pero un milagro es aquí y ahora. En el ámbito del Espíritu, declaramos lo que vemos en la atmósfera del Espíritu.

Cuando declaras algo, está enmarcado. Es un asunto terminado. No fuiste educado para eso, y por eso no podrías cooperar con ello. Por lo tanto, si puedes estar desinformado acerca de tu enfermedad, tu deuda, tu carencia, etc., esto no puede cooperar contigo. ¿Tienes oído para oír lo que el Espíritu está diciendo? ¿Cuántos de ustedes están cooperando con el cáncer? ¿Está cooperando con la deuda? Cualquier cosa con la que coopere acelera su circunstancia. Satanás odia esta clase de revelación porque cuando usted "sabe que lo sabe" que está allí, usted no tendrá otra opción más que convertirse en el ámbito en el que camina. ¡Camine en la Gloria!

# Capítulo 4

## Percibir el ámbito de lo milagroso

*"Para el científico que ha vivido por su fe en el poder de la razón, la historia termina como un mal sueño. Él ha escalado las montañas de la ignorancia; está a punto de conquistar el pico más alto; y cuando se levanta sobre la última roca, es recibido por una banda de teólogos que han estado sentados allí desde hace siglos".*

ROBERT JASTROW
Un auto proclamado agnóstico.

DANIEL 12:4 (RV) dice: *"Pero tú, Daniel, cierra las palabras y sella el libro hasta el tiempo del fin. Muchos correrán de aquí para allá, y la ciencia se aumentará".*

Yo creo que estos tiempos son muy parecidos a los que habló la Biblia de cuando los sellos sean rotos, y el conocimiento humano del bien y del mal aumente. La gente está corriendo de aquí para allá en busca del conocimiento. La palabra que más resuena es información. Ésta se ha vuelto tan importante que llevamos computadoras portátiles con nosotros porque nos permiten el acceso inmediato a la más vasta fuente de datos del mundo. Ahora podemos tomar fotos instantáneas de eventos y enviarlas a nuestros amigos y seres queridos con sólo hacer clic en un botón. Un hombre puede pararse en un continente y enviar un mensaje de texto, o hacer una llamada de larga distancia, simplemente usando un teléfono celular.

Muchos automóviles de lujo están equipados con un dispositivo de rastreo haciendo posible saber exactamente dónde se encuentran en caso de robo o de que se requiera servicio técnico.

Pon esta semilla de pensamiento en tu hombre espiritual: El sentido común es para el hombre natural lo que la revelación es para el hombre en la gloria de Dios.

Cuando Dios hace algo nuevo, contradice la doctrina religiosa. Muchos líderes religiosos dependen más de los datos históricos que de los datos revelados. Ahora, eso no significa que todos los estudios históricos sean inválidos. Todo lo contrario. Hay una tendencia entre muchos cristianos que han salido de ambientes eclesiásticos a querer descartar aquellas lecciones aprendidas de los años iniciales del Cristianismo. La reforma de Lutero fue uno de los puntos de inflexión más poderosos en la historia de la religión. Su edicto "El justo por fe vivirá" liberó a miles de aquellos que buscaban la gracia y la misericordia de Dios.

Siendo originario de Inglaterra, estoy consciente de que hay diferencias en cómo nos comunicamos. Para darte un ejemplo, aquí en América cuando alguien le dice a un taxista: "Lléveme al centro de la ciudad rápido", la respuesta más común será: "No hay problema". En Inglaterra, si le dice al taxista esas mismas palabras puede ser que le responda: "Está bien amigo, sube y estaremos allí en un santiamén". Así es como lo dicen. Después de todos estos años en los Estados Unidos me he llegado a dar cuenta de que la Iglesia ha adoptado ciertas frases hechas. Demasiado a menudo hace que las personas ajenas se sientan un poco incómodas la primera vez que entran a nuestros servicios, porque no están acostumbradas a nuestra dialéctica. La frase "sea íntegro" debería aplicar a nosotros estos últimos días. Debemos comunicar el reino de Dios en la terminología del Cielo, no la de la religión.

Los cristianos a menudo citan una Escritura que no se encuentra en la Biblia. "La pureza va de la mano con la divinidad" no es algo que esté en la Palabra. Es una gran frase, pero no es bíblica. En estos últimos días estamos escuchando muchas grandes voces proclamando la palabra de Dios. Muchas están declarando la doctrina, mientras otras declaran la revelación. Si puedes discernir en el Espíritu, podrás ver la diferencia entre revelación y doctrina.

¡La Iglesia es un misterio, una revelación! No podemos definirla con un simple enfoque filosófico, mucho menos con un enfoque denominacional. Viene el día en que todos los argumentos cesarán. Él hará que Su Palabra se cumpla. Él revelará la plenitud de Su gloria. Es triste decirlo, pero algunos van a estar rugiendo su retórica en los salones del alto aprendizaje tan furiosamente que no escucharán cuando Él los llame. Y luego se quedarán a vivir lo que debaten, para ver si tenían razón o no. Y el debate será ardiente, puedes contar con eso. Amados, Su Palabra no miente. Lo que Él ha revelado en ella sucederá exactamente como Él lo anunció.

En estos tiempos finales se está revelando la gloria del Señor. Por ejemplo, cuando se abre una puerta de profecía, Dios nos da un vocabulario que no teníamos antes. Somos infundidos con una inteligencia sobrenatural que no poseíamos antes de esa profecía. A menudo, un misterio revelado trae claridad a una situación concerniente al reino de los Cielos. Otras veces, se dirige a la asamblea local de creyentes. Él siempre habla para edificar, levantar y animar a Sus hijos.

La verdad se busca de acuerdo con el hambre del pueblo. Usted no puede predicar lo que preparó cuando es sensible a oír lo que el Espíritu está diciendo a la Iglesia. Tan pronto como se pone de pie, el ámbito de la revelación viene y usted debe comenzar a hablar lo que oye en la Gloria. Permítanme hablarles a aquellos que están en el liderazgo de la Iglesia por un momento. Debemos parar de convertirnos en "oradores de púlpito profesionales". Es un hecho muy conocido que miles de pastores están descargando sus mensajes a través de un servicio que les ofrece un manuscrito semanal para que lo lean cada domingo. De hecho, dicho servicio incluso les ofrece una ayuda visual para colocar en la parte superior de la pantalla. ¿Para qué buscar una palabra de Dios cuando la puedes obtener en la Internet? ¡Entonces, cuando la iglesia comienza a reducir su tamaño los pastores se preguntan qué sucede! La gente está hambrienta de maná fresco, no de pan duro de ayer.

Durante una reunión el Señor me habló por medio de la visión abierta de un rollo. En ese rollo estaban estas palabras:

*"En los últimos días acontecerá que Mi pueblo hablará por una visión abierta. Olvidarán lo que sabían. Cuando la nube esté presente, hablarán aquello que conducirá a las cosas que Yo les mostraré en la nube".*

Lo que Él quería decir con la frase "olvidarán lo que sabían" es simplemente que Su pueblo abandonará, echará fuera y descartará los viejos paradigmas que sostuvo por tanto tiempo. Comenzará a ver en el ámbito invisible de lo sobrenatural. ¡Hablará de manera diferente porque su relación habrá cambiado! Cuanta más intimidad tenemos con Él, más cambia nuestro lenguaje.

Tratándose del Cielo no todo está escrito. Yo he estado en el Cielo en varias ocasiones, y créame, no hay manera de que le pueda describir todo lo que vi y oí. ¿Cómo podría alguien escribir todo acerca de lo que se ve en el Cielo? Si no puedes escribir todo lo que ves en la Tierra, ¿qué te hace pensar que puedes escribir todo lo que ves en los Cielos? Todavía hay muchos misterios por ser revelados. El Cielo es el único lugar donde la eternidad es nombrada, y aun así, el Cielo es algo creado. El Cielo es el capitolio de la Eternidad. Por eso es una ciudad.

Estamos llegando a un punto en el que Dios manifestará esto entre Su pueblo. Deje de poner las cosas en el futuro cuando Dios dice que son ahora.

APOCALIPSIS 4:2-11 (RV) *"Y al instante yo estaba en el Espíritu; y he aquí, un trono establecido en el cielo, y en el trono, uno sentado. Y el aspecto del que estaba*

*sentado era semejante a piedra de jaspe y de cor*ı.
*y había alrededor del trono un arco iris, semejante*
*aspecto a la esmeralda. Y alrededor del trono había*
*veinticuatro tronos; y vi sentados en los tronos a*
*veinticuatro ancianos, vestidos de ropas blancas, con*
*coronas de oro en sus cabezas. Y del trono salían*
*relámpagos y truenos y voces; y delante del trono ardían*
*siete lámparas de fuego, las cuales son los siete espíritus*
*de Dios. Y delante del trono había como un mar de*
*vidrio semejante al cristal; y junto al trono, y alrededor*
*del trono, cuatro seres vivientes llenos de ojos delante y*
*detrás. El primer ser viviente era semejante a un león;*
*el segundo era semejante a un becerro; el tercero tenía*
*rostro como de hombre; y el cuarto era semejante a un*
*águila volando. Y los cuatro seres vivientes tenían cada*
*uno seis alas, y alrededor y por dentro estaban llenos de*
*ojos; y no cesaban día y noche de decir: Santo, santo,*
*santo es el Señor Dios Todopoderoso, el que era, el que*
*es, y el que ha de venir. Y siempre que aquellos seres*
*vivientes dan gloria y honra y acción de gracias al que*
*está sentado en el trono, al que vive por los siglos de los*
*siglos, los veinticuatro ancianos se postran delante del*
*que está sentado en el trono, y adoran al que vive por*
*los siglos de los siglos, y echan sus coronas delante del*
*trono, diciendo: Señor, digno eres de recibir la gloria y*
*la honra y el poder; porque tú creaste todas las cosas, y*
*por tu voluntad existen y fueron creadas".*

Las cuatro bestias tienen ojos por delante y por detrás. En Ezequiel dice que ellos no retroceden, van hacia delante. En el ámbito del Espíritu, el pasado, el presente y el futuro son ahora. Ellos tienen ojos al frente y atrás. Nota que también dice que tienen ojos por dentro. El ojo representa la visión interna. Hablando proféticamente, tú estás en una visión. Es mucho más real que tu visión abierta. Todo el mundo tiene un sentido profético. Un día, durante un masaje, un masajista me informó que él no tenía que tocar mi ojo con su mano para realmente tocar mi ojo. Él dijo que el nervio de mi ojo está en mi mano. Hablando proféticamente, hay momentos en que no percibimos nada de alguien a menos que lo toquemos. Entonces, la imposición de manos no era un principio de impartición, era un principio para ver. Una persona ciega no tiene vista, pero ¿es realmente ciega cuando puede tocar?

¿Sabías que otro lugar que se corresponde con el nervio del ojo está en tus pies? Una de las historias más poderosas escritas en la Biblia es la de Enoc. Dice que Enoc caminó con Dios, lo cual significa que mientras Enoc caminaba, estaba viendo (él fue llevado en el Espíritu y ya no fue). En el Antiguo Testamento a menudo leemos esta expresión: "Levanta tus manos y alaba al Señor". Esto simplemente significa que las manos levantadas era ver en Su presencia. Hay algo poderoso en las reuniones donde el Cuerpo se pone de pie y levanta sus manos. Es una visión asombrosa. En un momento en el tiempo, todos somos levantados y todos percibimos. Cualquiera puede ser levantado y percibir. No tienes que ser profético. Puedes ser un creyente y declarar. Tú tienes la profecía viviendo dentro de ti. Aquel apóstol está viviendo en ti. Él es tan grande en ti como lo es en mí. Simplemente cree lo que percibes y decláralo, y Dios lo enmarcará. ¡Amén!

Este ámbito de la visión es muy real. Ahora, mira a los ancianos y a las criaturas vivientes rodeando el trono, y nota que dicen: "Santo". Ellas tienen ojos al frente y ojos en la espalda, pero siguen avanzando hacia delante. ¿Qué están viendo? Sólo una palabra, "Santo, Santo, Santo". En otras palabras, no sólo están diciendo la palabra "Santo", en realidad están diciendo lo que ven mientras rodean el trono.

Aquí es donde usted debe usar uno de los elementos de los cuales hablé en el principio de este libro. Ahora, debe usar su visión para ver esta imagen. Si puede tomar esta revelación, una nueva puerta se abrirá ante usted acerca de cómo le da al Señor. Ponga esto en su espíritu. El que cosecha está cosechando tan rápido como puede. A sus talones viene el que ara. Él ya está preparando otra cosecha en el suelo que el cosechador acaba de cosechar. Cuando los dos se encuentran en el campo hay regocijo. ¡Una plantación instantánea es levantar una cosecha instantánea! Puede que se diga a sí mismo que no es así. Bien, ¿qué me dice del siguiente pasaje?

> JUAN 4:35-38 (RV): *"¿No decís vosotros: Aún faltan cuatro meses para que llegue la siega? He aquí os digo: Alzad vuestros ojos y mirad los campos, porque ya están blancos para la siega. Y el que siega recibe salario, y recoge fruto para vida eterna, para que el que siembra goce juntamente con el que siega. Porque en esto es verdadero el dicho: Uno es el que siembra, y otro es el que siega. Yo os he enviado a segar lo que vosotros no labrasteis; otros labraron, y vosotros habéis entrado en sus labores".*

Los campos están listos. Note el énfasis en la palabra. Los campos están listos para la siega. La clave es levantar los ojos, indicando un ámbito de visión más alto, y mirar desde esa posición hacia abajo, a los campos. La razón por la que Él habló de esta manera era implicar que estamos sentados con Él en Lugares celestiales, y que podemos tomar una vista diferente de los campos de siega.

La segunda maravilla en este pasaje es la unidad de los labradores. Ambos permitieron que el otro entrara al campo y la siega, aun cuando el otro todavía no había trabajado. Aquí yace otra maravillosa imagen acerca de entrar en la labor de otros. Esa unidad te permite tomar parte en los campos en los que nunca has estado. Ambos están trabajando juntos en el campo. No hay separación en sus temporadas. No están más en la gestación del tiempo, están en el ahora. La siembra y la cosecha no están más en tiempo de relevo. Sucede de repente y simultáneamente. ¿No puede ver este milagro? Cuanto más plante, más cosecha. Cuanto más rápido siembra, más acelera al que cosecha. ¿Puede ver el milagro de esta ley de multiplicación? Incluso antes de que el que cosecha haya tocado la siega, el sembrador ha vuelto a plantar semilla en la tierra. No hay fin en la siembra y la cosecha. Y en ambos casos, ninguno de los dos está trabajando realmente. El Señor de la cosecha está trabajando. El trabajo de ellos se ha convertido en adoración, no es más sudor y trabajo duro. Ya no hay maldición sobre su trabajo de sudor, sino un dividendo instantáneo de ganancias.

Debemos recordar la semilla de mostaza. Tan pequeña como es, tiene el poder de mover montañas.

> GÉNESIS 8:22 (RV): *"Mientras la tierra permanezca, no cesarán la sementera y la siega, el frío y el calor, el verano y el invierno, y el día y la noche."*

¡No hay final para el proceso! Estamos viviendo en los días en que el tiempo en el Espíritu está siendo fuertemente comprimido. Los milagros creativos y la resurrección de los muertos se están convirtiendo en la modalidad normal de los ministerios apostólicos.

La oración profética está sucediendo incluso mientras es pronunciada. Lo que se habla en las reuniones de intercesión está sucediendo en el santuario. El Señor creó Su casa como una casa de oración. Los salones de oración no deben ser áreas exclusivas en la casa del Señor, o algún salón escondido y alejado del cuerpo de Cristo entero que deba ser hallado. Todo el edificio debe ser un lugar donde la oración haga su habitación. Y cuando movemos nuestra mentalidad de un lugar de oración a una casa de oración vemos la mano creativa de Dios. ¡Aleluya!

Sí, ya está sucediendo. Estamos viendo milagros creativos restaurando partes de cuerpos dañadas o perdidas. Los reportes de muertos siendo resucitados van en aumento alrededor de todo el mundo. Hay cosas sucediendo en el ámbito del Espíritu para las cuales Dios no da el tiempo; nosotros lo tenemos que poner. El presente, el pasado y el futuro deben ser declarados por nosotros. La profecía es ahora, en lugar de más tarde.

Después del hecho no es profecía; es un ejercicio de prognosis.

El Señor dijo: *"Hay ámbitos de Mi gloria que no han sido revelados. Dondequiera que vayas, lleva a Mi pueblo a la adoración. Cuando ellos adoren la puerta de los Cielos se abrirán, y verán otro lado de Mi gloria y poder. Yo he creado ámbitos en los Cielos que todavía no han sido revelados. Los ángeles no han visto toda la Gloria en y de Mí. Las criaturas vivientes, el querubín y el serafín no han visto toda la Gloria en, y de, Mí. Las huestes angelicales tienen que ir de Gloria en Gloria, tú debes ir de Gloria en Gloria también".*

Cuando esté en una reunión no debe importarle cuánto tiempo tome; adore hasta que la vida de la Gloria se manifieste. Cuando esa Gloria venga, podrá hablar y los milagros sucederán. Cambie su alabanza. Hay múltiples manifestaciones de la alabanza. Cada nivel representa un engranaje y otro nivel. Permita la diversidad.

Durante la adoración en una reunión un pastor dijo: "Hermano Renny, ¿me ayudaría? ¿Hay algo que usted nos recomiende cambiar en nuestros servicios para que la Gloria continúe fluyendo en nuestra iglesia?" Yo le dije: "Cantar las letras proyectadas en la pared es diferente de cantar lo que hay en su espíritu. Su cántico nuevo puede llevarlo a niveles que ningún otro puede llevarlo. Cante el cántico nuevo y dance delante del Señor. Mientras no lo haga no podrá alcanzar un nivel mayor de verdadera libertad en el espíritu. Mientras no cante el cántico dentro de usted, todo lo que hará será cantar el cántico de alguien más". Cada casa debe tener su propio sonido. El mismo hecho de que haya diferentes combinaciones de músicos, cantantes y compositores en cada congregación da lugar a que surja un sonido distintivo.

Demasiado a menudo preferimos cantar lo que está en la lista de adoración de los diez más escuchados en lugar de cantar lo que el Espíritu está diciendo a los corazones de los miembros de nuestras congregaciones. Quiero decir que hay poetas, compositores y escritores de todo tipo en su iglesia. La clave es permitir que sus expresiones sean manifestadas. Por supuesto, habrá una temporada al comienzo donde la fluidez no sea como la quisiéramos, pero con el tiempo creará un nuevo sonido en la casa.

Si quiere alcanzar las naciones debe tener el sonido de las naciones en la casa. Eso no significa que deba tener cierto sonido de moda para atraer a las diferentes culturas. Lo que significa es que tenga el sonido de adoración que llama a aquellos individuos que están buscando dicho cierto sonido en la Gloria.

Cuando hay libertad nadie tiene que decirle qué hacer, o cuándo hacerlo. Simplemente se siente libre de actuar según el Espíritu lo guía. Dios quiere que se sienta libre de correr, danzar, bendecir al Señor con todas sus acciones.

Ponga esto como una semilla de sabiduría en su espíritu. ¿Ha notado que la Gloria es mayor cuando la canción es en vivo? Cuando se usa música grabada, la voz está en vivo pero la música no, así que no se edifica la atmósfera mayor. Si la música es en vivo, entonces hay una alabanza dentro de usted que traerá el ámbito de la nube de Gloria. Cuando el pueblo de Dios retiene sus alabanzas, no siembra los Cielos para la lluvia que tanto anhela. Su alabanza causa la formación de la nube. Ponga esto en su espíritu. Cuando los ministros van al servicio ya deben haber construido su nube, ya sea que hayan orado o la alabado para traerla a la existencia. Si esperamos que alguien más cree nuestra nube por nosotros, no funcionará. No es nuestra nube.

> *"Si la música es en vivo entonces hay una alabanza dentro de ti que traerá el ámbito de la nube de gloria".*

Hay una nube de sanidad y una nube de prosperidad. Hay una diferencia entre la nube de Gloria y la unción. Cuando uno ministra por la unción en la palabra de conocimiento unos pocos son sanados. Cuando la nube de Gloria está presente, los Cielos se abren y todos reciben. Participe siempre durante el tiempo de alabanza y adoración. Sea parte de la formación de la nube. Si usted es parte de la formación de la nube, sabrá cómo fluir en la nube. No puede asumir la formación, tiene que ser parte de ella. ¿Por qué las nubes tienen que ser creadas? Porque no puede haber lluvia sin nube. Y no habrá nubes sin alabanza.

Muy a menudo, aquellos en el ministerio llegan mucho después de que la adoración ha comenzado. ¿Qué es más importante que adorar de forma corporativa? Si la cabeza de la casa llega después de que el Cuerpo reunido ha ascendido en adoración, el líder no está realmente en tono con lo que está sucediendo en el servicio. Aquí radica la oportunidad para el enemigo de desatar problemas. Tiene a un líder de alabanza que ya está en el ámbito de la adoración, está escuchando lo que el Espíritu está diciendo y está sintonizado con lo que Dios quiere hacer; pero como el pastor no está en el servicio, el peso de la responsabilidad cae fuerte sobre el líder de alabanza. Luego el pastor entra con su propia nube, que no es propicia o congruente con la nube que hay en la casa. Los resultados se parecen más a una tormenta eléctrica que al suave golpeteo de la lluvia al caer. El Espíritu puede haber estado revelando verdades al Cuerpo para ese momento. Mientras los que estaban en el servicio están escuchando el mensaje del Espíritu, el pastor ha estado tratando otros asuntos, y el resultado es que eso le roba la habilidad de estar en el flujo de la unción en el servicio. Ésta es a menudo la razón por la que el ministro se va del servicio incompleto, pensando que algo salió mal, cuando de hecho él hizo algo mal. Falló en estar en unidad con lo que el Espíritu tenía planeado para ese momento. Falló en estar para el ascenso corporal.

He visto este escenario demasiadas veces ya. El pastor entra listo para predicar su sermón; siente que algo está diferente en la atmósfera, pero por su vida que no puede entender qué es. El líder de alabanza se ha preguntado todo el rato dónde está el pastor. Él sabe que Dios está haciendo algo, pero como conoce su lugar espera por el pastor. En medio de los cuestionamientos, Lucifer tiene la oportunidad de mentirles a los dos, al pastor y al líder de alabanza. No hay espacio suficiente aquí para listar todas las mentiras que pone en sus mentes. Pero sabemos que los celos y el patrimonio territorial son sólo dos de las mejores armas que usa.

La unidad queda destruida, el servicio pierde la gloria de Dios y el pueblo queda preguntándose por qué el servicio no entró en la presencia del Señor. Necesitamos aprender que la adoración debe tomar lugar con todos los dones en su lugar en la casa.

Yo les ruego a los pastores y líderes de alabanza que se reúnan y vayan a la presencia del Señor a buscar la palabra de Dios para la casa. Debe haber unidad. Si un líder de alabanza no puede estar en total acuerdo con el pastor, debe dar un paso al costado. Si un pastor no puede tolerar el ministerio de su líder de alabanza, debería hablarlo con él y hacer los cambios necesarios. Aquí debe hacerse la verdadera pregunta: ¿Quiere un director de música o quiere a alguien con el ministerio de la música? Reprimir a un salmista es estrangular el Espíritu en él. Algunos de nosotros que hemos servido como miembros del equipo en iglesias necesitamos recordar cómo eran las cosas. La mayoría de la gente ha jurado nunca tratar a su equipo de tal o cual manera cuando tome el mando de la casa. Sin embargo, la oleada de poder suele enceguecernos y nos hace olvidar este compromiso. Un doble reino en la casa no causará nada más que guerras y rumores de guerra. Una casa dividida contra sí misma no puede permanecer.

Si usted es un pastor, o un líder de alabanza, que ha caído en esta trampa, arrodíllese delante del Señor, allí donde está, y pídale que lo perdone, en primer lugar, por haber fallado en su tarea como sacerdote. Pídale que restaure sus prioridades según las que Él considera supremas. Luego, ofrezca sus maneras y programas repetidos en el altar. Permítale reinstalar Su diseño y Su plan en su espíritu. Deje su carne de lado y permita que el ámbito de la Gloria llene la casa. Él ha dicho que Su casa sería casa de oración, no casa de agendas.

Ahora que ha limpiado su cuerpo, alma y espíritu, está listo para ascender a la atmósfera donde Él habita. Levante sus manos al Señor. Levante su voz. Cree su propia nube de Gloria. En la nube que usted cree está su milagro, su rompimiento, su prosperidad. ¡Alábelo! ¡Suba un poco más alto! ¡Adórelo! Adore delante de Su rostro. Arrodíllese al estrado de Sus pies y ponga su cabeza en Su falda; deje que Él cante sobre usted, Su novia. Su adoración creará la nube de Su presencia y luego Él descenderá en toda Su Gloria.

El río que vi fluyendo sobre toda la Tierra estaba disponible para todo el pueblo de Dios. Él dijo que la corriente del río estaba cambiando porque nuevas olas comenzaron a romper sobre la superficie de la Tierra. Nuestras expectativas no deben ser de esas viejas olas familiares, sino de las nuevas olas, siempre cambiantes, que Él está enviando a la Tierra. El cambio es lo más difícil de lograr para el ser humano. Nos gusta la comodidad, demasiado. Tenemos que alterar nuestro presente.

Dios me dijo que algunos serán engañados y perderán la nueva ola de Dios porque dirán que ya lo han visto antes. Hay obstáculos conocidos y desconocidos en el río que bloquearán el flujo de la corriente nueva. Pero, con la ayuda de Dios, es posible levantarse por encima de estos obstáculos y abrazar las nuevas olas de Dios. Una palabra de aviso… necesitará algunos cambios en su teología, tradiciones y pensamiento. Ésta será su mayor lucha. Renunciar a lo que nos han dicho que es la manera de hacer algunas cosas. Cambiar algunas formas y metodologías es tan extraño para nosotros como salir de una nave espacial y pararnos sobre la faz de la luna. Sabemos que estamos sobre terreno nuevo, y sabemos cómo llegamos allí, pero no tenemos idea de la tecnología que usa la nave que nos llevó o de la composición de la tierra firme sobre la que estamos parados.

La Gloria en su totalidad es nueva para nosotros. Estamos más cómodos hablando de la unción, pero la Gloria manifestada es otra cosa. El desafío es ir adonde ninguna otra generación ha ido antes. Ya hemos estado en Su ámbito. Fuimos creados allí. Ahora, debemos aprender a acceder a él una vez más, y volver a entrar en su atmósfera. "Aquellos que antes conoció" tiene mucho más sentido de lo que podemos imaginar.

# Capítulo 5

## Hay un nuevo sonido en la Tierra

*"Al examinar toda la evidencia, insistentemente se levanta el pensamiento de que hay alguna agencia sobrenatural, o mejor dicho Agencia, involucrada. ¿Es posible que, de repente, sin quererlo, hayamos tropezado con la prueba científica de la existencia de un Ser Supremo? ¿Fue Dios quien salió y, de manera tan providencial, fabricó el cosmos para nuestro beneficio?"*

GEORGE GREENSTEIN
Astrónomo

Nosotros estamos siempre en una temporada de cambio constante. La palabra de Dios nos ha dicho que podemos conocer los tiempos y las temporadas, y esto es precisamente así en aquellos que van apenas delante de nosotros, a medida que la culminación del tiempo se aproxima rápidamente. El tiempo es constantemente consumido por la mano de Dios hasta que Él venga en cuerpo en la plenitud del tiempo.

MATEO 24:22: *"Y si aquellos días no fuesen acortados, nadie sería salvo; mas por causa de los escogidos, aquellos días serán acortados".*

Cuando te das cuenta de que la eternidad está invadiendo el tiempo, el desafío es entrar al ámbito donde la manera como Dios ve el tiempo versus la nuestra es diferente, a través de lo cual ocurre una compresión del tiempo. En otras palabras, a medida que la mente eterna de Dios invade la mente natural del hombre, el hombre es capaz de ver y entender como Dios ve y entiende. A medida que la eternidad invade el tiempo, el tiempo se acorta, demandando que se logre más en menos tiempo, antes de que Jesús regrese.

Si bien 24 horas es nuestra medida aceptable de un día y una noche, la percepción del tiempo es muy diferente de lo que era cien años atrás. No se pensaba que fuera un inconveniente tomar un año para viajar de un continente al otro. Ahora, el hombre se frustra cuando no llega a algún lugar lo suficientemente rápido.

Permíteme recordarte, una vez más, que el pasaje de DANIEL 12:4 declara:

> *"Pero tú, Daniel, cierra las palabras y sella el libro hasta el tiempo del fin. Muchos correrán de aquí para allá, y la ciencia se aumentará".*

Observa los adelantos en las comunicaciones, las ciencias, la tecnología informática, sin dejar de mencionar el correo de Internet, las transacciones bancarias en línea, las compras en línea y los inventos modernos como los productos comestibles para microondas; y no olvidemos la habilidad que tenemos ahora de enviar un paquete alrededor del mundo en cuestión de horas, si quieres pagar el precio, cuando en el pasado a veces tomaba años que un barco llevara el correo de un Continente al otro. Entonces, lo que antes tomaba un año ahora toma un mes. Lo que antes tomaba un mes, ahora toma una semana. Lo que antes tomaba una semana, ahora toma un día. Lo que antes tomaba un día, ahora toma una hora. Déjame decirlo de esta manera: A medida que el tiempo es acortado, los sucesos que toman lugar en ese espacio de tiempo aparentemente se están comprimiendo.

Si estamos de acuerdo en que Dios tiene autoridad sobre todas las cosas, entonces ¿no tendría también autoridad sobre el tiempo? Sólo

Él puede manipular el tiempo. Él lo creó. Está sujeto a Dios. Si Él quiere hacer que nuestros días vuelen más rápido de lo que estamos acostumbrados, puede hacerlo. En realidad, no lo vamos a notar porque seguiríamos contando cada momento como si tuviera sesenta segundos, cuando en realidad, los segundos estarían en lo que yo llamo "tiempo retransmitido". Mientras Dios tenga el poder de hacer con el tiempo lo que quiera, nosotros sólo lo percibiremos en el ámbito natural.

Lo que realmente quiero que usted agarre es que nuestra percepción cambia cuando entramos en la mente de Dios Padre, Dios Hijo y Dios Espíritu Santo. En el caso de la persona a la que le dan seis meses de vida, ese período de tiempo debe parecer que vuela, mientras que para otra persona puede parecer una cantidad extensa de tiempo. La palabra clave aquí es percepción.

Estamos viviendo en el período en que las profecías declaradas por los últimos 6.000 años se están cumpliendo en el corto espacio de tiempo que resta. Cada pasaje de la Palabra referida al mundo, la Iglesia e Israel se está cumpliendo. ¡Qué apasionante tiempo para estar vivo! Somos la generación que verá algunas de las mayores manifestaciones jamás vistas en, y sobre, la Tierra.

Aparentemente hay un giro en los Cielos, tanto como en la Tierra. Hay más revelación provista al cuerpo de Cristo que nunca antes. Somos benditos por tener algunos de los más maravillosos hombres y mujeres de Dios compartiendo vistazos frescos del reino de Dios a diario. Pero la Palabra aún no cambia, aunque haya nuevas voces declarando entendimiento fresco.

*"Hoy se están desatando unciones en la Tierra que están haciendo un impacto drástico".*

73

En el último par de años hemos despedido a algunos de los más maravillosos líderes, fundamentales en la historia de la Iglesia. Mi querida amiga, y maravillosa madre en el Señor, Ruth Ward Heflin ha ido por su recompensa. Sus revelaciones, mensajes y visiones de la gloria de Dios llamaron a la Novia a levantarse a nuevas alturas en Él. Nuestro querido hermano Kenneth Hagin, que dio inicio a una revolución de fe en la casa de Dios, y nos desafió a creer lo imposible, ahora se regocija en el Cielo. El gran teólogo Derek Prince, que fuera una de las grandes voces en el Avivamiento Carismático en los setentas, se ha deslizado al ámbito de la Gloria. Éstos son sólo unos pocos de aquellos que han servido al Señor con tal intensidad que sus vidas nos tocaron de las maneras más poderosas. Pero el mensaje que ellos predicaron y los mantos que descansaron sobre sus hombros no han quedado en el polvo. Otros han tomado los mantos y se han movido a hacer hazañas aun mayores. No me atrevo a comenzar a nombrar a estos poderosos hombres de Dios por temor a dejar alguno afuera. Muchos de los grandes líderes de hoy han puesto fundamentos sobre los cuales quienes están respondiendo al llamado para entrar a la obra de Dios se puedan parar y confiar. Y aun cuando muchos de ellos han recibido los mantos de aquellos bajo quienes están, hay un linaje de mantos de donde proceden todos estos mantos.

Hay unciones que se están desatando sobre la Tierra hoy que están haciendo un impacto drástico. Estos impactos me recuerdan los mantos que llevaron los gigantes en el Antiguo Testamento. Estamos viendo el cumplimiento de los tipos y sombras de Elías, Daniel, David, Samuel, Eliseo, Moisés, Aarón, Melquisedec, Ezequiel, Hageo, Isaías, Amós, Salomón, Abraham, Isaac, Jacob, Enoc y todo el resto de patriarcas y matriarcas que conforman esa gran nube de testigos en los Cielos. Estos mantos eran tipos y sombras de la unción por venir en Jesucristo, y a través de Él, por el Espíritu Santo. Apenas los mantos cayeron sobre la nube de testigos, causaron que los portadores les hablaran a los gobernadores del Cielo y de la Tierra, y así mismo será, y es el caso, de aquellos bautizados en el Espíritu Santo y Fuego con la unción de Cristo hoy, y en adelante, hasta que Él venga.

Con el levantamiento de los dones de la Ascensión (apóstoles, profetas, evangelistas, pastores y maestros) en medio del cuerpo de Cristo, veremos el residuo de aquellos mantos en el sonido de sus voces, la manera en que abordan los asuntos para perfeccionar a los santos, y la preparación de la novia de Cristo. Vamos a presenciar la manifestación de algunas de las unciones más poderosas en estos últimos días, que están siendo desatadas para este tiempo.

¿Puedes imaginar lo extrañas que eran algunas de las afirmaciones en las Epístolas de Pablo a las iglesias? Él estaba compartiendo revelación fresca con ellas directa de la cámara del trono de los Cielos. Tenían la Ley de Moisés y los escritos de los profetas en su posesión, y así era como sabían que estaban oyendo la verdad, porque se correlacionaba con los escritos de los profetas, y coincidía con las instrucciones de la Ley. Así, lo que oían les volaba la mente. Nunca habían oído nada como lo que estaban oyendo. Incluso cuando Cristo caminaba entre ellos, oyeron Sus palabras y eran extrañas a su entendimiento. Para empeorar las cosas, el Sanedrín creó un grupo de líderes espirituales que seguían a aquellos que predicaban el Evangelio, con un nuevo enfoque político para mantener su influencia. Estos "judaizantes" les decían a los nuevos cristianos que estaba bien aceptar a Jesucristo como Mesías y Señor, pero que no debían hacer a un lado la Ley. Les recordaban que la Ley les había servido bien y que también era parte de Dios. De modo que, si Cristo era de Dios, también tenían que aceptar que Él estaba tan interesado en que obedecieran la Ley como en que lo aceptaran como su Señor. Era una excelente táctica psicológica del Sanedrín, y estoy seguro de que a miles les agradó el aspecto de que no tuvieran que traicionar sus comienzos. Pero la verdad era que aquellos cristianos nacidos de nuevo estaban en peor atadura al tratar de vivir entre los dos mundos, el de la Ley y el de la Gracia ofrecida por las enseñanzas de Cristo.

En estos días finales, la Iglesia tendrá una voz profética política como no hubo en otro período de la Historia de este planeta. Los gobiernos de la Tierra, a través de las crisis y las circunstancias que vivimos, se volverán al consejo profético como nunca antes.

La palabra de Dios en Amós 3:7 (RV'95) nos dice: *"Porque no hará nada Jehová, el Señor, sin revelar su secreto a sus siervos los profetas"*.

Dios está levantando ministerios proféticos nunca antes vistos en la Tierra. La Tierra está siendo testigo de las relaciones sacerdote-rey como en los días de Moisés, donde los profetas del Señor entraron en la casa de muchos faraones declarando la palabra del Señor. En esta hora seremos testigos de este mismo tipo de administración. Ellos hablarán la Palabra, que saldrá como fuego.

En una de nuestras reuniones la Gloria del Señor cayó tan poderosamente y la palabra profética salió así:

*"Porque la atmósfera cambiará, dice el Señor, y la gente Me verá de manera inusual. Porque sucederá que Yo me moveré a través de la voz profética con una señal y una maravilla. Sacudirá los Cielos donde hablan, sacudirá a los políticos. Pondrá a varios de ellos de rodillas. Habrá muchas conferencias de medianoche donde los profetas declararán la Palabra con tal precisión que algunos tratarán de destruir a los profetas a causa de sus visiones. Y habrá un sacudimiento como no has visto nunca antes. En aquel día, la voz de los profetas se levantará sobre cualquier otra voz. Los profetas no sólo hablarán el consejo, también traerán corrección, represión y juicios. El temor del Señor vendrá sobre muchos reyes. Y estos reyes, a causa del temor del Señor, clamarán en alta voz por Su palabra. La palabra del Señor se enrarecerá porque los miembros del gabinete tratarán de razonarla. La palabra del Señor, que venga a los reyes por expresiones proféticas, derribará en tierra los argumentos de la razón. Porque será, dice el Señor, como Yo lo digo, Yo lo haré. Porque la boca del Señor ha dicho esto".*

En el estado original del hombre no había circunstancias como las conocemos hoy porque vivía en la Gloria. Esta pequeña parcela de Cielo en la Tierra era llamada Edén. Uno de los significados de la palabra "Edén" en hebreo es "un momento en el tiempo". Cuando Dios hizo al hombre lo puso en uno de estos momentos en el tiempo. Pablo, el apóstol, dijo que estaba "entre una cosa y otra". Parecía que estaba dentro y fuera de ambos mundos al mismo tiempo. Él entró al mundo que existe simultáneamente con lo eterno o sobrenatural. Cuando entramos en la nube de Gloria, también podemos experimentar lo que dijo el apóstol Pablo. ¡Qué posibilidad tan emocionante!

> Las Escrituras hablan de Jesús cuando dicen en Hebreos 1:3 (RV): *"el cual, siendo el resplandor de su gloria, y la imagen misma de su sustancia, y quien sustenta todas las cosas con la palabra de su poder,"*

> También, como dice Apocalipsis 4:11 (RV): *"Señor, digno eres de recibir la gloria y la honra y el poder; porque tú creaste todas las cosas, y por tu voluntad existen y fueron creadas".*

Imagina, si puedes, pasar un día sin preocuparte de qué hora es. Imagina que tienes la habilidad de convocar a todo el reino animal y, mientras todos se sientan delante de ti, tú les das sus nombres, y que a partir de ese momento, el animal sabe quién es. Imagina poder caminar por el jardín, poniéndole nombre a cada flor y planta a tu alrededor. En la frescura del atardecer caminas y hablas con Dios. No tienes falta de inteligencia para hacer eso, porque tienes el 100% de capacidad cerebral. De hecho, puedes entender lo sobrenatural como si fuera natural. Éste es el resultado del impacto total del ADN de Dios en ti. ¡Qué existencia increíble! Todo lo que Adán hacía era para complacer a Dios al dirigirse a las creaciones de Dios. Ésta fue la primera alabanza y adoración que ocurrió en la Tierra. El hombre estaba entusiasmado con las cosas que Dios había creado. Así venía el deleite de ellos, llevando la atención hacia las cosas que Dios había creado, proclamando aquellas cosas gloriosas y maravillosas, Adán y Eva podían experimentar lo que ninguna otra criatura podía: adoración perfecta.

La adoración nos lleva al tercer Cielo. Lo adoramos a Él en total Espíritu y verdad. En la adoración, experimentamos la atmósfera original en la que quiso originalmente que estuviéramos con Él. En la adoración no estás pendiente de los elementos de la materia, porque Él se convierte en la materia de tu adoración. Dios es la revelación de la materia.

> Juan 1:3 (RV)  *"...y sin él nada de lo que ha sido hecho, fue hecho".*

Él es todo lo que es y será, esperando que nosotros simplemente lo adoremos por quién es. Aquí es donde la Iglesia se ha salido del camino hacia la oscuridad espiritual. Muchos están obsesionados con las cosas que Él ha creado más que con el arrebato de Su presencia.

¿Puede ser que hayamos perdido el deseo de ser atrapados por Su presencia? ¿Será que el yunque sobre el que nuestra vida ha sido forjada, nos martilló hasta restringirnos a la atmósfera de la Tierra? ¿Nos hemos convertido en blancos fáciles para Satanás, y su horda de demonios, que nos hemos vuelto débiles y sin poder? Los milagros se hacen fáciles cuando las cosas de la Tierra ya no importan y nuestro enfoque está totalmente en Él. La prioridad comienza a ser Su presencia. Entonces tus necesidades se convierten en Su prioridad. Lo hemos visto una y otra vez, los milagros suceden sin mucho más que una oración. Cuando llamamos Su presencia, cuando Su Gloria es deseada, es cuando lo vamos a ver manifestándose a Sí mismo en medio de nosotros en toda Su Gloria. Hemos visto abrirse los ojos, los oídos sordos oír, el mudo hablar, el inválido caminar y los milagros creativos abundar donde la atmósfera es celestial, no terrenal, impregnada con todo lo que Él es.

Los milagros suceden con facilidad cuando adoramos en Espíritu y verdad. Nos encontramos con el Creador en la atmósfera donde Él diseñó que viviéramos desde el principio. La adoración es un estilo de vida creado por el Dios de los Cielos. Es en esta adoración donde cumplimos el propósito de nuestra creación. El cumplimiento de la voluntad de Dios de nuestra parte es la adoración. Es una paradoja, lo uno engendra lo otro porque ambos están entrelazados. Si venimos con un corazón para alabar y adorar a Dios, poniendo nuestras agendas y programas de lado, podemos estar seguros de que Él se mostrará a Sí mismo en medio de Su pueblo. Si cumplimos Sus demandas, Él cumplirá Su propósito.

Dios quiere mostrarle al mundo que Él es el Gran Yo Soy y que no hay poder que se compare al Suyo. Cuando lo alabamos y adoramos, el mayor poder existente, para aquellos que creen y caminan en el Espíritu, está a nuestra disposición. Ha llegado el tiempo de esperar lo inesperado, experimentar lo inusual, creer lo imposible y presenciar lo milagroso.

## *"Tu adoración abrirá el nuevo sonido en la Tierra".*

Ésta es la hora de Su gloria. Nada más basta; sólo Su presencia manifestada satisfará el hambre que se profundiza más y más en el cuerpo de Cristo. Este hambre es de origen divino; y es lo que tal vez usted está sintiendo al leer este libro. Quizá está hambriento por Su presencia, y aun así vive aceptando las mecánicas que toman lugar en la Iglesia. Pero su expectativa sigue siendo la presencia manifestada de Dios.

Tu adoración es el catalizador que trae la satisfacción que estás buscando. Tu adoración abrirá el nuevo sonido en la Tierra. Es Su canción, y viene de Su corazón. La melodía debe resonar desde lo más profundo del hombre. A medida que nuestra adoración se intensifica, junto con el sonido de aquellos que adoran alrededor de nosotros, el sonido gana potencia. Y cuando esa masa de adoración genera más energía, comienza a levantar a todo el grupo de adoradores a otro ámbito, el ámbito de la Gloria.

Hay un nuevo sonido en la Tierra. No es sólo el sonido de los estribillos de una vieja canción familiar; es el sonido de los latidos del corazón de Dios. Es el sonido de Su voz cabalgando sobre las alabanzas de Su pueblo. ¿Puedes oírlo cantarte a ti Su nueva canción? Abre tus oídos espirituales y escucha la canción del Cielo. Oye el nuevo sonido llenando la Tierra.

Hay ámbitos de la personalidad de Dios revelándose ahora que no eran conocidos cinco minutos atrás. Los ángeles giran alrededor del Trono revelando los misterios de Dios que no han sido vistos antes. Ellos no necesitan retroceder ni avanzar, porque tienen ojos por delante y por detrás, y cantan la palabra "Santo".

Apocalipsis 4 es la manifestación de la adoración divina. Cualquiera puede alabar pero no todos adoran. Cuando cantamos canciones conocidas, nos mantenemos en una sola dimensión. Mientras no cante la nueva canción, el ámbito del Espíritu no entrará en el servicio. En su espíritu hay una canción que puede llevarlo allí. Si tiene que leer la letra de una pared para adorar, no sabe cómo adorar, porque viene de su mente. Es común que una mujer le pregunte a su hombre: "¿Tú me amas?" Si le tienen que pedir que le diga que la ama, no es espontáneo, porque viene de su cabeza no de su corazón. Si es real no usted no necesita que le digan que lo haga. Hay una dimensión que falta en el servicio porque cantamos canciones contemporáneas, canciones carnales. Podemos cantar, a veces, canciones espirituales gloriosas pero luego volvemos a las contemporáneas. Ahí es cuando retrocedemos y la Gloria comienza a levantarse. La Gloria se levanta porque no puede mezclarse con lo viejo.

Hay momentos en que la alabanza y la adoración en que siempre se comienza con lo conocido. Pero cuando comenzamos el servicio con el cántico nuevo –y lo terminamos con el cántico nuevo– no hay canciones contemporáneas. Permanecemos en el cántico nuevo, porque éste es la palabra profética cantada. Cada canción tiene un ritmo, una melodía y un tempo. Cuando Adán pecó en el Jardín, el ritmo de toda la Tierra cambió. Lo sobrenatural se hizo diferente. Cuando algo sobrenatural sucedía, era un evento. El hombre original fue hecho para vivir en este evento. La música es el sonido internacional de la Tierra. Cuando la gente canta está profetizando. Le dirán a usted: "Yo oí esta voz cuando cantábamos esa canción". Mientras el pueblo no comience a cantar el cántico nuevo faltará una dimensión en el servicio. Los ángeles están girando alrededor del trono cantando: "¡Santo, Santo, Santo!" ¿Cuál es el cántico nuevo? Cuando Dios creó a Lucifer, fue un ser extraño. Él fue hecho con música en su interior. Era el departamento de música en los Cielos. Pero todavía más extraño por el mismo nombre que Dios le dio.

El en hebreo es una abreviatura de "Dios, poderoso, fuerte, creador". Gabriel y Miguel tienen el al final de sus nombres. Lucifer no tiene el al final de su nombre. Aun con todo lo bello que era cuando Dios lo creó, no había el –o Dios– en su nombre. Dios nunca le dio Su nombre. Lucifer pensó que lo tenía todo. Pensó que el Cielo sufriría cuando fue expulsado. No contaba con que el Espíritu Santo estuviera como refuerzo. El Espíritu Santo esperó que cayera. Dentro del Espíritu Santo estaban los cánticos nuevos que Lucifer no conocía. Dentro del Espíritu Santo hay ritmos, notas y melodías que Lucifer nunca sabrá. Cuando Satanás cayó, lo primero que Dios le dio a la Tierra fue el cántico nuevo.

¿Por qué el cántico nuevo? Para cubrir la atmósfera y el ritmo de la Tierra que había sido tomada por la música demoníaca de Satanás. Algunas cosas suceden en el Espíritu de las que nosotros no nos enteramos. Un ritmo es un movimiento. Alguien se sana, se libera con esa nueva canción. El cántico nuevo es cantar la palabra de Dios. El ritmo es el movimiento. ¿Cuál es el tempo? El tempo representa el tiempo. ¿Qué tiempo representa? Ahora, la fe es. El tempo sondea el tiempo, aun cuando el tiempo no tiene una definición real cuando se aplica a la situación. Ahora, si la alabanza es una afirmación de que estoy siendo sanado, liberado y desatado, cuando alabo al Señor, entonces mi alabanza afirma que Dios ya lo hizo. El ritmo es un movimiento y el tempo es la fe. ¿Cómo logramos la armonía? Cuando la gloria del Señor viene no hay ensayo. Cualquiera puede entrar en esa canción.

Hay sólo siete acordes mayores en la música. Cuando cantamos el cántico del Espíritu, cae en un octavo acorde, que es un acorde menor. En este acorde menor todos pueden cantar en armonía. En el Tabernáculo de David sólo se usaban acordes menores, y se llamaba Adoración de Tabernáculo. David tenía cuatro turnos en el tabernáculo. La Biblia dice que vamos de Gloria en Gloria. Entonces, el siguiente turno tomaba la posta desde donde había quedado el turno anterior. No era la misma Gloria, era una diferente. Iba de Gloria en Gloria en Gloria. A través de su adoración ellos mantenían la presencia del Señor ardiendo.

Había actividad sobrenatural sucediendo 24 horas al día. El diablo odia que entremos en el cántico nuevo. Yo fui criado en una porción de la Iglesia de Dios. Una de los principales objetivos que teníamos en la iglesia de Londres era enseñar el cántico nuevo, o cantar en el Espíritu. Era un trabajo meticuloso porque algunas personas sostenían que no se podía cantar en el Espíritu a menos que Dios te lo dijera.

Como podrás imaginar, había un gran desacuerdo o malentendido acerca de los dones del Espíritu y las lenguas. Tuvimos que enseñar que hablar en lenguas era diferente de recibir una palabra de Dios. Un mensaje en lenguas y su interpretación son igual a la profecía pero la profecía está por encima de eso. De modo que la profecía es básicamente hablarla. Hay momentos, en el ámbito del Espíritu, en que vamos a profetizar y a hablar en lenguas. La gente cree que usted está dando una interpretación, pero en realidad tenía la palabra antes de hablar. Cuando hablaba en lenguas estaba edificando su espíritu para dar la palabra. Todo es de Dios, pero deberíamos saber que podemos profetizar: ¡Sólo dígalo! Hay momentos en que no necesita esforzarse para alcanzarlo, ya está ahí. Dios está esperando que lo diga. Cuando cantamos el cántico nuevo en el ahora, Dios quiere que enmarquemos el movimiento. ¿Cuándo va a dar un paso adelante y cantar? Cuando dé ese paso será una dimensión totalmente nueva. Sus servicios serán tan diferentes como lo es el día de la noche.

¿Puede imaginar el día en que, cuando adoremos, todas las sillas de ruedas queden vacías, cada ojo ciego se abra, cada oído sordo oiga, y cada cuerpo devastado por el cáncer sea sanado? Estamos en camino a eso, pero debemos aprender a entrar en la eternidad cuando adoramos. Cuando adoramos a Dios, lo eterno se hace nuestra realidad.

Dios desea que cantemos el cántico nuevo del Espíritu. Debemos cambiar nuestra adoración o será una actividad más, como de costumbre. Jesús no viene por una Iglesia que está en actividad como de costumbre. Él viene por un pueblo que sabe cómo guiar hacia el Reino y tocar lo sobrenatural. Aquellos que verdaderamente saben cómo adorar han aprendido a cantar en Espíritu y verdad como su segunda naturaleza. Hay una canción dentro de su espíritu que va de acuerdo con el flujo.

> JUAN 4:23 (NVI) *"Pero se acerca la hora, y ha llegado ya, en que los verdaderos adoradores rendirán culto al Padre en espíritu y en verdad, porque así quiere el Padre que sean los que le adoren".*

# Capítulo 6

# El ADN del cuerpo de Cristo

Durante las últimas décadas, la Iglesia se ha separado de la experiencia íntima de lo sobrenatural. La aparente falta de señales, milagros y maravillas ha producido tal vacío que muchos han tratado de llenarlo con una miríada de calistenia y promociones personales, centradas en el individuo y en la exaltación individual. Todo lo que hace esto es reforzar la misma razón que provocó el vacío en primer lugar. Muchos líderes están mirando los testimonios de otras iglesias para basarse en su modelo. Y esto sólo logra alienar aún más a la gente de Dios.

Yo aprecio profundamente lo que Dios ha hecho en varios lugares estratégicos alrededor del mundo. He tenido el privilegio de predicar en la mayoría de esos ambientes que han producido libros, música y cosechado testimonios para esos lugares. Pero debo advertirles a los líderes en la Iglesia de Occidente que sean precavidos en este tiempo. No podemos convertirnos en ministros cortados por la misma tijera. Cada uno ha sido llamado en su unicidad para hacer y ser algo que nadie más puede ser. Es la individualidad en la creación de Dios que es tan maravillosa de observar. Aun así, encontramos tantos líderes que van a las librerías, o ingresan a la Internet, buscando una idea para promocionar su iglesia, o una idea para un sermón que predicar.

Yo puedo entender que se busquen recursos educativos, diseños arquitectónicos e incluso estructuras organizacionales. Pero reflejar otra iglesia, sólo porque tienen un testimonio de éxito en lo que ha logrado, es perder de vista todo el propósito y plan de Dios. Él quiere hablar con usted. Él quiere darle Su plan para su ministerio. Deje a un lado los libros que ha leído, los seminarios a los que ha asistido, y métase en un lugar tranquilo con Dios donde Él pueda hablarle Sus planes a su espíritu.

Su gloria se experimenta sólo donde está Su presencia. Hablar de Él solamente no le da sustancia a Su presencia. Debemos adorarlo. Esto significa oírlo y obedecerlo. El eje de todo esto es la palabra "adoración". Fue la razón de que fuéramos creados. Es lo que Él anhela de nosotros. Él añora la intimidad con nosotros. La adoración es la forma más alta de intimidad con Dios. ¿Puede comenzar a ver el misterio de este anhelo? No olvide que Él vuelve por una Novia que ama Su presencia.

Cuando dos personas se aman, por lo general no es necesario que se comuniquen verbalmente. Un simple gesto es todo lo que necesitan para entender lo que el otro quiere comunicarle. La gente que ha estado casada por muchos años termina las frases del otro, lo cual es una señal segura de que comparten una misma mente. Si vamos a tener la mente de Cristo, debemos ser capaces de sentir al Espíritu comunicándose con nosotros todo el tiempo. Me vienen a la memoria todas las veces que estoy solo en la ruta pensando en mi esposa y mis hijos; es tan maravilloso escuchar de repente mi celular sonar y escucharlos del otro lado. Esto hace que me dé cuenta de que nuestras mentes y corazones están latiendo al mismo compás.

Este tipo de amor es lo que el Padre añora. Él no quiere un estilo de amor de domingo. Él quiere el tipo de amor diario, 24 horas al día, siete días a la semana. Porque Dios amó este mundo de tal manera que nos dio a Su hijo. El sacrificio tenía un propósito, una razón de ser, y ese propósito era reinstaurar nuestra comunicación con nuestro Creador. Y cuanto más se comunique usted con Él, de repente, sentirá el anhelo por más.

El depósito de la gloria de Dios en el hombre es precisamente el conductor que lleva esta hambre de vuelta a Su trono. ¿Qué es lo que nos lleva a clamar a Dios por un milagro? ¿Qué es lo que clama en nosotros por la manifestación del poder sobrenatural y la demostración de la gloria de Dios? ¿Será que la marca original que el hombre recibió de su Creador tiene una resonancia residual que se activa con lo sobrenatural? Si éste no es el caso, debemos mirar los argumentos intelectuales de que el hombre es una creación basada en la necesidad. En ambos casos tenemos las bases fundamentales para un análisis preciso. El hombre es una creación basada en una necesidad. Dios lo necesitaba, y él necesita a Dios. Para muchos la realidad de Dios ha tomado diversas formas. Para algunos, los milagros son agentes de prueba. Algunos necesitan maravillas científicas, mientras otros buscan en cada recoveco y ranura teológica una señal de Dios.

El hombre fue creado a la imagen y semejanza de Dios. Y ahora estamos siendo transformados en Cristo a Su semejanza, a través del proceso de la santificación, por el Espíritu Santo. Por lo tanto, debemos tener algún elemento definido de Él en nosotros. ¿Es posible que cuando se manifiesta lo sobrenatural haya una agitación del ADN eterno?

En COLOSENSES 1:27 (RV) leemos las palabras:

*"Cristo en mí, la esperanza de gloria".* ¿No ganamos su ADN a través de la obra redentora de la sangre vertida de Jesús?

Sin redención, sólo hay un destino, ¿alguna parte de Dios va allí? A mi parecer, cada vez se le da menos y menos atención a los beneficios del sacrificio de Cristo en el Calvario. Es imposible convertirse en una nueva criatura en Cristo sin el derramamiento de Su sangre. La sangre de Cristo es la evidencia prima facie de redención. El hombre no cambia sólo con creer y decidirse a aceptar a Dios. Sí, el hombre debe reconocer Su existencia, declarar que Su hijo es quien dice ser, pero se necesita la sangre para transformarnos en herederos y co-herederos con Cristo. Ningún milagro de sanidad sucede sin apropiarse de lo que las llagas en Su espalda ganaron para nosotros.

Hay una vieja canción cuya letra es más o menos así: "Oh, la sangre de Jesús, nos lava tan blanco como la nieve". ¡Es verdad! Su sangre es la fuente de limpieza, el borrador de la deuda del pecado, y el sello de nuestra esperanza de eternidad.

Observe, por favor, los pocos milagros que he compartido con usted hasta ahora. ¿Siente que hay un querer, un deseo de ser un tipo de persona diferente?

Tal vez se preguntes a sí mismo: "¿Cómo es esa atmósfera que esta gente experimentó que causa que tantos milagros sucedan al mismo tiempo?" Es la atmósfera de adoración. Es el interés abandonado en la deidad de Cristo, no en Su habilidad de sanar. La enfermedad no es el asunto. Aquí es donde nos vamos del tema de Dios. Seguimos haciendo demandas en Sus procesos creativos, cuando Él ha puesto la habilidad en nosotros para llamar las cosas que no son como si fueran. La inteligencia reveladora es el "sentido común" de lo sobrenatural. El creyente tiene la llave de la puerta que lleva a Su presencia. Es la adoración. Debemos aceptar que debe haber algo de acción de nuestra parte para llamarlo. Él ya ha prometido que nunca nos dejaría ni nos abandonaría. Nos ha prometido que seríamos capaces de hacer mayores cosas que las que Él hizo. Pero tenemos que hacer algo para llegar a aquel lugar donde Él ya está. Debemos entrar al ámbito donde Él está, en la Gloria. El acceso a este ámbito se abre cuando adoramos. Cuando usted adora, Él inhala su adoración y exhala Su gloria. En el mismo aliento de Dios es donde se encuentra la atmósfera para lo milagroso, lo sobrenatural. Pero sólo vendrá cuando toda su atención esté en Él, y no sólo en su necesidad.

Tenemos que aprender a cortejar al Espíritu Santo. En nuestras cumbres, nosotros a veces adoramos hasta dos horas, e incluso más. Alguna gente religiosa que ha llegado a nuestras reuniones se ha quejado de que la adoración tomó demasiado tiempo. Dice que estaba demasiado cansada para escuchar el mensaje después de adorar por tanto rato. ¡Asombroso! ¿Cómo se puede cansar de adorar al Señor? Si está haciendo una mímica de la adoración en su carne, entonces se va a cansar; sin embargo, si de verdad lo adora en el Espíritu, no se va a cansar. Su yugo es fácil y Su carga ligera, y el tiempo no es un factor.

||||||||||||||||||||||||||||||||||||||||||||||||||||||||||||||||||||||||||||||||||||||||||||||||||||||

## *"Necesitamos aprender a cortejar al Espíritu Santo".*

||||||||||||||||||||||||||||||||||||||||||||||||||||||||||||||||||||||||||||||||||||||||||||||||||||||

Muchos de los antepasados de los ministerios apostólicos aprendieron a cortejar al Espíritu Santo. Un amigo mío me contaba acerca de la primera vez que se encontró con Kathryn Khulman. Lo habían guiado hasta su camerino antes de una de sus reuniones. Cuando él entró en aquel cuarto vio a Kathryn de espaldas. Ella estaba llorando y adorando al Señor. Las palabras que salían de su boca impactaron a mi amigo, tanto que cayó de rodillas pues supo que algo sagrado estaba sucediendo. Oyó a Kathryn Khulman susurrarle al Señor: "Oh, Padre, ¿confiarás en mí una vez más?" Me pregunto si realmente sabemos cuánto más tendríamos si tuviéramos toda la confianza de Dios en nuestras vidas. Después de unos momentos, la hermana Khulman se dio vuelta y miró a mi amigo y le dijo: "Querido, lo único que Él quiere es todo de ti". Para entonces mi amigo estaba sobrecogido por el poder de Dios. Todo lo que recuerda es que un rato más tarde, volvió en sí y se dirigió al enorme auditorio donde el servicio ya estaba corriendo. La plataforma no es el único lugar para que sucedan los actos de Dios. Aquel momento cambió la vida de mi amigo. Hasta hoy él todavía habla de aquellas palabras que le escuchó decir a ella: "Oh, Padre, ¿confiarás en mí una vez más?"

¿Seré tan valiente como para hacerle la pregunta: "¿Puede Dios confiar en usted?" Cuanto más obedece sus mandatos, cuánto más muestra lo mucho que lo ama, cuanto más muestra que usted está en Él y Él está en usted, más está usted en Él, más conectados están sus corazones, más se parece a Dios, más puede Él confiar en usted. Hay requisitos para el proceso de alcanzar una intimidad con el Señor. ¿Ha presentado su cuerpo en sacrificio vivo, santo y aceptable a Él? ¿Se ha negado a sí mismo y tomado su cruz para seguirlo? ¿Ha cedido su mente, voluntad y emociones a Su mente? La vida que vive ahora es en Él, pues fuera de Él, usted no está realmente vivo.

Si está sentado leyendo este libro y preguntándose por qué no tiene un ministerio más poderoso, una congregación más grande, o una cuenta de banco más abultada, debería considerar el factor de la confianza que Él tiene en usted. Considere los párrafos anteriores tanto como los siguientes comentarios.

En Oriente, los pastores aprenden a cuidar el rebaño desde niños. Pero el hijo de un pastor no recibe la responsabilidad de una manada en su primera misión. La primera parte de su entrenamiento es cuando el Padre mismo comienza a entrenarlo, quien no le delega esta responsabilidad a ninguno de los otros pastores, sino que toma la responsabilidad por su hijo en sus propios hombros. Primero le da una oveja para cuidar; allí debe aprender a criar ese cordero hasta su completa madurez. Cuando ya ha alcanzado todo el conocimiento sobre el cordero, se le da otro y luego otro, hasta que pronto tiene un rebaño completo para cuidar. Todo se trata de confianza. El Padre tiene que ver si al hijo se le puede confiar un cordero. ¡Qué maravilloso debe haber sido el día en que el Padre anunciaba a toda la familia, y a los demás pastores, que su hijo ya era un hombre al que le podían confiar sus rebaños! Debemos tener fe en Dios y confiar en Él. Pero, ¿puede Él decir lo mismo de nosotros?

La fe es uno de los procesos más inusuales. Es la autopista de la comunicación entre Dios y el hombre. Cuando termine la dispensación, el tiempo no será más. ¡Ya no necesitaremos la fe! Habremos experimentado el fin de la fe. Recuerda que Él dijo que es el autor y consumador de nuestra fe.

La fe sobrepasa y siempre interrumpe o rompe la ocurrencia natural de la ley del tiempo. Ésta es la diferencia entre un milagro y una sanidad. Los milagros son inmediatos, las sanidades son graduales. Cuando oramos con fe y decimos: "Voy a ser sanado", hemos puesto nuestra sanidad en un evento futuro. El hombre de fe, que puede orar por nosotros y creer en una manifestación instantánea, habla desde el ámbito eterno donde el escenario es el "ahora". Pero en muchos casos, debido a la incredulidad lo escuchamos en el ámbito del tiempo. Lo que realmente hacemos es desconectarnos del "ahora" y posicionar nuestra fe en esperanza. Ésta es la razón por la que no recibimos una sanidad inmediata. Mientras el ministro está viendo en el "ahora" la persona por la que ora está cambiando la imagen. ¿Recuerdas la afirmación de Jesús: "De acuerdo con tu fe te sea hecho"? La palabra operativa aquí es "de acuerdo". En otras palabras, ¿cuál es la condición de tu fe? ¿Cuál es ambiente de tu fe? ¿Estás en el "ahora" o estás en el futuro? Alguna gente dice: "Yo necesito un milagro", pero en realidad está pensando en "sanidad". Una sanidad lleva tiempo, un milagro no. ¡Un milagro es inmediato!

¡Tenemos un Dios maravilloso! Él nos ha dado las llaves del Reino para que cumplamos por Él, de manera continua, aquello que hizo mientras estaba en la Tierra. El ministerio no es lo que era diez o veinte años atrás. La mayoría de nosotros éramos eruditos de la Palabra, y ahora estamos dando a luz una generación que sabe más de filosofía, psicología y patología que de la palabra de Dios. Por favor, no se ofendas por lo que digo. Yo aplaudo a aquellos que se han educado. Debemos tener todos los dones para lidiar con esta sociedad compleja con la que nos enfrentamos hoy, pero todavía no hay nada superior a la palabra escrita de Dios, fuera de la palabra escrita de Dios, cuando se torna en revelación o palabra de resurrección por el poder del Espíritu Santo.

Un ministro mayor le dio a su hijo una poderosa perla de sabiduría. Le dijo: "Hijo, no puedes amar de verdad al Señor sin amar Su palabra; porque Su palabra es en realidad Dios en forma de texto". Son palabras por las cuales vivir. Cuando le tomamos la palabra a Dios, y lo digo literalmente, podemos esperar lo inesperado. Cuando esa Palabra se convierte en una realidad viviente dentro de nosotros, acoge al "Cristo en usted" que instila "la esperanza de Gloria".

"Padre, te pido en el nombre de Jesús, tu hijo, que desates el hambre por tu presencia en este lector, ¡ahora mismo! Dale la revelación para caminar en tu maravillosa confianza. Concédele la plenitud de su anhelo. Bautízalo y llénalo con tu poder, de modo que esté lleno de tu Espíritu Santo, ¡AHORA! Cambia sus antiguos caminos, y enséñale la nueva senda. Hazlo un odre nuevo. Dale la fuerza mental, su voluntad y emociones para mantener el curso al que lo has llamado. No permitas que desprecien los días de los pequeños comienzos, porque en ellos están las lecciones que necesitarán para la maduración de los santos a su cuidado. Haz que esas influencias que les impiden entrar a la Gloria sean cortadas de ellos inmediatamente. ¡Llena su templo con el tren de tu Gloria! Y desde este momento en adelante, nunca dejes que se arrepientan de haber tomado la decisión de ser edificadores de la nube de Tu Gloria. ¡Oro esto en el nombre de Jesús, amén!"

# Capítulo 7

## Los cielos y aquellos que los habitan

*"La vida en el Universo, ¿es rara o única? Yo recorro ambos lados de esa calle. Un día, puedo decir, que dado los 100 billones de estrellas en nuestra galaxia y los 100 billones o más de galaxias, tendrá que haber algunos planetas que se hayan formado y evolucionado de maneras muy, pero muy parecidas a la Tierra, y por lo tanto, tendrán al menos vida microbiana. Hay otros días en que digo que el principio antropológico que hace especial a este universo, dentro de un incontable número de universos, tal vez no aplique sólo a ese aspecto de la naturaleza que definimos en el ámbito de la física, pero se puede extender a la química y la biología. En tal caso la vida en la Tierra podría ser completamente única".*

CARL WOESE
Microbiólogo de la Universidad de Illinois

La Biblia habla de tres cielos. El primer cielo es la atmósfera que rodea la Tierra. El segundo cielo es la atmósfera donde Lucifer y sus ángeles caídos fueron asignados a existir, entre el tercer cielo y la Tierra. El tercer cielo es donde se encuentra la cámara del trono de Dios. Ahí es donde mora la gloria de Dios. Allí es donde nos originamos. Esta atmósfera es donde anhelamos estar, porque es nuestro origen. Cuando nos da ese hambre por la presencia de Dios es porque añoramos nuestro hogar, añoramos la atmósfera en la que Él nos creó.

Al presente, la Tierra está en curso de colisión con lo eterno. La Biblia declara que la Tierra será llena del conocimiento de la gloria de Dios, como las aguas cubren la mar. La gloria de Dios está contenida en el tercer cielo. Por lo tanto, para que esta atmósfera sea derramada sobre la Tierra, la distancia entre el Cielo y la Tierra debe acortarse. Así la Tierra podrá ser afectada por la gloria del Cielo. Primero, la Tierra colisionará con la esfera externa, o el primer cielo. Esto ya está sucediendo.

Mientras el primer cielo impacta la Tierra, el tiempo en la Tierra se está acelerando en anticipación del derramamiento de la gloria del tercer Cielo. Luego, una colisión con el segundo cielo causará la ruptura de las fuerzas demoníacas del mal, lo cual producirá eventos catastróficos sobre la Tierra, marcados por lo que la Biblia llama "los acontecimientos del tiempo final". Jesús advirtió acerca de estos sucesos. Hay diez señales que definen este período.

> Lucas 21:8-11 (RV) *"Él entonces dijo: Mirad que no seáis engañados; porque vendrán muchos en mi nombre, diciendo: Yo soy el Cristo, y: El tiempo está cerca. Mas no vayáis en pos de ellos. Y cuando oigáis de guerras y de sediciones, no os alarméis; porque es necesario que estas cosas acontezcan primero; pero el fin no será inmediatamente. Entonces les dijo: Se levantará nación contra nación, y reino contra reino; y habrá grandes terremotos, y en diferentes lugares hambres y pestilencias; y habrá terror y grandes señales del cielo".*

Aquí es donde ocurre la interferencia estática entre la cámara del trono y la Tierra, haciendo más dificultosa la comunicación abierta con el Cielo que antes de la Caída. Por esta razón vemos oscuramente como a través de un vidrio. Antes de la Caída, Adán veía claramente en el ámbito de la gloria de Dios.

El apóstol Pablo, en 2 CORINTIOS 12:1-4 (RV) habla de ser arrebatado al tercer cielo. *"Ciertamente no me conviene gloriarme; pero vendré a las visiones y a las revelaciones del Señor. Conozco a un hombre en Cristo, que hace catorce años (si en el cuerpo, no lo sé; si fuera del cuerpo, no lo sé; Dios lo sabe) fue arrebatado hasta el tercer cielo. Y conozco al tal hombre (si en el cuerpo, o fuera del cuerpo, no lo sé; Dios lo sabe), que fue arrebatado al paraíso, donde oyó palabras inefables que no le es dado al hombre expresar".* Así fue arrebatado a la Gloria y al futuro.

El futuro es ahora, no en algún lugar delante de nosotros en esta zona terrenal del tiempo. El hombre piensa horizontalmente. Dado que Dios se manifiesta verticalmente, el impacto se establece de forma horizontal. Nuestro futuro está en la Gloria, en los lugares celestiales, de donde todo procede. Si vamos a aprender a pensar de manera eterna, a caminar y hablar como fuimos creados en verdad para hacerlo, nuestra existencia en esta Tierra será muy diferente de como la conocemos. Fuimos hechos para tener la mente de Cristo. Eso significa que estamos para razonar o pensar como Él lo hace. ¡Qué pensamiento alucinante!

¿Puedes imaginarte pensando la luz, los animales, las plantas e incluso la raza humana a la existencia? Y aun más, la Palabra dice que ésta es la mente creativa a la que podemos acceder a diario. La fuente está allí. Todo lo que tenemos que aprender es cómo usarla. Y dado que aparentemente no hemos aprendido a hacerlo en el ámbito de la iglesia en este tiempo presente, ¿puede ser que hayamos perdido alguna parte vital de la ecuación acerca de cómo acceder a la inteligencia sobrenatural?

Nuestro futuro está en la Gloria. Para ponerlo de otra manera, nuestro futuro es ahora, en un sentido literal. Algunos de nosotros preferimos mirar a través de un catalejo para ver el futuro, cuando en realidad todo lo que necesitamos es la propiedad magnificadora de la fe para ver en la Gloria. Hoy por hoy, el mejor momento para recuperar nuestra vista espiritual es mientras adoramos. Necesitamos ser arrebatados en adoración para ser capaces de ver nuestro futuro. Dios sabía que tendríamos problemas en esta Tierra, que seríamos distraídos con todo lo que sucede a nuestro alrededor. Por esa razón diseñó en nosotros la capacidad de adorarlo. Cuando estamos realmente centrados en Él, todo lo demás se aclara a nuestro alrededor. Pero nuestra posición cambia cuando adoramos, y eso es lo que realmente quiero que ponga en su espíritu. Estamos allá arriba con Él, aun cuando estamos aquí abajo. Estamos sentados con Él en lugares celestiales, pero en realidad estamos parados aquí en la Tierra. ¿O no lo estamos?

Su solución fue darnos sabiduría, visiones y revelaciones con respecto del futuro, para llevarnos a un lugar más alto y que pudiéramos mirar desde el ámbito de la eternidad hacia el tiempo y entender el fin desde el principio.

||||||||||||||||||||||||||||||||||||||||||||||||||||||||||||||||||||||||||||||||||||||||||||||||||||||||

## *"Nuestro futuro está en la Gloria".*

||||||||||||||||||||||||||||||||||||||||||||||||||||||||||||||||||||||||||||||||||||||||||||||||||||||||

Lo que está allá, en nuestro futuro, ha estado allí siempre. Nos falta entendimiento acerca de cómo agarrar estos misterios y traerlos a nuestra experiencia ahora. En la Gloria hay un depósito, muy parecido a una cuenta de banco, con tu nombre en él. Está a tu disposición en los Cielos. Acceder a ese depósito es más fácil de lo que te has podido imaginar.

Si accedemos al ámbito eterno, y comenzamos a declarar cosas, entonces estaremos hablando desde "arriba" hacia "abajo". Si tenemos tesoro en el Cielo, donde está nuestro corazón y donde fuimos originados, entonces ¿por qué cree que es imposible acceder a la cuenta que tiene allí? Dios ya nos ha dado la tasa de interés compuesto del Cielo, que resulta en hasta el cien por ciento de retorno de nuestra inversión. La clave de invertir en el Reino es no confundir la inversión con la siembra. Sembrar es preparar una cosecha para luego poder invertir. Si sólo miras lo que haces como una siembra, entonces no podrás reconocer la cosecha cuando llegue. Y si no puedes reconocer la cosecha, ¿cómo reconocerás la oportunidad de la Gloria cuando Dios te presente una? Proverbios dice que procuremos la sabiduría y el entendimiento; que adquiramos sabiduría e instrucción, para percibir las palabras de entendimiento; para recibir la instrucción de la sabiduría, la justicia y el juicio y equidad. De hecho, lo considera tan valioso como rubíes preciosos.

Un querido amigo mío comentaba acerca de su visita a la ciudad del Cielo. Esto es lo que compartió: "En una de mis visitas al Cielo, iba caminando por un largo boulevard, en la zona central de la ciudad. De pie en esta hermosa calle hecha del más increíble material dorado imaginable, pude ver en ambos lados de la calle los almacenes de Dios. Cuando entré en uno de ellos, estaba lleno de los más hermosos tapices que mis ojos hubieran visto. Al levantar la vista descubrí que no había techo en aquel edificio. Y habían demasiados rollos de material difícil para mí de imaginar. Al entrar en otro almacén, vi que estaba lleno de recipientes dorados de todo tipo –jarrones, copas y salseras, platos y utensilios de mesa con los diseños más exóticos que uno pueda imaginar–. De repente, entendí que todo esto era mío, para usarlo según mi discreción. ¡Todo lo que tenía que hacer era pedírselo!"

Había tanto más que podría compartir aquí, pero el punto es éste: ¡Él aún es dueño de los rebaños de miles de colinas! ¡Es dueño de todo el oro, toda la plata, todo el bronce! En Su reino no falta nada; y como Sus hijos, y co-herederos, tenemos derecho a todo.

# Capítulo 8

## ¡Eternidad! Donde la fe alcanza la zona horaria de Dios

*"Encuentro difícil de entender a un científico que no reconoce la presencia de una racionalidad superior, detrás de la existencia del Universo, tanto como comprender a un teólogo que niega los avances de la ciencia".*

WERNHER VON BRAUN
Pionero en Ingeniería de Cohetes

La fe es la zona horaria en la que Dios habita. Es, fue y será. La fe es una ley superior al tiempo. Nos permite vivir y operar en una ley superior. A través de la fe podemos acceder, fuera del tiempo, a la eternidad. La fe es el puente o pasadizo, la conexión entre el tiempo y la eternidad. Sin fe no es posible encontrar una entrada al ámbito eterno por el Espíritu.

Por lo general vivimos enfocados en la crisis, lo cual nos impide percibir, sentir o ver la gloria de Dios, porque nos hemos conformado al ámbito de los sentidos donde existe nuestra crisis. Este tipo de percepción hace que lo que realmente vemos esté complicado con el intelectualismo y los hechos, no con la verdad. La fe opera desde, por y dentro de la ley de la verdad.

Él es el mismo ayer, hoy y por los siglos. Siempre es y siempre será. Él es Dios. El Señor siempre ha tenido problemas para lidiar con la humanidad, porque Él sale de un ámbito eterno para entrar en un ámbito limitado de tiempo y espacio. En este aspecto, Él habla un lenguaje que nosotros no podemos entender. Él sabe esto, pero nosotros no. Somos incapaces de conectarnos con la eternidad desde nuestro ámbito temporal. ¿Cómo se podía hacer un puente en este abismo? Quedaba de parte de Dios tomar la iniciativa y resolver este problema de comunicación. Se necesitaba una clave para decodificar Sus pensamientos, algo que funcionara en ambos ámbitos. Tenía que ser un medio de intercambio válido en el ámbito de la eternidad y en el ámbito del tiempo. Así, Él proveyó un medio de intercambio, válido en el Cielo y en la Tierra, al darnos la fe. Ésta es la moneda, o el estándar de oro, del ámbito eterno, y también una moneda reconocida, o estándar, en la Tierra. Dios tenía que darle al hombre la fe para elevarlo por sobre las restricciones del tiempo, el espacio y la materia, para que el hombre pudiera tener una relación inteligente con Su Creador.

La mente caída del hombre no puede entender el ámbito eterno, ni comprender el hecho de que fue creado para una dimensión más alta de lo que el tiempo, el espacio y la materia podrían determinar para él. La mente humana apenas puede concebir que le haya sido dada una clave para subyugar y cambiar su entorno de limitaciones predeterminado por el tiempo y el espacio. La clave es la fe. Dios nos dio el regalo de la fe para abrir la puerta de la prisión del tiempo, escapar y acceder libremente a Su glorioso ámbito. La puerta abre para ambos lados, dándonos acceso a Él, y a Dios acceso directo a nosotros, sin las limitaciones de la duda. Una vez que la llave de la fe gira en la cerradura del tiempo, nada es imposible para el hombre. Puede acceder libremente a los tesoros de Su amoroso Padre.

Despojados del peso de la incredulidad, podemos entrar libremente en Su presencia. Ya no dudamos más de lo que Dios dijo que haría o de cuándo dijo que lo haría. El tiempo ya no representa una amenaza. Esto entusiasma a Dios porque encuentra acceso a tales corazones y mentes y, por eso, nada será imposible. Dios puede ser Dios en hombres o mujeres así. La incredulidad no le robará la dimensión sobrenatural a este tipo de hombre; juntos pueden revelar lo que realmente debe ser el Nuevo Nacimiento: Dios en el hombre, trayendo el Reino de los Cielos a la Tierra, y hacer efectiva la victoria del Calvario.

HABACUC 3:3 (RV) dice: *"Dios vendrá de Temán, y el Santo desde el monte de Parán. Selah Su gloria cubrió los cielos, y la tierra se llenó de su alabanza".*

## ¡Eternidad! Donde la fe alcanza la zona horaria de Dios

El significado de Temán es "ninguna parte". Así, se puede leer: "Dios vino de ninguna parte". Yo sé que es difícil para nosotros ubicar nuestra mente alrededor del concepto de que alguien, o algo, haya existido siempre, pero es parte de este maravilloso misterio de Dios. Él siempre fue eterno. Antes del principio, no había ningún lugar de donde Él pudiera venir. Ésta es la razón por la que Él creó "el principio".

Los científicos nos dicen que una estrella explosiva, visible para la Tierra, es un evento que tomó lugar fuera de la zona horaria de la Tierra, 300 años atrás. Tomó 300 años para que ese evento se registrara en nuestra zona horaria y se hiciera visible. También sabemos que cuando la luz que viene del calor del sol nos alcanza, han pasado siete minutos y medio. Así que el calor que sentimos en un día de verano es un evento pasado y antiguo.

ISAÍAS 48:3 (RV) *"Lo que pasó, ya antes lo dije, y de mi boca salió; lo publiqué, lo hice pronto, y fue realidad".*

Algo, de repente, está a punto de cambiar tu mundo. Algo, de repente, está a punto de darle un giro a tus finanzas. Algo, de repente, se va a mover en tus hijos. Algo, de repente, va a cambiar en tu matrimonio. ¡Estamos en la temporada de eventos repentinos! ¡Cuando estás en el punto de tu vida en que no puedes esperar más, estás por entrar la temporada repentina de tu vida! Alaba a Dios antes de la manifestación; no esperes a verlo para creerlo. Alaba al Señor antes del milagro. ¡Cancelación de deudas repentina! ¡Liberación repentina después de años de opresión! ¡Promoción repentina en el trabajo! ¡Espéralo!

Para poder entender la manifestación completa de la fe debemos entender las restricciones que gobiernan la dimensión del tiempo. Si escuchas o ves a través del velo del tiempo, estás escuchando y viendo a través del velo del curso. No podemos entender la fe desde un punto de vista del tiempo. No podemos entender el tiempo desde el tiempo. Sólo podemos entenderlo desde el ámbito de la fe, que sobrepasa el ámbito del tiempo. Sólo podemos ver un ámbito inferior desde un ámbito superior. No podemos ver un ámbito superior desde otro inferior.

No podemos entender el funcionamiento de este mundo caído observando desde una perspectiva caída. Debemos ser llevados a un lugar más alto para tener una vista de ventaja. Así es como deberíamos ver el tiempo, desde el ámbito de lo eterno. No podemos ver el ámbito eterno desde la postura del tiempo, porque no tiene sentido.

La fe tiene un testigo para el mundo. Mira cómo habla MARCOS 16:20 (RV) acerca de la fe.

> *"Y ellos, saliendo, predicaron en todas partes, ayudándoles el Señor y confirmando la palabra con las señales que la seguían. Amén"*

Dios se identifica con la fe, porque la fe y Dios están relacionados. La fe es la victoria en acción.

> 1 JUAN 5:4-5 (RV) *"Porque todo lo que es nacido de Dios vence al mundo; y ésta es la victoria que ha vencido al mundo, nuestra fe. ¿Quién es el que vence al mundo, sino el que cree que Jesús es el Hijo de Dios?"*

Debemos tener la fe de Dios, no sólo confiar. La confianza es muy parecido a decirle a un niño de salte del costado de una piscina y que tú lo vas a agarrar. La fe es mucho más que la confianza. Enseña que si bien no lo puedes ver en lo natural, hay una evidencia que soporta el hecho de que alguien te agarrará en la caída. Un niño puede confiar en las palabras, pero para saltar desde el borde de la piscina necesita fe.

Jesús vino como la revelación de la fe. Él es el título de propiedad de la fe.

*Hebreos 11:1 (RV) declara: "Es, pues, la fe la certeza de lo que se espera, la convicción de lo que no se ve".*

Los hebreos leen de derecha a izquierda, ayudándonos a entender que Dios siempre declara el final desde el principio y el principio desde el final. Hebreos 11 comienza con la palabra "ahora". Pero, ¿qué sucedió antes de que llegáramos al ahora? Las cosas que no se ven, o eternas, llaman a la evidencia; la evidencia llama a la esperanza, luego, la esperanza llama a la sustancia. Cuando la sustancia aparece nosotros podemos declarar el ahora. El "ahora" está soportado por la evidencia que se ha manifestado.

Los milagros están relacionados con la gente. Por la fe, las acciones de la gente activan la respuesta de Dios. Sin fe, las obras son muertas. Alguien puede creer por un milagro sin tener fe, pero nada sucederá. El acto de la fe es lo que estimula lo milagroso de Dios. Es como la bujía de un motor. Cuando el motor de arranque le envía una carga, éste responde encendiendo la gasolina que está dentro del motor.

## *"La vida está en la sangre".*

La fe es un acto de pacto de ambas partes. Todo pacto nació a través de la sangre. La sangre simboliza la fuerza de la vida. La razón por la que la vida de Dios no es entendida es que no hemos examinado a conciencia el significado de la sangre. Cuando uno oye la referencia de que la vida está en la sangre, es verdad. Si pierdes tu sangre, pierdes tu vida. Hay una frase que los médicos usan cuando están lidiando con un herido de bala o cortado en la arteria principal. Ellos dicen que les preocupa que se desangre. La vida está en la sangre. Entonces, cuando aplicamos este concepto a lo espiritual, debemos reconocer que todo lo que está en Dios está en Su sangre, pues ésta es la fuerza de Su vida.

Todo lo que Dios tenía, es y será está contenido en la sangre de Cristo. Nuestra fe, muy a menudo, es ciega a las cosas escondidas de Dios. Nosotros descansamos en nuestra fe, la cual está limitada por nuestro intelecto caído. El hombre, por lo general, descansa únicamente en lo que puede ver, oír, gustar, tocar y oler. Dios puede manifestarse en todos estos ámbitos, y lo hace, pero cuando nos acercamos a la fe por medio de estos cinco ámbitos sensoriales, en realidad estamos regulando el monto de respuesta que aceptaremos de Dios. Él trabaja con más que nuestro ámbito sensorial. El alma es el asiento de la mente, la voluntad y las emociones. Si todo lo que hacemos es interactuar con Dios en el ámbito del alma, nos perderemos lo que está haciendo en nuestro hombre espiritual. Lo sobrenatural es desde donde Él se manifiesta, y eso sólo se discierne desde el espíritu del hombre, no el alma.

¿Cuándo llegaremos al lugar donde aceptamos la realidad de que todo en Cristo es nuestro? ¿No dijo Él que somos co-herederos? ¿No fuimos adoptados como hijos? Si es así, entonces, ¿por qué nos conformaríamos con vivir a través de nuestra mente, voluntad y emociones y no Su mente, voluntad y emociones?

Ahora, cuando Jesús caminaba sobre la Tierra vivió y operó en la fe. Éste es el pacto de la fe. El diccionario define el pacto de la siguiente manera: "Un acuerdo vinculante entre dos o más personas o partes; un contrato. Un acuerdo o voto solemne hecho por los miembros de una iglesia para defender o soportar su fe y su doctrina. Teología. Las promesas de Dios al hombre, como se registran en el Antiguo y Nuevo Testamento". Esto según el American Heritage Dictionary.

Entonces, si Jesús vino a la Tierra operando en la fe, debe haber habido algún tipo de voto, o acuerdo, desde el Reino de los Cielos con respecto a su fe y doctrina desde donde Él podría administrar Sus declaraciones. Sin un pacto legal o un contrato vinculante con el Padre y el Espíritu Santo, Jesús habría actuado de manera ilegal, o por Su propia cuenta. Dado que ellos son uno, eso era imposible. Esto hace que la fe de Cristo sea algo en lo que tú y yo podemos confiar. Es un acuerdo solemne en el que hemos entrado como Su novia, y de Su lado del acuerdo donde Él ha firmado con Su sangre. Todo lo que se requiere de nuestro lado es la fe en Él, la que ya Él ha ganado por nosotros.

La misma naturaleza de Dios es fe. El carácter de Dios es fe. Así es como debemos verlo. Cuando nos volvemos al intelecto caído de nuestra naturaleza adámica, perdemos mucho del intelecto de pacto que Él puso en nosotros cuando nos salvó.

Ahora la fe debe convertirse en nuestra vida, porque es debido a la evidencia que Dios habita en nosotros. El hombre natural es la salida del hombre espiritual. Si el espíritu es quien nos guía, la carne lo seguirá. Si el alma es nuestra guía, entonces la mente, la voluntad y las emociones llevarán el timón. La fe es un asunto del espíritu. No puedes poner la fe en la habilidad de Dios a menos que sepas qué es la fe. Dios es infinito; siempre lo será. Más allá de la revelación que tengas, no importa lo grande que sea, tú puedes poner tu fe en Él, porque Él no puede fallar. Le es imposible fallar. Dios no sería Dios si fuera humano. Los humanos son seres bajo contrato de arrendamiento. Dios es el Yo Soy. Nosotros somos el Yo Soy a través de Cristo.

La fe madura no se rinde en medio del proceso. Hay una frase muy usada que escucho mucho en mi hogar adoptivo, Texas. La frase suena así: "No puedes cambiar de caballo en mitad del río". El razonamiento detrás de este viejo dicho de vaqueros viene de la experiencia. Primero, estás corriendo montado en un caballo y llegas a un río, espera a llegar al otro lado antes de cambiarte a otro caballo o puedes terminar en el agua, o peor aun, con las botas mojadas. Si estás en medio del río sobre un caballo, el caballo te permitirá bajarte, pero el otro caballo que trates de montar no te dejará subirte. Él está trabajando por llegar al otro lado, y no va a tomar más peso que aquel con que comenzó. Se requiere una fe madura para llevar algo hasta su cumplimiento.

¿Puedes imaginar dónde estaríamos si Cristo hubiera decidido, mientras lo enjuiciaban en la sala de Poncio Pilatos, que ya había tenido suficiente? Él podría haber apelado al ámbito de la Gloria y dejarlos a todos preguntándose dónde se fue. ¡Pero! Su fe fue nacida en Él desde Su Padre. La fe de Su Padre era eternamente madura. Siempre completaba la tarea que fuera. ¿O puedes imaginar al Espíritu Santo decidiendo durante la Creación que para el jueves ya habían usado todas sus habilidades creativas? Es absolutamente ridículo pensar que se hubieran quedado sin habilidad ¿verdad? Entonces, ¿por qué pensamos que se nos acabó la fe si nuestra fe se deriva de Él? Su inmensidad es nuestra.

He aquí una pepita de oro que quiero poner en su hombre espiritual:

1.  Recibir es evidencia de fe.

2.  La manifestación de lo que recibes siempre se corresponde con lo que Dios está haciendo en ese momento en el tiempo.

3.  Lo que Dios quiere impartirnos son Sus deseos.

A causa de estos tres elementos, a menudo, nos encontramos en guerra espiritual. Al enemigo le encanta bloquearnos para que no recibamos la evidencia de la fe. Le encanta distorsionar la manifestación, confundiéndonos con lo que hemos recibido de Dios, y cuestionando si es de Él o no. Cuando nuestros deseos realmente están creando una reacción positiva en nosotros, también a menudo pensamos que no es posible. ¿Por qué es tan difícil recordar que Él dijo que nos daría los deseos de nuestro corazón? Y si nuestro corazón es como el Suyo, los puntos de nuestros deseos coincidirán con los suyos.

El propósito de Su sangre limpiando nuestros corazones es permitir que la fe opere a través del pacto de sangre. Él purifica la sangre, haciéndola capaz de llevar Sus atributos. La limpieza de Su sangre lava todos los miedos, las dudas y la incredulidad.

Tal vez estás leyendo esto y pensando: "Pero, ¿por qué mi fe no funciona así?" El pecado obstaculiza la fe. Cuando el pecado está presente, diluye nuestra fe. Es como una infección viral. Aun cuando el cuerpo puede funcionar, no está en su potencial completo. Esto es igual cuando la fe es obstaculizada por el pecado.

La fe da todo por terminado, completado y finiquitado. La fe no se preocupa por los problemas. ¿Recuerdas la historia de Abraham en ROMANOS 4:19-21 (RV)?

> *"Y no se debilitó en la fe al considerar su cuerpo, que estaba ya como muerto (siendo de casi cien años), o la esterilidad de la matriz de Sara. Tampoco dudó, por incredulidad, de la promesa de Dios, sino que se fortaleció en fe, dando gloria a Dios, plenamente convencido de que era también poderoso para hacer todo lo que había prometido".*

Si alguna vez hubo una fe madura fue ésta. Abraham tenía más de cien años, su esposa tenía un vientre estéril; pero estaba este pacto, este acuerdo, este voto que el tiempo no podía alterar. La pureza del voto le daba poder a la promesa. Abraham no dependió de su carne para decidir si la promesa se manifestaría o no. La palabra de Dios dice que él no consideró su cuerpo muerto. La mayoría de los hombres a esa edad te dirán que son la persona más cercana a la muerte en el planeta. Pero esa afirmación está basada en el tiempo, no en una declaración de pacto. Abraham debe haber sido el modelo para el dicho: Eres tan joven como te crees.

Hemos recibido un pacto de fe porque Dios es un Dios de pacto de fe. Él se manifiesta a través de nosotros, y a nosotros, con base en nuestra relación, no nuestra asociación. Todo aquello en lo que tengas fe es aquello en lo que crees. ¡He visto más hombres de Dios tener más fe en la organización, en los mentores y las denominaciones que en el Creador del Universo! Aun Jesús tuvo que reprender a los líderes religiosos, los fariseos y saduceos, por no reconocer quién era Él. "¡Oh, hombres de poca fe!" Aun los discípulos vivieron bajo el mismo escrutinio. La religión moderna le da más importancia a sus programas, filosofías, reglas, regulaciones y responsabilidades societarias que a las cosas de Dios. ¡Y todo el debate es sobre la fe!

## "Diles que es la fe de Dios en Cristo Jesús".

Cuando la gente en la calle se te acerca y te pregunta cuál es tu fe, diles que es la fe de Dios en Cristo Jesús. ¡Pero, por favor, no les respondas nombrando la denominación a la que perteneces! Lo último que quieren oír es tu disertación acerca de la doctrina de la fe. Ellos están haciendo la pregunta correcta, así que no les des la respuesta incorrecta.

Si el Reino de Dios fuera una cadena de televisión, la fe sería el plato satelital que usamos para bajar la señal de las ondas aéreas. Cuando la televisión estaba en su infancia, era en blanco y negro. La imagen no era tan clara como la alta definición de hoy, pero era una maravilla para el mundo de todos modos. Asimismo era en los primeros tiempos de la Iglesia, mucho de lo que se oía y decía era como nuestra televisión en blanco y negro. A medida que nos acercamos a la venida del Señor, el conocimiento se ha incrementado y ahora vemos y oímos una señal diferente. La señal se hace más fuerte conforme nos acercamos al ámbito donde se origina la señal. A medida que la eternidad invade el tiempo, la señal se intensifica. De hecho, hay una inmensa cantidad de receptores haciendo sonar el mensaje de los cambios que están ocurriendo en la Tierra y en los Cielos.

# Capítulo 9

## Dominio sobre el tiempo

*"Entonces podremos participar en la discusión sobre la pregunta de por qué existimos nosotros y este Universo. Si hayamos la respuesta a eso, sería el triunfo culminante de la razón humana, porque entonces habremos conocido la mente de Dios".*

STEPHEN HAWKING
Astrofísico británico

El tiempo fue creado. Dios le dio dominio al hombre sobre cada cosa creada, incluyendo el tiempo. En el recuento de la Creación de Génesis vemos que el tiempo vino a ser en el cuarto día. Fue creado de la luz cósmica, y no siempre existió en este planeta. El tiempo encuentra su definición en virtud de los días, los meses y los años, como resultado de la rotación de la Tierra alrededor del Sol, y la rotación de la Luna alrededor de la Tierra. Sin el sistema de rotación no habría calendario ni manera de medir nuestros días, ni podríamos juzgar nuestra edad.

SALMOS 8:3 (RV'95) *"Cuando veo tus cielos, obra de tus dedos, la luna y las estrellas que tú formaste"*.

SALMOS 8:6 (RV'95) *"Lo hiciste señorear sobre las obras de tus manos; todo lo pusiste debajo de sus pies"*.

Desde que fue creado, el tiempo está incluido como "la obra de Sus manos" y califica para estar en sujeción a aquellos a quienes Dios les ha dado dominio sobre este planeta. El tiempo, como el dinero, está para ser nuestro sirviente, no nuestro amo, pero si no sabemos ejercer el dominio dado por Dios sobre el mismo, éste nos gobernará como un esclavista cruel. Necesitamos entender la operación del tiempo y la eternidad para llegar a ser expertos en nuestro dominio en este ámbito. No será hasta que entendamos cómo funcionan el tiempo y la eternidad que podremos entender realmente la fe, como aquella herramienta dada al hombre para manipular el tiempo. La fe es una fuerza dominante, dada al hombre para gobernar sobre el tiempo. La verdadera fe dice cuándo va a suceder, y el tiempo debe inclinarse ante este decreto.

En la ciencia moderna entendemos que, de hecho, era la Tierra la que se quedó quieta, no el sol, pero el efecto fue el mismo. El tiempo se sostuvo por 24 horas hasta que el hombre declaró que podía continuar.

Aquí hay un pasaje interesante de un correo electrónico que ha estado circulando por un par de años. Ha habido algunos cuestionamientos con respecto a la validez de esta historia, por lo que lo dejaré al criterio del lector, para que haga su propio juicio al respecto. Si esta historia no es verdad, la base sobre la que se sienta el relato nos permite usarlo como una maravillosa ilustración de cómo la ciencia puede reaccionar frente al uso de sus habilidades para escudriñar los Cielos y leer la historia puesta delante, por la mano de Dios, en el firmamento.

La historia va más o menos así. Un señor Harold Hill, presunto presidente de la Compañía Curtis Engine de Baltimore, Maryland, y un asesor del programa espacial relataron la siguiente cadena de eventos: Los astronautas y científicos espaciales en Greenbelt, Maryland estaban revisando la posición del sol, la luna y los planetas allá en el espacio, dónde estarían a 100 años y 1.000 años de distancia de ahora. "Tenemos que saber que no enviaremos un satélite para luego dejarlo estrellarse contra algo cuando ya esté en órbita. Necesitamos disponer las órbitas en términos de la vida del satélite, y dónde estarán los planetas para que no se vaya todo al pozo" –exclamaron–. Hicieron el análisis informático, una y otra vez a través de los siglos, hasta que tuvieron una interrupción. La computadora se detuvo y puso una señal roja, lo cual significaba que algo andaba mal, ya fuera con la información ingresada o con los resultados, en comparación con las medidas estándares. Entonces llamaron al departamento de reparaciones para que vinieran a revisar el sistema.

Cuando los científicos preguntaron cuál era el problema, la respuesta fue que aparentemente hallaron que faltaba un día en el espacio, en el tiempo transcurrido. Se rascaron las cabezas y se tiraron los pelos, pero no había respuesta. Finalmente, un cristiano en el equipo dijo: "¿Saben? Una vez, estando en la escuela dominical, me hablaron acerca de que el sol se detuvo". Si bien no le creyeron, tampoco tenían otra respuesta, así que dijeron: "Muéstranos".

Él tenía una Biblia; fue al libro de Josué donde encontró una declaración bastante ridícula para cualquiera con "sentido común". Allí encontraron que el Señor le decía a Josué: "No temas, porque Yo los he entregado en tus manos; no habrá ninguno de ellos que te pueda enfrentar". Josué estaba preocupado porque el enemigo lo tenía rodeado, y si la noche caía lo sobrepasarían en fuerzas. ¡Así que Josué le pidió al Señor que hiciera que el sol se detuviera! ¡Así mismo!

*Josué 10:13 (RV) "Y el sol se detuvo y la luna se paró, hasta que la gente se hubo vengado de sus enemigos. ¿No está escrito esto en el libro de Jaser? Y el sol se paró en medio del cielo, y no se apresuró a ponerse casi un día entero".*

Los astronautas y científicos dijeron: "¡Falta un día!" Revisaron sus computadoras, volviendo al tiempo en que fue escrito esto y encontraron que era cerca, pero no lo suficiente. El tiempo transcurrido que faltaba en los días de Josué era de 23 horas y 20 minutos, no un día completo. Volvieron a leer la Biblia y allí decía: "alrededor (aproximadamente) un día". Estas pequeñas palabras en la Biblia eran importantes, pero todavía tenían problemas porque no si no puedes dar cuenta de cuarenta minutos, todavía tendrás problemas dentro de 1.000 años. Tenían que encontrar los cuarenta minutos porque se podían multiplicar muchas veces en las órbitas. Cuando el empleado cristiano lo pensó mejor, recordó que también, en alguna parte de la Biblia, decía que el sol retrocedió. Los científicos le dijeron que estaba loco, pero volvieron al libro y leyeron estas palabras en 2 Reyes, que relata la siguiente historia: Ezequías, en su lecho de muerte, recibió la visita del profeta Isaías, quien le dijo que no iba a morir. Ezequías le pidió una señal como prueba.

> 2 REYES 20:9-11 (RV) *"Respondió Isaías: Esta señal tendrás de Jehová, de que hará Jehová esto que ha dicho: ¿Avanzará la sombra diez grados, o retrocederá diez grados? Y Ezequías respondió: Fácil cosa es que la sombra decline diez grados; pero no que la sombra vuelva atrás diez grados. Entonces el profeta Isaías clamó a Jehová; e hizo volver la sombra por los grados que había descendido en el reloj de Acaz, diez grados atrás".*

¡Diez grados son exactamente cuarenta minutos! 23 horas y 20 minutos en Josué, más cuarenta minutos en 2 Reyes, completan el día que faltaba en el Universo. ¡¿No es asombroso?! (Referencias: Josué 10:8, 12-13 y 2 Reyes 20:9-11)

No importa si la historia tiene alguna validez, yo estoy seguro de que hay casualidades como éstas sucediendo todo el tiempo en el mundo de la ciencia. Los fenómenos inexplicables son una ocurrencia diaria, y aun así sabemos que todo es posible en el ámbito de lo sobrenatural.

Ya que el tiempo cae en la categoría de creación, no es de sorprenderse que la Tierra se detuviera por 24 horas en una historia bíblica al comando de Josué. Por lo tanto, el hombre tiene la habilidad de subyugar todo lo creado, incluyendo el tiempo.

El tiempo fue dado a los hijos de los hombres. Nosotros somos los hijos de Dios, nacidos en otro sistema donde no hay tiempo. Dios ha puesto eternidad en nuestros corazones, la cual es el ámbito de la Gloria. Hemos aprendido a operar desde donde venimos, no desde donde vivimos en el presente en esta zona horaria caída. La fe nos fue dada por Dios para romper la curva del tiempo, donde estamos atrapados. A diferencia del tiempo, lo eterno ha sido siempre, nunca fue creado.

Este ámbito de la Gloria es nuestro lugar de nacimiento, y para aquellos que son nacidos de arriba, al aceptar la sangre derramada de Cristo Jesús, es el lugar futuro. Sin embargo, el tiempo fue creado en el cuarto día; no siempre existió. A través de la luz creada en este cuarto día se nos dio el dominio, como lo dice nuestro contrato de arrendamiento sobre este planeta, que le fue dado a Adán.

Para recibir nuestro milagro –o para administrar milagros en esta Tierra– necesitamos entender nuestro dominio sobre la Tierra. Todos aquellos que operan en el ministerio de los milagros han aprendido a subyugar el tiempo y poner en vigor el mundo invisible sobre el mundo visible. Nadie se mueve de manera consistente en el ámbito sobrenatural sin entender cómo superar el tiempo. Si no aprendemos a superar el tiempo, tendremos que trabajar con él, y sentir sus obvias limitaciones. Necesitamos saber que no hay nada que Dios vaya a hacer que ya no haya hecho. El secreto es que tenemos que entrar en ese mundo y traerlo al aquí y ahora.

Juan 11:1-44 nos da un recuento de cuando Jesús levantó a Lázaro de la muerte. Sin embargo, vemos que cuando Jesús escuchó que Lázaro estaba enfermo, podría haber ido de inmediato, pero no lo hizo. Cuando finalmente llegó a la casa, Marta le reclamó por no haber estado allí, diciendo: "Si hubieras estado aquí, mi hermano no habría muerto". Él le contestó que Lázaro volvería a la vida, y le preguntó a Marta: "¿Crees esto?" Y prosiguió diciendo: "Tu hermano se levantará de nuevo". Y ella respondió: "Yo sé que él se levantará de vuelta en la resurrección del último día". Ella declaró el tiempo que contenía su realidad en algún momento en el futuro. Si bien el Día del Juicio es un día apuntado en el futuro, ella no pudo ver que Jesús había salido de ese día y vuelto al de ella, diciendo en efecto: "Marta, no tienes que esperar hasta ese día". Ella no podía ver que la resurrección no era un evento, era una persona. Jesús dijo: "Yo soy la resurrección". No te limites por tu falta de entendimiento del tiempo. ¡Agarra tu porción ahora mismo! Él estaba diciendo: "Si crees, no tienes que esperar hasta ese día". Él quiso decir que la fe puede llevarnos por encima del tiempo, al futuro, para tomar nuestra porción ahora mismo.

## "Lo que es revelación en el Cielo es profético en la Tierra".

Aquellos que no entienden la fe están forzados a esperar el día que el doctor ha señalado para recibir su sanidad. Si él dijo seis meses, desafía la ley del tiempo y activa la ley más alta de la fe; ¡entra al futuro y toma tu sanidad ahora mismo!

Lo que es revelación en los Cielos es profético en la Tierra. En los Cielos las cosas no se aprenden ni se pueden aprender. Simplemente se saben. No es posible estudiar y aprender el ámbito de la revelación. Debe ser revelado. Es posible aprender la operación del ámbito profético, pero no la del ámbito de la revelación. Hay un mundo de diferencia entre la experiencia de la revelación y la profética. Son gobernadas por reglas diferentes, porque una se origina en el trono de Gloria, y la otra se origina en esta atmósfera caída. El Cielo opera en tiempo presente, mientras la Tierra tiene diferentes zonas horarias. Aquí tenemos pasado, presente, futuro y futuro perfecto. Si algo viene a la Tierra de los Lugares Celestiales tiene que ajustarse a un de estos cuatro tiempos, de modo que pueda permanecer en la Tierra y manifestarse en sus tres ámbitos dimensionales. Tiene que venir a la Tierra, dejar el ámbito de la eternidad de donde vino y penetrar el ámbito del tiempo. Para que esto suceda, debe ser enmarcado o reclamado por las palabras de nuestra boca. Entonces se queda en nuestra zona horaria, y se manifiesta a nosotros en el ámbito natural.

Los científicos han probado que cuanto más nos alejamos de la Tierra, más nos removemos del tiempo. La distancia entre el Cielo y la Tierra está cambiando constantemente. Esto es porque los Cielos se están moviendo hacia la Tierra en anticipación del rapto de la Iglesia y del día en que la Tierra sea renovada con la gloria de Dios. Él declaró que la Tierra sería llena con el conocimiento de la gloria del Señor. Esto sólo puede venir de los Lugares Celestiales.

La distancia original entre el Cielo y la Tierra hoy no es lo que era antes de la caída. Los dos mundos están ahora más cerca que nunca antes.

> DEUTERONOMIO 11:21 (RV'95) lee: *"para que sean vuestros días, y los días de vuestros hijos, tan numerosos sobre la tierra..."*.

De esto vemos que Dios tuvo la intención de que el hombre caminara en la atmósfera celestial, en este planeta. Cuando uno profetiza no habla desde el tiempo, sino desde la eternidad. En los Cielos todo está terminado, así que no hay necesidad de profecía. En la Gloria el tiempo es presente, conocimiento ahora.

En la Gloria no hay pasado, presente ni futuro. Todo está completo en la Gloria. La profecía está reservada para la Tierra, para el ámbito del tiempo. Se convierte en una fuerza creativa, que se extiende al futuro y lo trae al ahora. La verdadera profecía nunca habla desde el tiempo, porque entonces se vería distorsionada.

La profecía habla desde la eternidad, porque ve el resultado terminado de la palabra declarada. Un profeta no habla desde el presente al tiempo presente. Él siempre habla desde el futuro al tiempo presente. La profecía cesará, pero el ámbito revelador de la Gloria nunca cesará. Esto es debido a que la profecía está reservada para el ámbito temporal de esta Tierra, donde existe el futuro. En la Gloria no hay futuro. Todo está en tiempo presente.

La profecía del segundo día es diferente de la profecía del tercer día. La profecía está por cambiar de modo drástico. Mientras los dos mundos colisionan, el Cielo con la Tierra, el tiempo como lo conocemos en este planeta está siendo alterado drásticamente. La eternidad está invadiendo el tiempo, y el tiempo se está desplazando.

La profecía siempre ministra a través del tiempo, por lo tanto la profecía está por cambiar también. Dios no trata con los profetas de acuerdo con el tiempo, porque los dones ministeriales ven en el futuro. La visión del profeta supera el tiempo y el espacio, burlándose de la determinación del diablo de mantener al hombre sin esperanza y sin futuro.

Pablo vio la gran nube de testigos en la Gloria. Cuando nuestros seres queridos salvos mueren en Cristo, se mudan a unirse a la nube de testigos y a alentarnos hacia el futuro. Ellos ya están en el futuro, y nos miran fijamente mientras buscamos entender y tomar nuestro futuro. Tenemos que levantarnos por encima del jalón gravitacional de la Tierra que nos ata a la Tierra, para poder oír y ver claramente, y saber lo que viene. Esta información sólo está disponible en la Gloria, una vez que rompemos las ataduras del tiempo y miramos hacia atrás desde allí. Llegamos allí por medio de la oración sincera y la adoración a Dios. El tiempo, que necesita ser redimido por la razón que sea, siempre está en tiempo pasado, nunca en futuro. Así que Dios tiene que llevarnos de vuelta al pasado para redimir el pasado. Si Él no redime el tiempo, nunca podremos entrar en nuestro futuro.

De joven, mientras aún vivía en Londres, entré a un restaurante de comida marina para almorzar. La atmósfera estaba tensa en el salón, estaba a punto de ocurrir una pelea entre unos clientes enardecidos. Para ese entonces, yo practicaba mucho físicoculturismo; así que con un metro noventa y 120 kilos, me veía como un formidable oponente. Sin siquiera buscar problemas, fui arrastrado a esa atmósfera llena de conflicto. Pero, de repente, un hombre entró al lugar (un hombre mucho más grande que yo) y, sin pronunciar una palabra, me sacó del peligro de salir herido. Al instante, cuando él estaba a mi lado, la atmósfera cambió y el orden natural fue restaurado en aquel lugar. Todos lo sintieron, incluyendo a los que se estaban peleando, aunque nadie entendió quién era el hombre ni qué había sucedido. Y entonces, desapareció.

Yo supe que era un ángel que había entrado en la escena, trayendo con él el ámbito eterno, y restaurado la atmósfera de vuelta a su orden original, antes de que yo entrara. En un instante, el tiempo fue redimido y el reloj volvió a la atmósfera original, que existía antes de que yo entrara al restaurante.

Los cristianos, por tradición, suelen evadir cualquier cosa que no entiendan o no puedan controlar. En su mayoría, el cristiano promedio está atrapado en la curva de tiempo-espacio, un mundo en que el creyente nacido de nuevo no es nativo. Sin embargo, dentro de cada creyente reside la habilidad para acceder —y sentirse cómodo— a la atmósfera donde Dios se siente cómodo, que específicamente incluye una zona sin tiempo.

¿Por qué encontraríamos extraño explorar los ámbitos por donde viajan el espacio, el tiempo y la materia? ¿Es esta dimensión sólo para científicos? Ellos no pueden entender, nunca, las ramificaciones del viaje espacio-tiempo-materia sin tomar en cuenta las realidades espirituales detrás de ello: el ámbito del espíritu y el ámbito de la Gloria. Una vez que descubrimos la fragilidad del tiempo, se hace obvio que las mismas leyes que gobiernan el tiempo gobiernan el espacio y la materia, y son igualmente conquistables.

## "Para ser trasladado, uno debe desafiar las leyes del tiempo, el espacio y la materia".

Éste es el ámbito que da a luz los milagros. También es el ámbito donde nace el viajar (o ser trasladado) en el tiempo-espacio-materia. Para ser trasladado, uno debe desafiar las leyes del tiempo, el espacio y la materia. Así como vemos ejemplos en la Biblia de hombres que son trasladados, así debería hacerse algo común en la Gloria que está a punto de ser derramada en esta Tierra. Nos encontraremos de pie en otro continente, ante multitud de gente, sin entender cómo fue que llegamos allí, equipados con las habilidades sobrenaturales de Dios.

Dios es capaz de llevarnos atrás y adelante en el tiempo. Él llevó a Moisés a una montaña alta y le mostró miles de años en el futuro hasta la era de la Iglesia. Llevó a Isaías a un lugar alto en la Gloria y le mostró diferentes zonas del tiempo. Él vio acontecimientos para su tiempo, vio la venida del Mesías y la era de la Iglesia, tanto como la Iglesia gloriosa o la Iglesia del tercer día. En la Gloria no hay tiempo, así que él pudo asimilar esta información y moverse adelante y atrás en el tiempo, una vez que fue levantado de la atmósfera de la Tierra donde el tiempo nos tiene prisioneros.

Dios busca "videntes" en este tiempo. Hay gente que desea quedarse a solas con el Todopoderoso, son los que tienen deseos de subir a un lugar más alto en el Espíritu y ver el ámbito de la Tierra desde un punto de vista Celestial. Él desea mostrarle a Su pueblo lo que vendrá en el futuro inmediato y en el más lejano. Para que uno vea tiene que ser arrebatado —fuera de la zona horaria— para ver desde la perspectiva de la eternidad. Uno no puede entender el tiempo desde el tiempo, sólo desde la eternidad. Dios es capaz de llevarnos atrás y adelante en el tiempo —de vuelta a la Cruz, adelante en el futuro— lo cual es conquistar los dictados de esta dimensión temporal caída. Fuimos hechos para gobernar el tiempo, no para que el tiempo nos gobernara a nosotros. No hay tal cosa como la falta de comunicación en el mundo espiritual. Cuando los individuos están sintonizados en la misma frecuencia, no hay posibilidad de "escuchar mal".

La comunicación es muy clara en el ámbito de la Gloria. Cuando uno oye en el ámbito espiritual, la comunicación es directa, de espíritu a espíritu. La mala comunicación viene sólo cuando uno oye desde esta zona terrenal, temporal, caída, donde hay interferencia y el sonido está corrompido. Cuanto más se aleja uno del ámbito terrenal, más claro es el sonido y más afinada la comunicación.

Esto aplica a nuestra comunicación con Dios y entre nosotros. En el ámbito del espíritu el sonido cambia porque está en su forma más pura. La interferencia viene del segundo cielo, donde habitan los espíritus demoníacos, que están tratando de corromper la comunicación que procede del trono de Dios hacia Sus hijos en la Tierra. Cuando adoramos hasta que hay un Cielo abierto, podemos despejar los lugares celestiales y ganar el acceso al ámbito de la Gloria, donde la comunicación es clara e imposible de malentender.

La Biblia declara que donde dos o tres se ponen de acuerdo, hay base para un decreto. Cuando nos ponemos de acuerdo con la sentencia de tiempo del doctor, establecemos esto como una ley en nuestras vidas. Rehúsase a darle a cualquier hombre el derecho de decretar su tiempo de vida. Creer un reporte médico que pone una sentencia de muerte sobre alguien es lo mismo que aceptar las palabras de brujería en África o La India.

Si aceptamos un reporte de muerte de parte de un médico, nuestro reloj corporal se ajustará a las palabras que se han declarado, y el principio de muerte se activa. Usted estará condicionado para responder a esa palabra.

Sólo nuestro Creador tiene el derecho de determinar la largura de nuestros días. Póngase de acuerdo con lo que Su palabra dice de usted, y deje que ella sea la mediadora entre usted y su dolencia. Póngase de acuerdo con la Palabra y deje que sea la base de un decreto que permanecerá en la Tierra y será reafirmado por las cortes de Cielo. La fe llama seis semanas, dos meses, seis meses o un año en el futuro, AHORA. La fe llama a todo AHORA. No tiene otra respuesta.

Cuando nos ponemos de acuerdo con la fe, viene algo del mundo más allá a nuestro mundo y detiene el tiempo de un frenazo repentino. Entonces, el tiempo ve que cuando la fe entra en escena no puede seguir avanzando. Al ejercer nuestra fe, Dios mantiene al tiempo cautivo justo lo necesario para que nosotros tomemos nuestro milagro.

La llave para entrar al ámbito creativo de Dios es la espontaneidad. Dios siempre está creando. Nunca ha cesado de crear. Nuestra obediencia espontánea a la incitación del Espíritu Santo hace que nos envolvamos en el proceso creativo de Dios. Cuando lo obedecemos en lo que damos, de inmediato nuestras temporadas cambian, de tiempo de siembra a tiempo de cosecha. Cuando damos por fe y no desde el tiempo, rompemos las leyes naturales del tiempo y sacamos nuestra cosecha del futuro al ahora. Mientras usted siga mirando el tiempo, nunca le dará a Dios lo que tiene en su posesión, porque el tiempo refleja su situación. El tiempo se convierte en el factor limitante y determinante de lo que eres capaz de darle a Dios, por lo tanto, el 98% de nuestra ofrenda a la obra de Dios rara vez es dado por verdadera fe. ¿Por qué? Porque es dado desde el ámbito del tiempo. Lo único que noz separa del estado de millonarios es el tiempo.

El mundo ha adoptado un comentario engañoso; la frase: "el tiempo es dinero". Suena bien pero la verdad es que el tiempo no es dinero. El tiempo es temporal. Lo que Dios da es permanente. Cuando Dios creó a Adán le dio todo, pero cuando Adán pecó perdió sus derechos como heredero legal de las riquezas de esta Tierra, y sólo podría ganarse el pan con el sudor de su frente.

Así como fue de fácil para el hombre recibir las riquezas de este planeta en el principio, así también, después de la caída vino un yugo y una carga adjunta a la obtención de las riquezas. Ahora, lo único que se interpone entre un lugar de riquezas y nosotros es el tiempo. Lo único que nos detiene de dar millones a la obra del Evangelio es el tiempo, el cual se convierte en el mediador entre nuestro destino y nosotros. Creemos que el proceso natural del tiempo es un requisito para funcionar en lo natural y traer las riquezas que vamos a dar. ¡Las leyes de lo natural no nos gobiernan si estamos verdaderamente en Cristo Jesús! ¡En lo sobrenatural, lo que debería tomar un año ahora puede tomar un día!

Conocí a un hombre en el ministerio hace doce años atrás que vivía en extrema pobreza. Durante una de mis reuniones, sintió la necesidad de dar una ofrenda generosa. Cuando hizo aquello, el espíritu de profecía vino sobre mí y le dije que pronto recibiría una gran riqueza. A los seis meses un pariente murió y le dejó a este hombre una abultada herencia, equivalente a millones de dólares en terrenos y activos en efectivo. El hombre cometió terribles errores que finalmente acabaron con toda su herencia. Primero, se negó a diezmar al Señor. Al hacer esto, falló en registrar a su nombre esta riqueza en los Cielos.

> *"Ningún hombre o mujer de Dios entra a un ámbito superior con Dios, sin primero hacer un pacto con Él".*

Como resultado de esto, la riqueza nunca fue transferida a su nombre en el ámbito del Espíritu. Al diezmar él hubiera sellado su herencia y hubiera dejado sin poder al diablo para robarle. No pasó mucho tiempo hasta que este hombre perdió toda la herencia y quedó reducido a la mayor miseria, otra vez.

Ningún hombre o mujer de Dios pasa a un ámbito superior con el Señor sin primero hacer un pacto con Él. Hay ciertas cosas en el Espíritu que son inaccesibles para nosotros fuera de un pacto.

El pacto es una promesa solemne de que le darás a Dios. Ese pacto le permite a Dios usar estas palabras que salen de nuestra boca como crédito, porque un pacto libera a Dios para ir a nuestra cosecha futura y traernos un depósito de esa zona del tiempo al ahora, y traernos un capital operativo para cualquier necesidad.

Mucha gente está en problemas económicos porque nunca honró su pacto. Las cosas en el espíritu están bajo llave hasta que el pacto es completamente honrado. Cuando no honramos nuestros pactos, entramos a un estado de mal crédito con Dios, y Él no puede tomar nuestra palabra. Nuestro futuro se interrumpe ahí mismo, y ya no puede ser atraído a nosotros; sin embargo, cuando el pacto es cumplido, las manos de Dios son liberadas para tomar cosas en el futuro y traerlas al ahora. Es imperativo que aprendamos a atraer e invitar nuestro futuro hacia nosotros. Si no lo hacemos siempre atraeremos nuestro pasado. Tu pasado está tan cerca de ti como tu futuro.

Nosotros deberíamos aprender a vestir nuestro futuro, y a vestirnos de acuerdo con el lugar hacia donde vamos, y no donde hemos estado. Cuando su futuro ve que usted se lo ha puesto, comenzará a venir en su dirección. Y cuando venga hacia usted, está ahí. Es un hecho que usted no se puede vestir como un millonario, a menos que haga lo mejor con lo que tiene. Muchos se han sentido derrotados porque no tenían los millones para hacer lo que querían hacer, así que dejaron de creer que era posible alcanzar su sueño. Eso puede ser cierto para usted también, pero con Dios, todas las cosas son posibles. ¡Deje que su futuro invada su presente!

Como está escrito en el libro de MALAQUÍAS 3:3 (RV'95):
*"Él se sentará para afinar y limpiar la plata: limpiará a los hijos de Leví, los afinará como a oro y como a plata, y traerán a Jehová ofrenda en justicia".*

Permíteme, por un momento, compartir contigo un punto de vista revelador que creo que te interesará, si nada más, al menos te hará sentarte y darle otro vistazao al fuego purificador de la reprimenda de Dios. El oro tiene ciertas propiedades intrínsecas. Por ejemplo, el número atómico es 79; su radio atómico es 144 pm, y el símbolo atómico es Au. Su punto de fusión es 1064,18 ºC mientras que su peso atómico es 196,9665. Y su punto de ebullición es 2.856 ºC. La configuración electrónica usada para el oro es [Xe]6s 4f 5d. Todo esto indica que hay un proceso que toma lugar en las propiedades internas, tanto como que el proceso de purificar el oro es totalmente diferente. Requiere cantidades masivas de calor. Esto debería darnos una idea de lo que Dios quiso decir cuando habló de las pruebas de fuego y de que nosotros saliéramos como oro puro.

Éste es el año en que el sacerdocio es totalmente refinado y purificado, para poder traer ofrendas espiritual puras ante Dios. Sólo un vaso puro está en condiciones para el uso del Maestro y preparado para llevar la Gloria, la cual es derramada sobre la Tierra en este tiempo.

La corrupción no puede contener la Gloria. Es peligroso administrar la Gloria con manos impuras. Es la temporada en que Dios está limpiando la Iglesia, comenzando por los hijos de Leví y siguiendo todo el camino hasta los mártires del tiempo final.

No podemos seguir caminando en los viejos senderos de la religión. Debemos salir de entre aquellos que están satisfechos con sentarse en silla de escarnecedores, y del consejo de los impíos. Mientras Jesús caminaba en esta Tierra deseaba que la revelación del Cielo se hiciera conocida para la gente. En cada parábola mostraba otro lado de Su propia personalidad, Su propósito y origen. Su corazón era transparente como el cristal, sin embargo a Sus amigos les costaba creer que fuera quien decía que era. Mira por ejemplo la vez que entró en la Sinagoga en un Sabbath. Ahora debes entender que lo que estaba por hacer era tan profético que ninguno en el Sanedrín se dio cuenta. En cambio, incitó un disturbio de debate religioso. En aquel tiempo, cada Rabino tenía asignado un día para leer la Torá. Ese día era el turno de Jesús. Y era Su tiempo señalado. El Señor subió al estrado y comenzó a leer el libro del profeta Isaías.

*Lo llegaste a ver esto en tu denominación? O te pasa a ti.*

LA ETERNIDAD INVADE EL TIEMPO

Lucas registra esto en el Capítulo 4:18-20 (RV); "El Espíritu del Señor está sobre mí, por cuanto me ha ungido para dar buenas nuevas a los pobres; me ha enviado a sanar a los quebrantados de corazón; a pregonar libertad a los cautivos, y vista a los ciegos; a poner en libertad a los oprimidos; a predicar el año agradable del Señor. Y enrollando el libro, lo dio al ministro, y se sentó; y los ojos de todos en la sinagoga estaban fijos en él".

Cuando terminó de leer, se sentó en el asiento reservado para el Mesías. Allí fue cuando el espíritu religioso de la tradición quiso matarlo. Toda vez que descubrimos la verdad acerca de nosotros mismos, la religión quiere destruirnos. Toda vez que descubrimos que somos un profeta o algo más que la organización no reconoce, ésta toma medidas para bajarnos. Todo lo que se considere diferente es juzgado como una afrenta a la verdad conocida.

La religión mantiene a la persona atrapada en el pasado para evitar que alcance su futuro o destino. Aun la mujer con el problema de la sangre desafió la tradición. Rompió la tradición judía cuando pasó entre la gente para alcanzar su milagro. Si no estamos preparados para romper las tradiciones de los hombres, nunca veremos milagros en la iglesia. Considerada impura, ella rompió catorce leyes judías para tocar a Jesús. Sin embargo, la mayoría de nosotros no rompería ni siquiera una por miedo a lo que dirá la gente.

## "La tradición destruye la unidad".

Hay tradiciones que la mayoría de nosotros estamos sosteniendo porque es todo lo que hemos conocido. Dios está tratando de arrancarlas de nuestro puño. Si tú prefieres la tradición antes que la verdad, entonces la palabra de Dios se hace inefectiva.

MARCOS 7:13 (RV) *"Invalidando la palabra de Dios con vuestra tradición que habéis transmitido. Y muchas cosas hacéis semejantes a éstas".*

La tradición destruye la unidad. Muy a menudo hay desunión en el liderazgo de la iglesia porque algunos son nacidos y criados en la tradición. No son el Verbo hecho carne; son la tradición hecha carne. Cuando llega algo nuevo hay división. Cuando hay división en el liderazgo hay división en la unción de la iglesia. Ésta es la razón por la que la gente no se sana y la unción les pasa por encima, por qué a veces no hay unción y por qué otras, la unción no es fuerte.

Si el liderazgo no quiere un movimiento de Dios, entonces el movimiento no puede quedarse en la iglesia. La tradición a menudo luce así: Los ancianos conspiran entre sí; se llaman unos a otros y dicen: "No nos gusta lo que está diciendo y haciendo. Tenemos que sacarlo, pero vamos a hacer parecer que estamos con él". Cuando esto sucede, el hombre enviado por Dios le predica a dos campos de gente. No hay unidad de la fe. La atmósfera para lo milagroso se echa a perder.

Si los ancianos no están de acuerdo con lo que Dios está por hacer, entonces los cambios en el liderazgo son necesarios. Esto es bíblico.

Amós 3:3 (RV) dice: *"¿Andarán dos juntos, si no estuvieren de acuerdo?"*

Algunos de ustedes puede sentirse como los judíos cuando dejaban Egipto. Usted nunca pensó que sucedería pero el día ha llegado. Al fin es libre. No le importa lo que el hombre diga, porque, como Pablo, va a decir: "...no consulté en seguida con carne y sangre". (Gálatas 1:16) Lo que Dios ha puesto en usted no vino de otro hombre. Lo recibió del trono de Dios. No podría abandonarlo aunque quisier. El Más Grande está trabajando en su circunstancia. Usted ha sido llamado. Es su destino.

Tome su puesto, y póngase de acuerdo con lo que Dios ha planeado para su vida. Estamos viviendo la hora en que lo que estaba muerto revivirá. ¡Lázaro, sal fuera! ¡Extiende tus manos! Hay una unción en la que solías caminar. Había algo dentro de ti que no está activo ahora. Llámalo fuera. ¡Fe, llamado, unción, milagros, señales, maravillas, salgan fuera!

> *"Yo reprendo, ato, desarraigo y despedazo todo espíritu de religión, tradición e incredulidad que trabaja contra el plan de Dios en tu vida. En el nombre de Jesús, te libero. Levanta tus manos y alábalo. ¡Estás libre para ser lo que Dios te ha llamado a ser!"*

Dios está levantando un pueblo para derribar los espíritus de religión y tradición. Lo primero que Dios hace cuando quiere moverse en la Tierra es romper la estructura humana que trata de contener a Dios, y dice: "Así es Dios". Los judíos lo tenían en una nube durante el día y en una columna de fuego durante la noche. Creían que tenían a Dios en una caja, detrás de un velo. Cuando Jesús murió, Dios rasgó el velo y salió a la luz. Ellos pusieron el residuo en una caja y la religión nació. Ésta es una generación que no aceptará el residuo. Queremos algo nuevo, algo fresco, ¡y lo queremos ahora!

# Capítulo 10

# Romper las leyes del tiempo

Mientras no aprendamos a romper las leyes del tiempo, no caminaremos en lo sobrenatural. Si la intención de Dios hubiera sido que viviéramos por el tiempo natural, nunca nos hubiera dado la fe. Esta última es la clave que desmantela el tiempo. El tiempo se ha programado a sí mismo como mediador entre el hombre y sus sueños; determina nuestras vidas con una tiranía imparable. Los hombres y mujeres ignorantes se sienten indefensos contra una sentencia de tiempo dada por un médico, o en la espera por una liberación de cualquier tipo. El tiempo ha gobernado nuestras vidas sin misericordia, convenciendo a las masas de que es un monarca indiscutible. Sin embargo, cuando la revelación viene a nosotros sobre lo frágil que es el tiempo y de cómo podemos romper sus leyes, vemos lo delgado que es el velo en realidad. Una vez que rompemos las leyes del tiempo, se hace fácil romper las leyes del espacio y la materia, porque todos están gobernados por las mismas reglas.

No es difícil ver al tiempo inclinarse ante la presencia de una revelación superior de la fe. Una vez que entendemos la operación del dominio del tiempo, y recibimos la revelación de las leyes superiores de la fe, fácilmente comenzamos a ver que el tiempo está vencido. Entonces el tiempo ya no es más que un monarca destronado. La dictadura termina abruptamente una vez que sus secretos son develados. Una vez que se logra esto podemos deshacernos de todo lo que dificulta nuestra habilidad de tener completa comunión con Dios.

III

## *"La fe no respeta el tiempo, y el tiempo no determina la fe".*

IIIIIIIIIIIIIIIIIIIIIIIIIIIIIIIIIIIIIIIIIIIIIIIIIIIIIIIIIIIIIIIIIIIIIIIIIIIIIIIIIIIIIIIIIIIIIIIIIIIIIIIIIIIII

La fe no es nada más que la compresión del tiempo. La fe es gobernada por una ley más alta y opera en un ámbito más alto que el tiempo. Por lo tanto, es el ámbito dominante al cual el tiempo debe someterse. Si la fe declara cuándo será algo, el tiempo natural siempre se somete y produce la evidencia según lo que decreta la fe. El tiempo se comprime para dar lugar a la fe. La fe no respeta el tiempo y el tiempo no determina la fe. El tiempo busca subyugar todo y a todos a su progresión natural, oprimiendo a aquellos que se conforman a él. Sólo las leyes del Cielo gobiernan la fe, porque ésta viene del ámbito celestial.

La fuerza de la fe es lanzada en palabras, como un misil de la boca del creyente, para completar su tarea, y conquistará barreras imposibles del tiempo y el espacio para completar su misión. Por lo tanto, la fe es la habilidad de Dios en nosotros para superponer lo invisible sobre el mundo visible.

> MATEO 11:12 (RV) dice: *"Desde los días de Juan el Bautista hasta ahora, el reino de los cielos sufre violencia, y los violentos lo arrebatan".* La traducción original de este versículo dice: *"Desde los días de Juan el Bautista hasta ahora, el reino de los Cielos ha sido administrado por la fuerza y aquellos en poder lo controlan".*

La fe es una fuerza que Dios les ha dado a los ciudadanos del mundo invisible para superponer su mundo sobre el mundo visible, y hacer que las zonas horarias de esta Tierra trabajen para ellos. El tiempo trabaja para nosotros y puede subyugarse una vez que entendemos la fe. Cuando no entendemos, la fe trabaja en contra de nosotros. Esto nos fuerza a conformarnos a los dictados de este mundo caído. Pero nosotros no somos de este mundo. Somos del reino de Dios y del reino de la luz. Aquellos que son nacidos de nuevo son nacidos de arriba. Esto le permite a estas nuevas creaciones ser inmunes a los efectos del sistema de este mundo. Tenemos que usar leyes eternas para poner en vigor el resultado de nuestras circunstancias. A través de la ley de la fe, hemos sido divinamente llenos de poder con la habilidad de superar la ley del tiempo. Éste es un atributo que recibimos del ADN propio de Dios en nosotros.

Podemos entender fácilmente la fe cuando vemos cómo el tiempo no es más un factor dominante en la ecuación que se pueda interponer entre nuestro deseo y Su propósito. La fe nos lleva por encima de las limitaciones restrictivas del tiempo. Nos habilita para acelerar las cosas y traerlas al ahora. Lo que el tiempo declara que una situación es ya no es un problema. El tiempo, cuando ya no tiene poder, debe soltar lo invisible y doblegarse ante la fe, que es la fuerza mayor.

La fe no es más que extenderse atrás y adelante en la dimensión del tiempo. En realidad tenemos el poder de manipular el tiempo para hacer lograr lo que queremos y traerlo a nuestro presente. Mientras el tiempo declara que los eventos programados fueron nuestro pasado, las realidades parecen atrapadas fuera de nuestra presente existencia e inaccesibles, la fe las suelta en nuestro ahora.

Como la fe no comprende los confines y las limitaciones del tiempo, es capaz de ir al pasado, hacia delante (o arriba) en el futuro, todo al mismo tiempo, y traer todo al presente. Por lo tanto, la fe es pasado, presente y futuro, todo envuelto en el ahora. Hasta que entendamos el hecho de que la fe siempre rompe las leyes del tiempo, siempre obraremos la fe a través del tiempo. Si la obramos a través del tiempo, filtramos nuestra fe a través de lo natural en vez de lo sobrenatural, y nos privamos de nuestros derechos divinos.

HEBREOS 11:1 (RV) *"Es, pues, la fe la certeza de lo que se espera, la convicción de lo que no se ve".*

Dios ha creado todo lo visible y lo invisible. Él puso la sustancia de lo visible y lo invisible en el creyente. Lo que está dentro de nosotros contiene ambos mundos juntos. Jesús entró y salió del ámbito de la eternidad mientras estaba en Su cuerpo terrenal. Desafió las leyes del tiempo y se burló del dominio del tiempo sobre el hombre. A través de esto, nos mostró lo frágil que es el tiempo en realidad.

La mujer sirofenicia era griega, excluida de los pactos de la Promesa, y por lo tanto, no calificaba para que la virtud para la sanidad de Jesús tocara a su hija. Jesús sabía que no era su tiempo. Él todavía no había muerto en la Cruz, por lo tanto las naciones gentiles no tenían acceso a Su poder redentor.

Entonces, si Jesús no sanaba por la virtud de la cruz del Calvario, ¿por qué ley lo hacía? ¿Era su misericordia? ¡No! Había otra ley operando; Jesús rompió las leyes del tiempo que los dominaba. Volvió atrás en el tiempo, a la fundación del mundo, donde el Cordero fue inmolado antes de que el tiempo siquiera fuera.

Cuando una estrella explota a la Tierra le toma 300 años enterarse, así Jesús fue crucificado, enterrado y resucitado antes de que Él llegara a la Tierra. Cuando Él vino aquí, ya había muerto. Ya había resucitado. ¡Lo vimos después del hecho! Por eso es que estuvo en la Tierra, viajó atrás y adelante en el tiempo, confundiendo su teología y confundiendo al diablo para que Lucifer no tuviera certeza acerca de si Jesús estaba de ida o de venida. No hay nada que pueda suceder aquí, sobre la Tierra, que ya no haya sucedido en los Cielos. Él pudo venir a la Tierra y cumplir su drama profético sobre la Tierra porque ya había muerto en los Cielos. Él vino a representar Su papel en el tiempo para redimir al hombre y la Tierra.

ROMANOS 12:2 (RV) dice: *"No os conforméis a este siglo, sino transformaos por medio de la renovación de vuestro entendimiento..."*

La idea expresada aquí es que debemos renovar nuestras mentes, sugiriendo que una vez poseyó cierto conocimiento, pero algo se perdió y debe ser recuperado.

Cuando el apóstol Pablo dice: "No os conforméis a este mundo", está diciendo que no nos sometamos a esta era, a las zonas del tiempo, o a la prisión de las limitaciones del tiempo aquí, en la Tierra. Si somos nacidos de nuevo, nuestra ciudadanía está en los Cielos; sin embargo, nuestros miembros están sobre la Tierra. ¡Realmente vivimos en dos lugares al mismo tiempo!

Debemos pensar como embajadores de otro planeta, sin olvidar que no estamos sujetos a los dictados de este ámbito temporal; tenemos acceso a la eternidad por virtud de nuestro derecho de nacimiento celestial.

A través de sus escritos, Pablo insta a la gente a renovar su mente o a sintonizar su mentalidad con los Cielos, para poder armonizar con la canción del Cielo o las revelaciones que vienen frescas desde la sala del trono de Dios.

# Capítulo 11

## La mente renovada

El Señor ha sido tan bondadoso al darme tantas revelaciones. Apenas puedo abrir las páginas de la palabra de Dios sin recibir algún nivel de revelación fresca.

La novia debe aprender que hay dos maneras de escuchar. La primera involucra al espíritu del hombre, la otra involucra el alma. La revelación se recibe primero en el espíritu, luego se abrirá camino a través del alma, y va hacia la parte carnal del hombre.

Voy a hacer una declaración aquí que usted tendrá que leer en voz alta para que al escucharla se active la revelación que hay en ella: "Hay cosas que estaban dentro de su espíritu antes de que recibiera su consciencia terrenal". ¿Lo dijo en voz alta? Si no lo hizo, ¡hágalo ahora! Su cuerpo no es su verdadero yo. Somos seres espirituales. Respondemos a aquello en el ámbito espiritual. Cuando la revelación es hablada nuestra parte espiritual es activada. En ese momento la revelación se hace materia en nosotros. Si es un predicador, a menudo, mientras se encuentre predicando, algo se depositará en su espíritu. Lo predicará allí mismo y mientras lo diga habrá más luz sobre el asunto, aun cuando no tenía planeado hablar del tema en sus notas.

Por ejemplo, cuando como buen amigo escucha a sus hermanos o hermanas mientras le abren su corazón acerca de alguna crisis en su vida. Al tiempo que los escucha, viene un pensamiento a su mente que le da cierto nivel de claridad acerca del problema. A medida que se adentra en la discusión del problema, más y más luz viene sobre el asunto. De repente, se da cuenta de que ha experimentado un momento de revelación. Su hombre espiritual oyó algo que su hombre físico no pudo oír.

¿Tal vez se pregunte cómo es esto posible? Déjeme explicárselo de esta manera. Usted nació de la eternidad en el tiempo. No es una ocurrencia divina de última hora. Es el producto de la artesanía de Dios. Con sus propias manos y Su voz le dio forma a Su propia imagen. La Palabra habla de que aquellos que Él conoció de antemano, también los predestinó para que fueran hijos de Dios. ¡Todo este pasaje grita premeditación, plan previo, investigación y desarrollo! No es que Él se levantó un día y decidió crear a alguien que se viera como usted, hablara como usted y fuera usted. Antes de que el mundo fuera establecido, ¡Él lo había creado en Sí mismo! ¿Puede entender eso en su espíritu? ¡Usted estaba en Él! En realidad, Él lo llamó de dentro de Sí mismo hacia el tiempo. Si puede aceptar que Él es todo lo que el Cielo fue, es y será, entonces verá, de repente, que viene de un mundo muy diferente de éste.

Puedo oír a aquellos escépticos preguntando acerca de quienes no están sirviendo al Señor. ¿Quiere saber acerca de ellos? Vinieron del mismo plan diseñado que usted. Cuando Dios creó la raza humana, le dio mente, voluntad y emociones. También le dio la habilidad de escoger. Le dio al hombre el derecho de tomar decisiones, buenas o malas. Así que cuando ve que la gente no sirve a Dios, en realidad está viendo creaciones desobedientes tomando las decisiones equivocadas.

Al leer este libro, encontrará que cada vez que abre las páginas de la Biblia recibirá conocimiento revelado. Siendo pastor he aprendido que hay dos maneras de escuchar: Una manera es con el espíritu y la otra es con el alma. La revelación debe ser recibida con el espíritu. Hay cosas que estaban dentro de su espíritu antes de que recibiera la consciencia terrenal. El cuerpo no es nuestro verdadero yo. Usted nació de la eternidad en el tiempo. Está comenzando a entender el mundo del cual viene. El Cielo es real.

Éstos son los días no sólo de recibir un toque sino de escuchar lo que el Espíritu está diciendo.

> Romanos 12:1-3 (RV) *"Así que, hermanos, os ruego por las misericordias de Dios, que presentéis vuestros cuerpos en sacrificio vivo, santo, agradable a Dios, que es vuestro culto racional. No os conforméis a este siglo, sino transformaos por medio de la renovación de vuestro entendimiento, para que comprobéis cuál sea la buena voluntad de Dios, agradable y perfecta. Digo, pues, por la gracia que me es dada, a cada cual que está entre vosotros, que no tenga más alto concepto de sí que el que debe tener, sino que piense de sí con cordura, conforme a la medida de fe que Dios repartió a cada uno".*

Diga: "No te conformes a este mundo". Dígalo otra vez.

Cuando lo diga, dígalo con el conocimiento absoluto de lo que está diciendo. Significa que este mundo está en la perspectiva correcta en su vida. No puede exceder ni invalidar el ámbito del Espíritu. Su sentido de la razón no tiene nada que ver con ese mundo, pues éste es mayor que su habilidad para razonarlo o entenderlo. Ahora, diga otra vez: "No te conformes a este mundo".

Hay zonas del tiempo extraviadas que no se han registrado. Hay cosas que sucedieron en el ámbito del Espíritu que no se han registrado. No han sido escritas. Ésa es la razón por la que la gente cuya mente está fuertemente orientada al lógos podría perderse el río de Dios.

|||||||||||||||||||||||||||||||||||||||||||||||||||||||||||||||||||||||||||||||||||||
### *"No te conformes a este mundo".*
|||||||||||||||||||||||||||||||||||||||||||||||||||||||||||||||||||||||||||||||||||||

El río no está basado en el lógos (la palabra escrita); está basado en la jréma (la palabra hablada). En el río tendrás el flujo común de *debemos conocer la voz del Espíritu.*

Dios. El conocimiento revelado se convertirá en la norma. Entonces, hay zonas horarias que faltan. Hay brechas en la Tierra. No todo lo que Dios ha dicho y hecho está escrito. Por eso es que en esta era debemos conocer la voz del Espíritu. Tenemos que llegar al punto en que sepamos que lo que oímos no lo tomaremos livianamente. La palabra que Dios te habla (jréma) es tan real como la escrita (lógos) y éstas nunca se contradicen. La gloria de Dios vino a una reunión en una iglesia donde yo ministraba, y vi los tiempos faltantes colisionar. Cuando los tiempos colisionaron vi manifestaciones del pasado que no fueron registrados.

Jesús hizo cosas que ni siquiera están escritas.

> JUAN 21:25 (RV) *"Y hay también otras muchas cosas que hizo Jesús, las cuales si se escribieran una por una, pienso que ni aun en el mundo cabrían los libros que se habrían de escribir. Amén".*

Jesús hizo grandes y maravillosas obras. Entonces, ¿cuáles son las "mayores obras"? Las mayores obras están en lo nuevo, pero inconscientemente todavía buscamos las características de lo viejo. Hay manifestaciones de los Cielos, el ámbito del Espíritu que alguna vez visitó la Tierra, que el hombre nunca pudo escribir. No todo lo que respecta del Cielo está escrito. Yo he estado en los Cielos varias veces y puedo decirte que no todo está escrito. Hay cosas en los Cielos que aún ni hemos concebido. El Cielo es real. El Cielo todavía no se ha revelado.

Hay cosas que no entendemos, pero las vamos a entender si mantenemos nuestro espíritu abierto. Hay cosas que Dios va a hacer ahora de lo que nuestros ancestros sólo pudieron tener un anticipo. ¡Lo mejor todavía está por venir! Ésa es la razón por la que no ha habido tiempo como el nuestro. ¿Por qué? La Biblia dice que Dios comprimirá el tiempo en la era final. (Ap. 10:6) Usted ha escuchado la expresión: "Toda tu vida pasa frente a tus ojos en un segundo". Entonces, si tiene 73 años de edad, todos esos años van a pasar frente a sus ojos en un segundo. Algunos de ustedes piensan que son viejos. Usted no es viejo si toda su vida puede pasar ante sus ojos en un segundo. Dios me dio esta declaración.

*"La Biblia dice que no te conformes a este mundo. La renovación de tu mente es dispensacional".*

La palabra dispensación significa un período de tiempo revelado. Voy a usar una verdad natural para explicarlo. Está documentado que el hombre usa menos del diez por ciento de su cerebro y piensa predominantemente con un lado del mismo. Cuando el hombre cayó en el Jardín, perdió el uso de un hemisferio cerebral. Ese otro lado era semejante al ámbito del Espíritu. Así que cuando su mente es renovada está recuperando territorios de la mente que el cerebro conoció antes. La mente era capaz de concebir y percibir el ámbito del Espíritu a tal grado que cuando Adán caminaba físicamente en esta Tierra, estaba en los Cielos al mismo tiempo. Adán conocía lo visible y lo invisible. No conocía limitaciones. Él caminaba con Dios como dos iguales.

# Capítulo 12

## La religión se conforma a la Tierra

Una persona religiosa no cree en la renovación de la mente. Una mente religiosa se conforma a la Tierra. Así es como puedo decirte cómo era el Jardín. ¿Sabes qué fue lo que causó que Adán pecara? Cuando el hombre ya no estaba siendo transformado, se conformó. Nosotros tenemos la idea de que Adán sólo tenía una transformación.

Hay muchas transformaciones del Espíritu. Hay dimensiones de la Gloria de las que no sabemos nada. Nunca vamos a agotar la gloria de Dios. Por eso me molesta cuando escucho a pastores deciendo: "Ya lo hemos visto antes". Bien, si lo ha visto todo, ya se puede ir a casa a estar con el Señor.

Adán cambió la mente de Dios por el sentido común. ¿Está consciente de que su intelecto, por experiencia y función, causa que se conforme al tiempo y a la materia? Si su mente se conforma al tiempo y la materia, su intelecto no puede entender nada que vaya más allá de la materia. ¿Tiene manera de entender en el mundo del Espíritu cuando Adán calló? ¿Tiene alguna idea desde dónde cayó Adán? No creo que ninguno de nosotros lo comprenda.

Yo sé que Adán tenía la mente de Dios en el Jardín del Edén. Y a través de la caída, cambió la mente de Dios por el sentido común y el intelectualismo. Ésta es la razón por la que Adán no necesitaba la fe en el Jardín del Edén. No necesitamos la fe cuando tenemos todo provisto. Dios viene y tiene comunión con usted en la frescura de la noche.

Esto no requiere fe. ¿Sabe cuándo se necesita la fe? Cuando nada está sucediendo donde necesitemos la fe para abrirnos camino a los Cielos. Pero cuando los Cielos se abren es otra historia. Cuando Adán fue expulsado del Jardín, Dios tuvo que darle la fe a la raza humana. La primera manifestación que Dios le dio al hombre fue la fe porque Adán la necesitaba para volver a ver en el mundo que acababa de dejar.

Estaba en una reunión en Maine y me trajeron a un hermano con retraso mental. Apenas lo miré supe qué hacer. (Dios incluso me mostró cómo tratar con el Alzheimer). "No razones. ¡Sólo hazlo!" Apenas lo miré supe qué hacer. "Toma su mano y corre con él". Tomé su mano y cuando comenzamos a correr, su mente volvió. El Señor habló a mi espíritu,

*"Primero hablas luego piensas. Lo contrario es igual de cierto. Mientras actúas, tu mente llegará a entender. Dile que corra".*

Al principio el hombre comenzó a contonearse, y luego corrió y vimos su mente volver. Había perdido su mente por el uso de drogas. "No lo razones. Sólo hazlo". El ámbito del Espíritu es real. Yo vi el trono de Dios y las aguas de Dios. Luego, vi fuego caer del Trono y entrar en las aguas. Vi que las aguas tomaban diferentes características. Hay cosas que no esperas que están saliendo del río.

No podemos seguir haciendo lo mismo de siempre. Cuando el fuego de Dios comienza a venir al río, literalmente tenemos que mantener nuestro espíritu abierto. Si vamos al río con una agenda, no va a funcionar. Si entramos en el río de Dios y mantenemos nuestro espíritu abierto, podremos articular el movimiento de Dios. Reconoceremos el giro, el tiempo y el movimiento del Espíritu. Yo entendí en un instante lo que tenía que hacer. Si lo hubiera cuestionado lo habría perdido. Hay cosas en el Espíritu que podemos perder si dudamos. ¡Sólo hazlo! Cuando obedecemos Dios comienza a mostrarnos qué hacer.

Una de las Escrituras más cortas en la Biblia se encuentra en el Antiguo Testamento.

GÉNESIS 5:24 (RV) *"Caminó, pues, Enoc con Dios, y desapareció, porque le llevó Dios."*

¿Por qué hay un misterio según el caminar? Caminar es un principio de ver. Algunos años atrás tuve un accidente y me lastimé la espalda. El terapeuta me dijo que el nervio de los ojos está en las manos y en los pies. Esto explica que en el Espíritu, a veces, sólo vemos cuando tocamos a alguien. Mientras Enoc caminaba iba viendo y Dios se lo llevó.

Hay cosas en el Espíritu en las que tenemos que crecer, pero hay otras en las que tenemos que entrar. Algunos piensan que hay un período de tiempo para llegar a las cosas que oímos y vemos. Cuando entremos sabremos qué está sucediendo en el ahora. El Señor me dijo: "La oración demanda una trascendencia del yo".

En la Gloria no hay guerra. Dios no está en guerra consigo mismo. La guerra es para entrar en la Gloria. Si armamos tienda y acampamos en nuestro don, nos desgastaremos, pero eso no sucederá nunca si vivimos en Su presencia. Nunca. ¿Por qué? En el ámbito de la Gloria nuestro reloj corporal no funciona. En Su presencia no conocemos el tiempo. Podemos estar en una reunión que dure cinco horas pero sólo se siente como si hubiera sido una.

## *"En la Gloria no hay guerra".*

Así es como sabemos cuándo trascender. Yo estoy sintiendo un fuego al escribir esta oración. ¿Está vencido Satanás? ¿Está deformado y desarmado? ¿Por qué usted está enfermo entonces? No deje que el enemigo tuerza lo que le estoy diciendo. Su vida de oración cambiará radicalmente. Si Jesús venció a Satanás, si está vencido en el ámbito del Espíritu, entonces, ¿ahora no está vencido? En su alma eso es parte de su propio mantenimiento.

Para entrar en este NUEVO caminar debemos trascender el SER. No puedes expulsar a tu ser, debes crucificarlo.

GÁLATAS 5:24 (RV) *"Pero los que son de Cristo han crucificado la carne con sus pasiones y deseos".*

Si crucifica el yo puede encontrarse crucificando el cáncer al mismo tiempo. Muchos de nosotros inconscientemente vivimos la vida del alma. La enfermedad y la dolencia son reales en una vida almática. Sus circunstancias son reales cuando vive en el ámbito del alma. Cuando realmente ha trascendido su cuerpo y ha entrado en Su presencia, ¿cree que puede secarse o quemarse? ¿Cree que puede estar enfermo? ¡No! ¡Nunca!

Cuando yo era joven imponía las manos sobre la gente apenas caía la unción.

Y el Señor dijo: *"Renny, escucha y aprende. Ahora, no sólo uses tu fe para hacer milagros. La mayor guerra hoy está en usar tu fe para llevar a la gente a Mi presencia. Ése es el lugar de la guerra, porque no todos quieren ir. En el ámbito del Espíritu no toma demasiado llegar allí".*

Cada vez que nos reunimos debe tomar menos tiempo entrar en Su presencia.

Juan dijo: *"Y al instante yo estaba en el Espíritu; y he aquí, un trono establecido en el cielo, y en el trono, uno sentado."* APOCALIPSIS 4:2 (RV)

En Ohio, hubo tremendas señales y maravillas en las reuniones. Una noche la líder de alabanza fue arrebatada en el Espíritu de Dios por horas. Después de la reunión yo volví a casa, en Texas. Unas pocas horas después el pastor de la iglesia me llamó: "Siéntese, quiero contarle algo". Me dijo que el sobrino de la líder de alabanza había muerto y ella se había ido de inmediato al hospital. Cuando vio el cuerpo muerto dijo: "Señor, te pido que manifiestes la misma Gloria que me acabas de impartir. Envía esa misma Gloria a la sala del hospital". De repente, la nube vino y la presencia manifestada de Dios entró en el cuarto. Cuando apareció, él volvió a la vida. ¡Aleluya! Está documentado. Si podemos dejar de sentir lástima por nosotros mismos y entrar en Su presencia, Dios se puede mover.

En el antiguo Pentecostés decíamos "Sólo cree". Hoy simplemente digo: "Entre en Su presencia". Cuando llegue ahí lo encontrará a Él esperando. En Su presencia encontrará todo lo que va a necesitar en la vida. El cumplimiento de la fe es entrar en Su presencia. El hombre fue expulsado de esa presencia. Hoy Dios quiere que entremos a Su presencia de una nueva manera. No debería tomarnos horas entrar allí. Por eso tenemos tantos milagros en nuestras reuniones, porque predicamos que no toma demasiado llegar allí. El secreto de esto es que no se puede venir delante de Él con los yugos aún colgando. Los yugos fueron rotos en el Calvario.

Cuando viene un ámbito de milagros en una reunión usted debe aprender a tomar lo que sea que necesite. Tan pronto como siente ese ámbito, párese ahí mismo y declárelo. Si no lo hace, puede ser que nunca vuelva. Por eso nuestro espíritu puede entrar pero nuestros cuerpos pueden perderse los beneficios.

Dios quiere llevarlo a un nuevo lugar donde no le cueste tanto entrar a Su presencia. Una de las razones por las que cantamos coros es edificar una nueva atmósfera. Alguna gente no puede entrar a menos que haya estado allí cuando la atmósfera se edifica. La sabiduría del Espíritu es que tiene que construir un ámbito. No puede asumir que Dios lo va a hacer. Quizá no todo el mundo esté en el mismo lugar.

Incluso cuando vamos a tomar la Santa Cena del Señor la Biblia dice que debemos esperarnos unos a otros. Eso significa que alrededor de Su mesa, no todos entramos a Su presencia al mismo tiempo. Hay algunos que son precursores y entran rápido. Yo sólo trato de vivir allí. Así es como se recibe el conocimiento revelado, viviendo allí.

Una niña ciega estaba en una reunión y algunos se ofendieron porque yo no le impuse las manos a ella. Tenemos que superar la mano del hombre y entrar a la presencia de Dios por nosotros mismos. Esta pequeña ciega estaba adorando al Señor y, de repente, sus dos ojos se abrieron. Hubo muchos milagros esa noche pero yo quiero explayarme en éste. Les dije a los padres: "¿Saben lo que me impresionó de su hija? Ella entró en la presencia por sí misma".

Años atrás, cuando volvía de un campo misionero y empezaba a predicar en la iglesia me sentía perplejo al ver que nada sucedía. Me preguntaba por qué, y le pregunté al Señor: "¿Por qué no sucede nada en la Iglesia hoy?"

Él contestó: *"La razón por la que ves que sucede esto dondequiera que vas es que estás caminando en los gobiernos que Yo te he dado. Por eso puedes recibir esas cosas sea que la Iglesia las tenga o no. Tienes que llevarlo a la Iglesia".*

Lo que permanece en una iglesia se corresponde con el fundamento que ha sido puesto. Tienes que ministrar donde esa iglesia está. Lo que le ha tomado años al hombre construir puede ser rápidamente destruido. Esto es un secreto de sabiduría. No puede ir y pasarle la topadora al pastor. Cuando hace guerra en el ámbito espiritual y el camino se abre, verá que él está abierto al cambio.

¿Podemos traer lo que recibimos de la sala del Trono de vuelta a la Tierra? La guerra sucede cuando usted está consciente de la Tierra. En los Cielos recibimos pero la guerra es traer lo que recibió en los Cielos a la Tierra. La guerra va a cambiar. Cuando entra a Su presencia no necesita pelear porque en Su presencia hay descanso. Si aún está trabajando es porque todavía no ha entrado en Su descanso. No pelea porque tiene el conocimiento que recibió del Espíritu Santo. En el Espíritu las cosas pasan rápidamente. Los ojos se materializan al instante, las partes del cuerpo que faltan se manifiestan de inmediato.

Dios está sacando a algunos de nosotros de aquello que es bueno para llevarnos a lo perfecto. Algunos ministerios están cambiando. La fuerza de nuestro carácter hará que nos paremos en ese nuevo lugar. Joyce Meyers es conocida por decir: "Nuevo nivel, nuevo demonio".

|||||||||||||||||||||||||||||||||||||||||||||||||||||||||||||||||||||||||||||||||||||||||||||||||||

## "Si Dios no te fortalece no puedes sostenerte en lo nuevo".

|||||||||||||||||||||||||||||||||||||||||||||||||||||||||||||||||||||||||||||||||||||||||||||||||||

A menos que Dios lo fortalezca usted no puede pararse en lo nuevo. Por eso es que algunos de ustedes deberían estar en las plataformas del mundo pero los principados del mundo los tienen derribados. Debe desarrollar esa fuerza interna para sostenerse. Hay algunos que están en pecado y no han visto el incremento que viene.

El Señor dijo: *"Nunca verás el incremento desde donde estás. Nunca lo verás en el ámbito de lo aceptable o incluso de lo bueno. Si te quedas en un mismo lugar por mucho tiempo tu pasado vuelve a tu puerta".*

En realidad, si no está avanzando, está retrocediendo, porque en el ámbito del Espíritu no hay tiempo. El pasado es sólo un nombre pero golpea a su puerta, y en vez de ver el incremento ve la disminución.

Dios lo está sacando de lo bueno o aceptable porque quiere que camine en lo "perfecto".

Romanos 12:2 (RV) *"No os conforméis a este siglo, sino transformaos por medio de la renovación de vuestro entendimiento, para que comprobéis cuál sea la buena voluntad de Dios, agradable y perfecta".*

Algunos de ustedes están en ese lugar ahora. Han sido fieles, y tal vez están cómodos en el lugar de lo "aceptable". Fue por un período de tiempo, pero Dios está diciendo: "Ven más arriba". Mientras no lo haga, no conocerá lo "perfecto".

Yo he estado en el Cielo en el Espíritu muchas veces. Cierta vez que entré al salón del Trono fue como si el Trono se hubiera dividido en dos partes. Podía ver a Jesús pero no podía ver a Dios, el Padre. Cuando un hombre está en el ámbito del Espíritu, la comunicación no es verbal. Nuestras preguntas son contestadas en Sus pensamientos no verbalizados. Cuando uno piensa parece como un sueño. Antes de que piense lo sabe. Ningún otro lugar me ha aterrado tanto como el salón del Trono. Entiendo por qué muchas personas nunca llegan a este salón. En la antesala es donde todos nos reunimos, pero es tiempo de que tenga una audiencia con el Rey. Conocemos los atrios pero cuando conoces el Trono, somos diferentes. La habilidad para percibir y concebir es cambiada.

Como está fuera del cuerpo en el ámbito del Espíritu, no hay nada que no pueda ver al estar delante de Su trono. Yo pude ver al Espíritu Santo. Pude ver a Jesús. El rostro del Padre no se podía ver. Puede ser difícil para alguno de ustedes comprender que es posible entrar en Su ámbito con una invitación. Él nos ordena entrar en Él. Cuando lo hacemos, entramos en otra dimensión, la cual no es gobernada por la dinámica del tiempo. Es simplemente Ahora.

He visto los tiempos y las estaciones como Dios las ha establecido para toda la raza humana. He presenciado estos tiempos y estaciones y a ellos diciendo: "Éste es el período para esto, o éste es el tiempo para aquello". He visto la gran biblioteca en los Cielos. Hay libros acerca de las señales y las maravillas que nunca han sido abiertos, mientras que muchos otros se están abriendo ahora. Como todo en lo que a Dios le pertenece había más de lo que el hombre puede contar.

Verdaderamente pienso que una de las revelaciones más maravillosas para el creyente en la librería del Cielo es que hay un libro que tiene su nombre, así como hay uno con mi nombre. Contiene el destino que Dios ha dispuesto para cada uno de nosotros antes de la fundación de la Tierra. Abrir este libro depende de nuestra voluntad. Debemos aceptar el destino escrito en él. Ignorarlo o mostrar desprecio por el plan escrito de Dios para nosotros es mantener el libro cerrado a las bendiciones que Él tiene preparadas para cada uno de nosotros. Él quiere darle este libro. ¿Quiere recibirlo? ¿Traspasará los obstáculos mentales y recibirá su mente renovada? La Palabra lo cambiará para siempre. No sea conformado. Sea transformado.

Ahora mismo, repita esta oración en voz alta al Señor, y mire ese peso levantarse de usted.

*"Padre, en el nombre de Jesús, te pido que limpies mi mente con el agua de la Palabra. Límpiame de pensamientos vanales y abre mi mente para recibir la perfecta voluntad de Dios. Prepara mi corazón y mente para que pueda entrar en el plan perfecto que tienes para mi vida. Déjame entrar en tus caminos y pensar tus pensamientos. Por Cristo oro. Amén"*

# Capítulo 13

# **Rompimiento**

En este tiempo es crucial que escuchemos claramente la palabra de Dios y que le permitamos a Él escribir en las tablas de nuestro corazón. Si Él escribe la Palabra, ésta hace raíz profunda en nuestro hombre espiritual y comienza a crecer. Nadie puede borrar esa tabla porque Dios la ha escrito y sólo debe haber una respuesta: "Amén Señor, que así sea".

Ahí es cuando nuestro espíritu puede programarse para responder a lo que Él dice. Entonces tenemos la capacidad de abrir nuestros espíritus a nuevas verdades y revelaciones. Cuando esto ocurra experimentaremos un rompimiento hacia nuevos ámbitos del entendimiento de Dios, Su palabra y Su propósito para nosotros.

La mayoría de nosotros escucha muchas discusiones acerca del rompimiento. Pero, ¿qué es un rompimiento? ¿Cómo lo reconocemos? Y por supuesto, ¿cuándo sabemos que ha venido el rompimiento y se ha ido?

Aquí hay un ejemplo de rompimiento. Después de haber ministrado una noche, una persona se me acercó y me preguntó: "Hermano Renny, ¿no cree que su predicación es un tanto extrema?" Yo le respondí: "No. El problema con la mayoría de las iglesias es que han hecho campamento en el valle de la repetición y se rehúsan a abrirse a nada nuevo". Y déjeme explicarle porque siento eso muy fuerte en mi espíritu. Hemos llegado a sentirnos como en casa con los esquemas religiosos de las cosas. No estamos buscando tiempo con Dios, le estamos controlando el tiempo a la búsqueda del Señor.

Yo ansío la verdad, no importa lo que cueste, y por mi amor a la verdad tengo un gran problema con la religión. He visto el poder destructivo y maléfico de la tradición. Cuando la gente hace campamento en lo que sabe, para de crecer y se estanca en la religión, la tradición y el yo.

Una vez que hemos comenzado la renovación de nuestras mentes lo siguiente es empezar a alejarnos del intelecto almático y prepararnos para un rompimiento en lo nuevo, o como yo prefiero llamarlo: el ahora. Un rompimiento es una explosión repentina de conocimiento avanzado que nos hace superar un punto de defensa. Cuando la gente no está creciendo en conocimiento y verdad, se queda donde está. Como algunos han dicho con gran satisfacción: "Estoy salvo, santificado y sentado, esperando en el Señor". Ese tipo de existencia lo único que hace es negar la necesidad de cambio, y elimina la oportunidad de cualquier nivel de rompimiento.

Hasta que tengamos un rompimiento permanecemos atados a aquello que precisamente Dios está tratando de sacarnos. Cuando tiene una explosión repentina de revelación y se da cuenta de que no viene de la mano del hombre, sino de Dios, hay potencial para rompimiento. Cuando Dios corta las cuerdas de atadura, ningún hombre puede pegarlas otra vez. Cuando busca un rompimiento ¿está preparado para el cambio? ¿De verdad es un candidato para el rompimiento? Si es así, ¡prepárese! ¡Prepárese!

Dios me dijo lo siguiente: *"Las cosas que estás surgiendo de la eternidad a la Tierra ahora permanecerán inconmovibles. Sólo lo que es eterno permanecerá".*

Por favor, note que Él está hablando de aquellas cosas que vienen del ámbito de la eternidad, no de lo que está en, es de o está sobre la

Tierra. Esto significa que muchos de los que aún confían en el viejo sistema religioso serán conmocionados. El hombre tiembla más y más, día tras día. En el cuerpo de Cristo, tenemos que lidiar con tanta religión que no me sorprende que el cristiano regular no sepa cómo entrar y quedarse en la presencia de Dios.

El Espíritu de religión odia que alguien sea libre. Las mayores guerras en la Tierra han sido a causa de la religión. Si estudiamos los primeros años de la historia europea, la encontramos llena de cruzadas en el nombre de la Iglesia. La verdad es que no iban a la guerra en nombre de Dios, sino en representación de grupos religiosos organizados que estaban en el poder entonces. Si Dios levanta a alguien en medio de nosotros que no hace las cosas como nosotros las hacemos, decimos que el movimiento no es de Dios.

En vez de que la Iglesia sea productiva en la creación de discípulos, estamos siendo contraproductivos. Estamos perdiendo a aquellos que alguna vez tuvieron un deseo apasionado por Cristo. En vez de que la Iglesia sienta el poder de Dios, está más sintonizada con el poder del hombre o la mujer en el púlpito. El Evangelio está siendo ignorado. Pero no será por mucho tiempo. Dios está preparando una compañía de cristianos que no aceptan el statu quo. Un nuevo día está dando a luz una resurrección de amor y devoción por el Rey de reyes, y Señor de señores. Las cosas presentes están siendo sacudidas por lo eterno. Dios está sacando aquello conveniente y temporal para establecer lo permanente.

Permíteme hacer una observación. En el Oeste, la mayoría de ustedes no han visto nada todavía. Dios está trayendo rompimientos de todas las variedades de espíritus religiosos donde sea que los líderes le permiten moverse. Tenemos que esperar que Dios se muestre de manera poderosa en estos días. Él está haciendo cosas nuevas ahora.

||||||||||||||||||||||||||||||||||||||||||||||||||||||||||||||||||||||||||||||||||||||||||||||||

## *"Tienes ataduras del alma".*

||||||||||||||||||||||||||||||||||||||||||||||||||||||||||||||||||||||||||||||||||||||||||||||||

Algunos de ustedes no están libres para caminar en el llamado de Dios para sus vidas. ¿Sabe por qué algunos no han experimentado un rompimiento definitivo? Porque tienen ataduras del alma. Las ataduras del alma son lazos con la familia, los socios y otras relaciones. Sabes que tiene una atadura del alma cuando Dios le ha hablado pero la gente a la que está atado tiene prioridad en su vida. Entonces Dios toma el segundo lugar. ¿Se pregunta por qué puede ir a una reunión, que lo levanten, lo animen y lo preparen, y luego volver a las mismas relaciones almáticas? La cuerda de sus ataduras del alma no ha sido cortada.

Aquí hay un buen ejemplo: Si no se encuentra vida en la raíz, el árbol no puede llevar fruto. La única manera de que un árbol dé fruto es que haya vida también en su raíz. Estamos mirando el árbol por cómo se ve lo que sobresale de la tierra, pero su verdadero potencial está en sus raíces. Usted debe ir a la raíz de su atadura. Algunos necesitan cortar ataduras de intimidación y miedo a la desaprobación del hombre, de otra manera nunca alcanzarán su rompimiento.

Su mente es fiel a lo que sabe y cuando viene algo nuevo lo rechaza. No importa lo vivo que crea que está, si no ha cortado todos los lazos con lo anterior, no fluirá en lo nuevo. Las misericordias de Dios son nuevas cada mañana.

Algunos de ustedes nunca han tenido ese rompimiento porque sus ataduras nunca fueron totalmente cortadas. Se sienten culpables y terminan diciendo: "Cometí un error". Si entiende el destino, no pudo nunca haber sido un error. Fue un error en sus ojos sólo porque no podía ver el final desde el principio y se desanimó. La gente lo manipuló para volver atrás.

Cuando su nivel de gracia cae no puede tolerar más sus errores. Entonces sabrá que Dios ha cortado las cuerdas y le ha dado un rompimiento. No necesariamente significa que Él esté tratando de sacar a esa persona de su vida por completo, sólo está cambiando las bases de esa relación. Si no le permite que lo cambie, esas ataduras del alma se meterán para arrastrarlo de vuelta adonde empezó y su rompimiento no permanecerá.

La Versión Reina Valera de LUCAS 12:34 dice: *"Porque donde está vuestro tesoro, allí estará también vuestro corazón."*

La versión en hebreo en realidad dice: "Donde está el corazón del hombre, allí está él". Usted es espíritu, alma y cuerpo. Su cuerpo es su traje terrenal pero su espíritu viaja constantemente. Aun así, tiene que conformarse a la materia, la cual es visible. Si la materia es la base de su realidad, necesita un rompimiento de la materia.

La profecía es el medio por el cual el tiempo es creado. La revelación es el medio por el cual ese tiempo se hace conocido. Cuando la revelación se da a conocer ¿puede suceder en otro tiempo? Alguna gente asume que cuando el hombre de Dios la toque todo estará bien. Dios es un espíritu. Eso significa que Él vive en usted. Él está tan cerca de usted como lo está de mí. La misma unción que está sobre mí está en usted pero usted ha puesto la materia en medio. Ha puesto el tiempo para su milagro porque se ha limitado al tiempo y al espacio. Ha dicho que cuando él lo toque, esto y lo otro sucederá. Demasiados profetas hoy están poniendo en el futuro lo que Dios ya ha hecho y está disponible ahora.

La Iglesia habla de avivamiento. No puedo llamarle avivamiento al hecho de que una persona vuelva a la vida o alguien ciego vea. Yo he visto eso por los últimos 25 años. Yo conocí al Señor cuando tenía cinco años y recibí mi llamado a los siete. Cuando tenía nueve, Dios me usó para echar fuera demonios. Me usaba para sanar al enfermo cuando tenía diez y para levantar a los muertos cuando tenía catorce.

Tuve un rompimiento cuando era un niño. Aprendí que Dios no está allá lejos en algún lugar distante. Él está dentro de mí. Aquel dentro de mí es el mismo ayer, hoy y por siempre.

HEBREOS 13:8 (RV) *"Jesucristo es el mismo ayer, y hoy, y por los siglos"*.

Yo no estoy esperando un movimiento de Dios. Está dentro de mí. Dondequiera que voy, el diablo se tiene que ir a causa de la presencia y el poder de Cristo en mí. No hay opciones; Jesús conocía Su autoridad.

La Biblia nos dice que ellos mataron a Jesús, no porque era un profeta sino porque decía que era el Hijo de Dios. Ellos lo aceptaron en el ministerio quíntuple de acuerdo con Efesios 4. Lo aceptaron como un maestro, pero tenían problemas cuando decía que era el Hijo de Dios. Con esa declaración estaba diciendo que era igual a Dios. La Biblia dice que tú eres un Hijo de Dios.

> 1 JUAN 3:2 (RV) *"Amados, ahora somos hijos de Dios, y aún no se ha manifestado lo que hemos de ser; pero sabemos que cuando él se manifieste, seremos semejantes a él, porque le veremos tal como él es."*

La revelación está en usar la palabra coheredero: para ser hechos iguales a. (Romanos 8:17) En igualdad de condición la prioridad va al que fue primero. En Romanos dice que Cristo tiene la total preeminencia. Nosotros somos sus hermanos pero Él fue el primero. Nosotros fuimos hechos iguales a Él. Cuando el diablo te mira ve a Dios en carne, en forma humana. Él no se queda cuando ve eso.

Cuando era joven conducía y asistía a conferencias y cruzadas por toda Inglaterra, y el diablo dejó de venir. El diablo sabe quién puede orar. Muchos caminan en el conocimiento de la ignorancia. Satanás no puede tomar ventaja de nosotros a menos que ignoremos sus maquinaciones.

> 2 CORINTIOS 2:11 (RV) *"Para que Satanás no gane ventaja alguna sobre nosotros; pues no ignoramos sus maquinaciones"*.

Jesús tuvo un rompimiento sobre la materia. Cuando fue a resucitar a Lázaro de entre los muertos, los discípulos le dijeron que los judíos lo buscaban para apedrearlo.

> JUAN 11:8-10 (RV) *"Le dijeron los discípulos: Rabí, ahora procuraban los judíos apedrearte, ¿y otra vez vas allá? Respondió Jesús: ¿No tiene el día doce horas? El que anda de día, no tropieza, porque ve la luz de este mundo; pero el que anda de noche, tropieza, porque no hay luz en él".*

Cuando Dios llama a alguien, lo primero que le imparte es un rompimiento; una explosión repentina de conocimiento avanzado. Hay señales que dicen si una persona ha cambiado o no. Nosotros sabemos cuándo no hay cambio en una persona, cuando causa gran destrucción con algo que le han dado. No tenía la gracia para ello y las señales estaban ahí. Si una persona es cambiada, entonces está la gracia para el trabajo, y fluye con el Espíritu.

Estoy cansado de que el diablo saque a pasear a la Iglesia porque nosotros no vemos lo obvio. Despierte y declare la verdad. La verdad no es popular pero permanece. La verdad es un absoluto, y no se puede negociar con un absoluto. La verdad hace que algo sea. Lo que ves y sientes no tiene consecuencias. Si estás errado, estás errado. Si estás en lo cierto, estás en lo cierto. La palabra de Dios es cierta.

> MATEO 24:35 (RV) *"El cielo y la tierra pasarán, pero mis palabras no pasarán".*

¿Cree que Dios va a cambiar de opinión acerca de Su palabra? Lo que Él dijo acerca del carácter años atrás todavía lo sostiene. Todavía es un requisito hoy. ¿Cuáles son las fortalezas de su vida y de su medio ambiente? ¿Qué lo hace actuar del modo en que lo hace? ¿Qué está sacando algo de usted que usted no entiende?

Hay una ley acerca de su medio ambiente. Cuando separa a un pez del agua, se muere. La vida se corresponde con el hábitat. Cuando saca a un árbol de la tierra, se muere. Cuando separa a alguien de un ambiente religioso, su religión muere. Cuando Dios lo separa de algo, las ligaduras son cortadas. Si vuelve a ese hábitat nada puede sacarlo otra vez. Está en el hábitat, pero totalmente libre. El principio es que la vida de Dios fluye cuando está libre de las fuerzas que lo detienen. Cuando la oposición encuentre resistencia en la Gloria se retirará.

A veces, hay situaciones en que no debería volver a su hábitat. Yo estaba dando consejería a un hermano que decía: "Yo tengo SIDA y creo que Dios me hará libre de esto". (Hemos visto cientos ser libres del SIDA). Yo le dije: "De acuerdo, pero cuando seas libre, no vuelvas al lugar donde te contagiaste". Si el estilo de vida no cambia, volverá adonde estaba. El SIDA no era el problema. El SIDA era el síntoma. Su medio ambiente era el problema.

> Jesús hizo esta declaración: *"No hablaré ya mucho con vosotros; porque viene el príncipe de este mundo, y él nada tiene en mí"*. JUAN 14:30 (RV)

Satanás no podía acusar a Jesús de mentir, robar o de inmoralidad. ¿Por qué? Porque esas cosas nunca estuvieron en Jesús.

|||||||||||||||||||||||||||||||||||||||||||||||||||||||||||||||||||||||||||||||||||||||||||||||||||||||||

## *"El tiempo es una materia que se está disolviendo".*

|||||||||||||||||||||||||||||||||||||||||||||||||||||||||||||||||||||||||||||||||||||||||||||||||||||||||

Esta revelación debe venir antes de que haya un rompimiento. Algunos pastores tienen problemas para llevar a la gente a un rompimiento porque ellos nunca han tenido uno para sí mismos. Ellos no son libres. Usted es libre de tener un rompimiento cuando se separa de ambientes ilegales. Una vez libre, podrá ayudar a otros. El significado de la palabra fortaleza es la base desde donde algo funciona. Es un pensamiento o ideología que se defiende ferozmente. ¿Venció Jesús a Satanás? La Biblia dice que Él lo destruyó, lo desarmó y lo destronó. ¿Venció Jesús el poder de la enfermedad, las dolencias y la muerte en la Cruz? La Biblia dice en Efesios 2:15 que Él las abolió. Cuando se derriban las fortalezas entonces vienen los rompimientos. Así que, si el Hijo os libertare, seréis verdaderamente libres (Juan 8:36).

El tiempo es materia en disolución. Nuestro medio ambiente nos ha llevado a conformarnos a la materia. Ahora sabemos por qué necesitamos un rompimiento de nuestro medio ambiente. Mientras no rompa con lo que parece real para usted, la maldición todavía le resultará visible. ¿Cómo puede ser real la maldición para usted si fue rota en la Cruz? La nueva criatura redimida conoce la diferencia. La nueva criatura sabe cómo ir más allá, donde puede alcanzar misericordia. La nueva criatura no camina por vista, sino por fe. El diablo está destronado, desarmado, destruido y vencido. Si él está en estas condiciones, ¿cómo hacernos lo que nos hace? Lo dejamos. Cada vez que hacemos lo que no debemos, se convierte en una repetición de lo que hizo Adán. Ésta es la importancia del rompimiento de su medio ambiente. Somos víctimas de nuestro propio ambiente porque somos el producto del mismo. Si no rompe con su medio ambiente, seguirá siendo víctima de la materia inferior. Satanás tiene un plan y un propósito para cada uno. No hay excepciones.

El plan de Satanás viene en dos palabras: control del ambiente. Su plan se facilita por medio del control del ambiente, lo cual explica por qué usted es del modo que es. Es importante que sepa quién es. Usted es el producto de su medio ambiente. Puede ser que haya dejado Egipto pero eso no significa que Egipto lo haya dejado a usted.

Moisés tuvo un rompimiento. Cuando Dios lo llamó de vuelta a Egipto, le dio un rompimiento de su medio ambiente. En la zarza ardiente Dios le dijo a Moisés que se quitara las sandalias y que dejara su medio ambiente de cuarenta años en el desierto. Él había entrado en el dominio ambiental de Dios. Luego tuvo otro rompimiento con un amigo en Egipto. Moisés había sido criado en el palacio del faraón. Nosotros tenemos una imagen distorsionada de Moisés. En realidad, él era un hombre como cualquier otro egipcio hasta que conoció a Dios. Él no conocía a Dios porque no había sido criado como hebreo. Había sido criado como egipcio. En aquellos días, para los hijos del faraón era normal conocer la brujería. Los entretenían con eso y ellos creían en eso. Adoraban a sus dioses como el cocodrilo, el sol, la luna y las estrellas. Moisés creía en todos estos ídolos. Pero Dios lo llamó aparte y Moisés tuvo un encuentro divino con su Dios. Tuvo un rompimiento de su viejo medio ambiente. Egipto ya no significaba nada para él ni tenía poder sobre él.

Hay una Escritura en la Biblia que dice: *"De cierto os digo que todo lo que atéis en la tierra, será atado en el cielo; y todo lo que desatéis en la tierra, será desatado en el cielo".* MATEO 18:18 (RV)

Quiero que se imagine a Moisés volviendo al faraón. Si yo le preguntara cuál fue el mayor milagro que sucedió en Egipto, probablemente me diría "la división del Mar Rojo". Fue asombroso y poderoso, pero aprendimos una verdad. Ellos no podían caminar sobre las aguas, así que Dios les permitió caminar sobre tierra debajo del agua.

Moisés y Aarón ahora van delante del faraón. Moisés arroja su vara. Él sabía lo que harían los magos. Lo había visto muchas veces. Él arrojó su vara y los magos arrojaron sus varas. ¿En qué se convirtieron las varas de los magos? Ante sus ojos las varas se convirtieron en serpientes. Observe una momia egipcia y verá una cobra rey, una serpiente. Las serpientes de la vara de Moisés se tragaron las serpientes de las varas de los magos.

Jesús dijo que no se puede entrar a la casa de un hombre a menos que se ate al hombre fuerte primero.

MARCOS 3:27 (RV) *"Ninguno puede entrar en la casa de un hombre fuerte y saquear sus bienes, si antes no le ata, y entonces podrá saquear su casa".*

¿Por qué Moisés podía entrar y salir de la casa del faraón y el faraón no lo tocaba? El faraón estaba atado. Por eso Moisés podía entrar y salir como le placía. ¿Qué sucedió? Moisés tuvo un rompimiento de su medio ambiente. Algunos de ustedes necesitan un rompimiento de su cultura. Cuando tiene un rompimiento de su cultura, puede predicar, testificar y cantarle a cualquiera. Cuando tiene un rompimiento, se trasciende a sí mismo y las circunstancias. El asunto es, ¿está dispuesto a trascender? ¿Quiere un rompimiento?

La fe afirma lo invisible como una realidad. Cuando tiene un rompimiento de su medio ambiente, la fe afirma lo invisible como una realidad. La fe no afirma lo que se ve. La fe trasciende lo que se ve porque sabe que eso es temporal. La fe afirma la realidad. Sobrepasa la razón. Supera su cabeza y su intelectualismo. Sobrepasa lo falso porque lo falso sabe que no es real. La fe va más allá de lo que se ve. Supera el falso conocimiento que cree que sabe más que Dios. La fe va por encima de esto y se para sobre lo falso. Pone lo falso bajo sus pies. Dice: "Tú no eres real". ¡Señor, dales un rompimiento!

Jesús viene y nuestro tiempo es corto, ya sea que quieras ser libre o no. O quieres cambiar o no quieres. O quieres un rompimiento o no lo quieres. ¿Cuál es tu respuesta?

Dios está redimiendo el tiempo. Si usted ha sido escupido y abusado, Dios puede hacer que el diablo pague por cada cosa que robó de su vida. ¿Cómo hará Dios para redimir el tiempo de alguien que tiene un caso en la corte por diez o quince años, especialmente si no tenemos diez o quince años más? El tiempo es relevante sólo para aquellos que dependen primariamente de los recursos terrenales. En el Espíritu el tiempo no existe. Si es así, ¿adónde cree que vamos por nuestras respuestas? No pierda de vista el hecho de que nuestro tiempo está a punto de romperse. Ésta es nuestra temporada y nuestra hora. Ya no seremos más abusados. Vamos a caminar en lo que Dios ha propuesto y preparado en nuestras vidas.

Llegará el momento en que se de cuenta de que las puertas del Infierno no pueden prevalecer contra lo que Dios está haciendo en la

Tierra. Nunca pensó que llegaría el día pero el día ha llegado. Ésta es la buena noticia. No se trata sólo de la portada de los periódicos de hoy, es la realidad. Puede romper y ser libre al fin. Olvídese de las cuerdas de salvamento y de lo que diga el hombre de usted. Sea como Pablo que aprendió a no conceder con carne ni sangre.

Le han negado sus derechos y tiene toda razón para renunciar. Si busca a Dios, encontrará su lugar en Él. Sabrá que Dios le puso allí. Jesús no pasó por el Infierno para que usted se siente al costado y mire pasar el desfile. Tiene que saber que esto vino directo del trono de Dios. La mayor Gloria está trabajando a favor de su circunstancia.

Usted es llamado. Vivir en Su Gloria es su destino. ¿Quiere que le diga cómo Él va a redimir los tiempos?

> JOEL 2:25 (RV) *"Y os restituiré los años que comió la oruga, el saltón, el revoltón y la langosta, mi gran ejército que envié contra vosotros."*

Él tomará un año como un mes. Un mes será como una semana. Una semana será un día. En seis semanas Dios puede devolverle lo que perdió en diez años.

Dios está haciendo algo fresco y diferente en su espíritu. Puede sentir la vida de Dios creciendo en su ser. ¿Qué está haciendo Dios? Él está levantando un remanente de gente que se atreve a cambiar y a cruzar la línea. Créame, lo mejor aún está por venir. Ahora bien, todas las fiestas judías son aplicables a la Iglesia de hoy. Se trata de la fiesta de la Pascua, la fiesta de Pentecostés y la fiesta de los Tabernáculos. Estas fiestas representan los tres ámbitos de lo sobrenatural. La Pascua simboliza la fe. El Pentecostés simboliza la unción. Los Tabernáculos simbolizan la Gloria. El problema de hoy es que tratamos de llevar a la gente a tener un Tabernáculo cuando no han tenido un Pentecostés. ¿Qué significa la Pascua? Simboliza el dominio de la fe. Si la Pascua significa fe, y la fe significa Pascua (Pass over, en inglés pasar sobre - NdT), esto es pasar de lo natural a lo espiritual, de lo visible a lo invisible.

## *Jesús trajo el futuro al "ahora".*

Cuando ha pasado de un lado al otro, lo invisible se hace visible. Ha pasado y lo visible ya no es más su realidad. Cuando pasa, su forma de determinar la realidad es la fe. Ahora no tiene que mirar con los ojos de la carne. Usted pasa sobre. Si apenas entendemos la fe, ¿cómo vamos a entender realmente de qué se trata la unción? La Biblia dice que Jesús tenía el Espíritu sin medida. Tenía la unción sin medida. La fe es la estructura del ámbito invisible.

> Hay una Escritura en la Biblia que dice que Dios declara: *"...lo por venir desde el principio, y desde la antigüedad lo que aún no era hecho".* ISAÍAS 46:10 (RV).

¿Sabe qué es lo que califica al ahora como ahora? "Esperar". El esperar fue convertido en la evidencia y la evidencia en sustancia, y cuando se convirtió en la sustancia vino a ser el "ahora". No necesitamos mirar a lo que ya tenemos. Nos han enseñado, inconscientemente, a disociarnos de la fe. Ahora entiende por qué el versículo comienza con la palabra "ahora". ¿Qué sucedió? Jesús trajo el futuro al "ahora".

La fe ve lo que usted esperaba que fuera realidad. La Biblia dice que Jesús es el autor y consumador de nuestra fe. Joel miró a otro tiempo que todavía no estaba revelado. A menudo verás esta palabra declarar, no tanto en el Nuevo Testamento, como si no hubiera nada más que declarar. Jesús dijo: "Consumado es". La definición más pura de declarar es sacar algo hacia delante. ¿Sabe por qué los profetas tenían que sacar algo así? Porque Jesús todavía no había muerto. La muerte de Jesús sacó algo del mundo invisible. Él dijo: "Consumado es". No tiene que traer que ya existe.

La medida de gobierno de la fe es lo invisible. ¿Cuál es la medida de gobierno de la fe? En el Nuevo Testamento puede ver la palabra medida. El diccionario la define como una cantidad. No significa eso en el lenguaje original. Significa la esfera de influencia y de gobierno. El asunto es: ¿Dónde está la medida del gobierno de la fe? Lea este versículo otra vez.

HEBREOS 11:1 (RV) *"Es, pues, la fe la certeza de lo que se espera, la convicción de lo que no se ve"*.

La medida de gobierno de la fe no es la materia que vemos. La medida de gobierno de la fe está en el mundo que sobrepasa la materia que podemos ver. Es otro mundo. La medida de gobierno de la fe es lo invisible. La dificultad es que nadie lo está viendo, sólo lo confesamos. Estamos tratando de llamar lo que aún no hemos visto. Hemos confundido la fe con la suposición. Jesús dijo: "Yo sólo digo lo que oigo a Mi Padre decir y lo que veo".

JUAN 5:19 (RV) *"Respondió entonces Jesús, y les dijo: De cierto, de cierto os digo: No puede el Hijo hacer nada por sí mismo, sino lo que ve hacer al Padre; porque todo lo que el Padre hace, también lo hace el Hijo igualmente"*.

Si separa la fe de la gracia, le queda una doctrina de obras. No se trata de cuánta más fe tenga. Es por causa de lo que Él ya ha hecho. Por la gracia usted es salvo, como lo declara la palabra de Dios. ¿Cómo sucede esto? Ocurre a través de la fe, y no su fe en primer lugar. No podría hacerlo aunque tratara. Es el don de Dios, no sea que el hombre se gloríe.

EFESIOS 2:8 (RV) *"Porque por gracia sois salvos por medio de la fe; y esto no de vosotros, pues es don de Dios"*.

¿Sabe por qué Dios hará ciertas cosas por usted? Porque es Su hijo. Tiene Su favor, y Dios hace mucho por favor que usted ni siquiera merece. No fue porque tuviera fe o porque creyera. Él lo hizo porque quiere que usted vea Su naturaleza obrando para usted.

Cree que fue por lo que usted creyó. Número uno, fue a causa de lo que Él hizo. Segundo, es simplemente porque Él lo dijo. ¿Dónde estabas usted cuando Él dijo: "Que sea la luz"? Él es perfectamente capaz de hacerlo. No fue porque usted tenía fe, fue porque Él lo dijo.

> Mi Biblia dice que: *"Dios no es hombre, para que mienta, ni hijo de hombre para que se arrepienta. Él dijo, ¿y no hará? Habló, ¿y no lo ejecutará?"*
> NÚMEROS 23:19 (RV)

Seamos realistas. Ha habido momentos en que Dios ha hecho algo por usted y usted ni siquiera estaba alineado con Él. ¿Cómo puede decir que fue por su fe? No tiene nada que ver con su fe. Fue por Su gracia. ¿Sabe cuánta gente ha muerto, físicamente, porque le dijeron que no tenía suficiente fe?

¿Cree que Dios es la inteligencia suprema? ¿No cree que el Dios del Universo tenga suficiente sentido para darle la fe que necesita? O Dios está al revés, o es estúpido, lo cual no testificaría de Su omnipotencia o Su poder. ¿O podría ser que hay algunas cosas que hemos pasado por alto? Tristemente, lo hemos pasado por alto. ¿Está conciente de que cuando dice que no tiene suficiente fe, está diciendo que Dios, en todo Su consejo y sabiduría, no le dio la suficiente? Yo conozco gente que ha sido convencida de la poca fe que tiene. Eso es parte del problema. No tiene suficiente fe en lo que realmente tienes. La medida de la fe es lo invisible.

La medida del gobierno de la fe no es lo visible sino lo invisible. La fe nos abre al mundo, al ámbito, al reino que fue antes del tiempo. ¿Sabe por qué Dios le dio fe? ¿Sabe por qué Dios le dio al hombre la fe cuando lo expulsó del Jardín? A menos que Dios le diera fe, el hombre no hubiera tenido forma de volver a ver en el mundo del que viene. Así que Dios le dio al hombre la fe que abre el mundo antes del tiempo. Se nos está acabando el tiempo. El tiempo está rozándose con la eternidad. ¿Cómo se cumplirá la profecía de Joel si se nos está acabando el tiempo? Le diré cómo. Un año viene como un mes, un mes como una semana y un día como una hora. El tiempo se acorta porque está entrando en la eternidad.

|||||||||||||||||||||||||||||||||||||||||||||||||||||||||||||||||||||||||||||||||||||||||||||||||||

## *"El tiempo se acorta porque está entrando en la eternidad".*

|||||||||||||||||||||||||||||||||||||||||||||||||||||||||||||||||||||||||||||||||||||||||||||||||

Nos estamos acercando a una era donde la eternidad será llamada como la era. El tiempo, como alguna vez lo conociste, no es el tiempo como lo conoces ahora. ¿Qué está pasando? La eternidad está entrando en el tiempo. Nos estamos acercando al día en que el hombre fue creado. Dios hizo al hombre en el Huerto del Edén. No hay tiempo registrado que nos diga cuánto tiempo estuvo Adán en el Jardín, porque la eternidad era la atmósfera de la Tierra. Había dos dominios. Cuando el hombre pecó, fue expulsado del Jardín. Así comenzó la edad. Cuando la edad comenzó Adán tenía tanto de aquel ámbito en sí que pudo vivir con el residuo 936 años. Así de fuerte era el residuo. Estamos en los días del resto de Dios. El tiempo es una forma de materia que se disuelve incluso mientras yo le hablo. ¿Se da cuenta de que sus circunstancias son el producto del tiempo? Aun mientras hablo, sus circunstancias se están disolviendo. No miramos las cosas visibles, sino las invisibles. Lo invisible es eterno.

El tiempo es una forma de materia que se está disolviendo. Nuestro ambiente nos ha conformado a la materia. Ahora sabe por qué necesitamos un rompimiento de nuestro medio ambiente. Dios tiene que darle un rompimiento de lo que percibe como su realidad. Mientras no tenga ese rompimiento, la maldición tendrá preeminencia en su vida. ¿Cómo puede ser que la maldición sea una realidad mayor en su vida si fue rota en la Cruz? La nueva criatura conoce algo diferente. La nueva criatura sabe cómo ir más allá para hallar misericordia. La nueva criatura camina por fe. El diablo está destronado, desarmado, destruido y derrotado. Si está así, entonces, ¿cómo puede hacernos todo lo que nos hace? Es que lo dejamos. Cada vez que hacemos lo que no debemos, no es más que una repetición de la caída de Adán.

Después de tener un rompimiento de su medio ambiente, la fe afirma lo invisible como una realidad. La fe trasciende lo visible porque sabe que lo visible es temporal. La fe afirma la realidad, por encima de la razón y el intelectualismo. La fe supera lo visible y el falso conocimiento que se exalta a sí mismo contra el conocimiento de Dios. La fe afirma a Dios como Dios y nada más. Ahora sabe lo que dice: "...porque es necesario que el que se acerca a Dios crea que le hay..." Hebreos 11:6 (RV). La fe afirma a Dios, un ser sobrenatural con habilidades sobrenaturales, que demanda adoración. Cuando la fe afirma a Dios, Dios afirma las cosas. Busque primero el Reino. Afirme el reino de Dios y toda Su justicia y todas las cosas le serán añadidas. El problema es que afirme las cosas. Por lo general uno afirma una cosa y no sabe si es la voluntad de Dios. Si busca primero a Dios entonces sabrá. Cuando sabe, no importa que el diablo venga contra usted. No importa si se trata de enfermedades como la diabetes o la presión arterial alta. Carencia o pobreza, no importa. No importa porque sabe en quién ha creído. Está persuadido. Cuando usted sabe y está persuadido el enemigo no lo puede conmover.

2 TIMOTEO 1:12 (RV) *"Por lo cual asimismo padezco esto; pero no me avergüenzo, porque yo sé a quién he creído, y estoy seguro que es poderoso para guardar mi depósito para aquel día".*

La mayoría afirma sus situaciones y ¿sabe por qué Dios no las afirma? Porque están fuera de orden. Usted sabe cuál es el orden... busca primero... Cuando lo busca a Él primero, ¿hace alguna diferencia lo que el médico le diga? No, en lo absoluto.

Cuando usted trasciende, sobrepasa lo temporal para tocar lo eterno. Cada vez que trasciende echa mano de lo eterno, porque sólo llega hasta allí. Cuando la mente es renovada, la revelación eleva al hombre por encima de la materia. La revelación nos levanta por encima de la era presente y entendemos que la era eterna manda sobre la era presente. Nunca entenderá por completo la era presente si no entiende la era eterna. La revelación nos eleva por encima de la materia. La fe viene primero y luego viene la revelación.

Efesios 3:3-8, 9-12 dice: *"que por revelación me fue declarado el misterio, como antes lo he escrito brevemente, leyendo lo cual podéis entender cuál sea mi conocimiento en el misterio de Cristo, misterio que en otras generaciones no se dio a conocer a los hijos de los hombres, como ahora es revelado a sus santos apóstoles y profetas por el Espíritu: y de aclarar a todos cuál sea la dispensación del misterio escondido desde los siglos en Dios, que creó todas las cosas; para que la multiforme sabiduría de Dios sea ahora dada a conocer por medio de la iglesia a los principados y potestades en los lugares celestiales, conforme al propósito eterno que hizo en Cristo Jesús nuestro Señor, en quien tenemos seguridad y acceso con confianza por medio de la fe en él."*

Usted no tiene acceso a lo eterno hasta que viene la revelación. Por eso no podemos explicar por qué hay cosas que aún no han sucedido, a menos que Dios ponga esa fe en nuestro espíritu de acuerdo con la revelación. La revelación precede a una impartición de fe. Por eso la fe viene por el oír la palabra de Dios. La navegación es tranquila cuando viene la revelación y luego la fe confirma. Nuestro obstáculo está en la poca revelación para tener acceso a las cosas nuevas, en el ámbito del Espíritu, que Dios quiere hacer. La persona promedio en la iglesia no quiere escuchar nada nuevo. Quiere oír la fe ABC del jardín de infantes. Mientras no se sabe, no se tiene la fe para hacer las cosas que se pueden hacer.

Y nosotros hemos traído este pensamiento a la Iglesia. Un hombre de Dios muy conocido hizo algo que no debería haber hecho. Yo le dije: "Señor, si Dios le dijo que lo hiciera, es porque Él puede suplirle. Cuando la provisión no viene es porque, seguramente, Dios no lo dijo". No puede comprometer a Dios con algo que Él nunca dijo. Si Él lo dijo, entonces se hace responsable. Si Él lo dijo, su primer compromiso es consigo mismo, y en segundo lugar con usted. Si Dios le ha dicho que va a hacer algo, entonces lo que Satanás diga no hace ninguna diferencia. Si Dios lo dice, sucederá. No se trata de cuánta fe tenga, sino de que Él lo dijo.

La revelación nos da acceso a los dominios más altos de la sustancia: lo invisible. El nombre de la materia que no podemos ver es la sustancia con la que Dios formula las cosas. Esto es lo que Él ha puesto a residir en usted; es una palabra de dos letras llamada fe. La fe no es una confesión; es lo que tiene. Estoy hablando acerca del Dios del Universo que pone algo sobrenatural dentro de usted que controla los tres dominios de la materia. Si tiene revelación puede tratar con la materia, pero sin ella no puede.

La Biblia nos dice qué decir y cómo decirlo. ¿Sabe lo que eso significa? Jesús no estaba imitando la unción de alguien más. Usted no quiere ir por ese camino tampoco. Él no trataba de hacer lo que veía a otro ministro exitoso hacer. Él operaba en Su propia fe. Usted no puede acceder o funcionar en la fe de otra persona. Puede funcionar para ella porque es una palabra jréma. Si usted recibes una jréma (una palabra hablada de Dios a su espíritu) entonces no hay problema.

Doce años atrás, fui a Sierra Leona, África. Yo he viajado por el Mediterráneo, Israel y el Medio Oriente, predicando a las multitudes y a toda clase de gente. He ministrado a reyes y reinas y gente que simplemente pensaba que lo era. Cuando nos preparábamos para partir hacia Sierra Leona nos dirigimos al Aeropuerto Heathrow en Londres, Inglaterra. Tenía mi pasaporte y mi pasaje pero no tenía visa (se necesita una visa para entrar a Sierra Leona).

Me dirigí al agente de vuelo de la British Airway y le dije: "Buenas tardes, señora". Ella respondió: "¿Tiene su visa Señor?" Y yo le pregunté: "¿Para qué?" Y ella respondió: "Usted necesita una visa para ir". Yo le dije: "Disculpe, yo no lo sabía". Ella me contestó: "Reverendo McLean, usted no puede viajar". Yo repliqué: "Tengo que ir, soy un predicador". Pero ella volvió a responder: "Lo lamento Reverendo McLean, no puede viajar". Y mi respuesta fue: "Si yo no voy, el avión no se mueve". Usted no puede decirlo a menos que lo sepa.

Mi esposa estaba a mi lado y me dijo: "Renny, no puedes decir eso". Yo le respondí: "Yo voy en eso avión. Si Dios me quiere en ese avión Él me va a enviar. Eso será si Dios realmente lo habló". "Y ¿Dios te lo dijo?" —me preguntó Marina—.

Yo me paré, giré los ojos hacia la mujer y le dije: "Ese avión no va a ninguna parte a menos que yo esté en él". Me senté y levanté mis manos. "Renny, definitivamente eres un hombre de fe" —me respondió Marina—. "Diablo, te reto a sacar ese avión de mi mano" —declaré—. Sostuve mi mano en alto y vi el avión en mi mano. Pasó una hora y el avión no podía moverse. Pasaron dos horas y el avión no podía moverse. Tres horas más tarde y el avión no se movía. Bajaron a los pasajeros porque no podían descubrir la falla ya que todo parecía normal. Habían pasado siete horas y yo estaba tomando té y chocolate caliente. Le dije a Marina: "Te puedes ir a casa. El avión no se va a menos que yo esté en él".

La señora volvió después de su almuerzo, me vio sentado con la mano en alto, y le dije: "Estoy reteniendo el avión". Ella me miró con una de esas miradas que dicen "tú estás loco". Bueno, la Iglesia ha hecho el ridículo porque no sabía si había oído la voz de Dios o no. Yo le contesté: "Señora, yo le dije que ese avión no va a ningún lado a menos que yo esté en él". Y ella dijo: "Recuerdo que usted dijo eso y todavía está aquí". "Sí, y ese avión se va a demorar otras siete horas si yo no estoy dentro" —le contesté—.

Ella replicó: "Si esto es verdad de Dios y de usted, entonces súbase al avión y vea si se mueve". ¿Puede imaginarse la sonrisita burlona en su rostro? Me subí al avión y dije: "En el nombre de Jesús, suelto este avión". Las aeromozas cerraron las puertas de un golpe, y el avión carreteó hacia la pista principal. La gente a bordo me preguntó: "¿Por qué no estabas antes aquí?" Yo les respondí: "Bueno, fue por mí que el avión no se movía". (No es la mejor manera de hacer amigos e influenciar a la gente).

El problema con nosotros hoy es que hemos diluido lo que la Biblia llama fe. Hemos hecho de la fe una mercadería barata. Con razón no funciona. ¿Es mentiroso el diablo? Sí. Entonces, si el diablo es un mentiroso, ¿por qué tendríamos que creerle? Yo siento un rompimiento en la ofrenda. La esperanza depende de la fe para que algo se materialice al máximo. El problema es que vivimos en dos mundos separados. La Biblia dice que la esperanza que se demora atormenta el corazón (Proverbios 13:12). ¡Ahora la fe es!

En mi mente, yo no acepto límites. No veo cuatro paredes. ¡Ahora la fe es! Si todavía mira su circunstancia, entonces todavía no está viendo en el espíritu. La fe es el fundamento de la esperanza. ¡Ahora la fe es! ¿Cómo puede estar presente la esperanza en nuestra mente si estamos pensando en tiempo futuro? Un abismo llama a otro abismo. La esperanza llama a la evidencia. La evidencia llama a la sustancia. La sustancia llama al ahora. La esperanza llama lo por venir al aquí y ahora. La esperanza llama a la fe para su realidad. La esperanza está llamando la realidad, la coexistencia y la actualidad. La esperanza depende de la fe para su estructura y su corporización. Usted no debe pararse en nada que no sea la fe en el ahora.

## *"La fe impone la eternidad sobre el tiempo".*

La fe impone la eternidad sobre el tiempo. ¡El tiempo se alinea con lo que Dios dice que usted es y tiene ahora! No es lo que dice el tiempo; es lo que Dios dice. La fe se basa en lo que ha sido predeterminado. Para eso tiene la expectativa. La expectativa le dice que algo está a punto de suceder. Por eso grita alabanzas a Dios. Algo está a punto de suceder. Porque sabe que algo está por suceder, alaba a Dios por adelantado.

Actúe como quien sabe que algo está a punto de suceder. No me puede importar menos lo que veo; algo está a punto de suceder. Porque sabe que algo está por suceder, canta: "Entraré por sus puertas con acción de gracias en mi corazón. Entraré por sus atrios con agradecimiento". Actúe como quien sabe que algo va a suceder. Dance por ello; grite por ello. Usted sabe que está saliendo de la deuda. Sabe que está saliendo de la enfermedad. Sabe que está saliendo de las dolencias. Sabe que sus seres queridos inconversos van a ser salvos. Por eso está gritando.

Cuando lo busca a Él primero y sabe quién es, ¿cree que hará alguna diferencia lo que el médico le diga? ¿Hace alguna diferencia lo que dice la Biblia acerca de lo que puede soportar? Sí. Dios dice: "No puedes pasar este punto hasta que obtengas tu milagro. Voy a detener el tiempo aquí hasta que alcances mi milagro". El tiempo no le va a decir, en este momento, que el tiempo no será más. La eternidad entrará en el tiempo. La fe es una decisión basada en el conocimiento revelado. La fe se basa y actúa en lo que se ha predeterminado.

La mujer con el problema de sangre no esperó a ver qué iba a haber en la iglesia. Lo vio mucho antes. "Quiero ir a ver a este hombre. Estoy predeterminada conmigo misma. Si toco el borde de su manto, seré sana". Yo imagino que ella era, probablemente, la más débil en la multitud que rodeaba a Jesús aquel día, pero el propósito y el enfoque hicieron que avanzara. Se aferró a su milagro. El punto es: ¿Usted realmente lo quiere? Cuando realmente lo quiere se determina. No hay diferencia cuando su mente ya está definida y sabe lo que Dios tiene para usted. Cuando cree, va a suceder. De hecho, ya ha pasado.

La fe rompe la ley del tiempo cada vez.

> MARCOS 7:26 (RV) *"La mujer era griega, y sirofenicia de nación; y le rogaba que echase fuera de su hija al demonio"*.

Jesús ni siquiera habló con ella. Ella lo miró. Libérate de tu religión. Finalmente, cuando Él habló: "No es tu tiempo. No he venido a ti". Él sólo se sentó allí. Esta mujer dijo: "Incluso los perros comen las migajas que caen de la mesa de sus amos". Jesús dijo: "Mujer, grande es tu fe". Él sanó a una gentil antes de su tiempo. ¿Cómo pudo hacer esto? En el tiempo el evento de la Cruz no había sucedido todavía. Pero el Cordero fue inmolado antes de la fundación del tiempo (Apocalipsis 13:8). Jesús fue hasta la fundación del mundo donde las llagas ya habían sido expuestas. La fe rompe la ley del tiempo todo el tiempo.

La incredulidad en la palabra de Dios brinda alternativas para la fe. ¿Sabes cuál es el problema con la Iglesia? Hemos sustituido la fe con alternativas. ¿Sabe por qué usa otras alternativas? Porque en realidad no cree. No está realmente seguro de que Dios vaya a cumplir lo que prometió. Pero cuando está seguro, sabe cómo tiene que ser. Entonces dirá: "Va a obrar a mi favor. No importa cómo se vea. No importa lo que diga la gente".

El asunto es ¿cuándo lo va a tomar? El precio de su enfermedad fue pagado. El precio de su propiedad fue pagado. El precio por su deuda fue pagado. ¿Cuándo lo va a tomar? ¿Cuándo va a dejar de dudar en su mente? ¿Cuándo va a dejar de crear alternativas? ¿Qué es lo que finalmente va a creer?

> Levante sus manos ahora, desde donde está hacia donde va. Quiero que comience a alabarlo. Déle alabanza como un poderoso río. "Entraré por Sus puertas con acción de gracias en mi corazón". Diré: "Éste es el día que el Señor ha hecho, me alegraré y me gozaré en él". ¡Gloria! ¡AHORA!

Pedro fue al Monte de la Transfiguración. Esto siempre me ha molestado. Nunca entendí por qué Jesús llevó a Pedro, a Santiago y a Juan al Monte de la Transfiguración. Uno creería que Jesús querría que ellos evangelizaran con lo que habían visto y experimentado. Pedro fue arrebatado en la altura de aquella Gloria y, luego, Jesús vino y le dijo: "No se lo digan a nadie" (Marcos 9:9). Pedro vio el ámbito pero no lo había concebido. El secreto de esto es que cuando usted ha concebido el ámbito, su voz lleva o transporta ese ámbito. Pedro no había recibido ese ámbito todavía. Por eso Jesús le dijo: "No digas nada todavía". Cuando Pedro recibió el Espíritu

Santo, entendió las cosas espirituales, porque ya no tenía una mente carnal. Asegúrese de que su espíritu conciba un ámbito.

Quiero participar en todo lo que suceda en una reunión, ya sea saltando, brincando, corriendo o lo que sea. Tiene que agarrar ese ámbito. Éste es el día en que tal vez no vaya a ministrar lo que estudió. Tiene que agarrar el flujo del río para conocer la corriente de Dios. No se adelante a eso porque tiene conocimiento mental. Además, asegúrese de que el río está en la palabra que habla. Pedro vio milagros; de hecho, todos los discípulos vieron milagros. Ver señales y maravillas no era un problema para ellos, incluso cuando Jesús vino a ellos caminando sobre las aguas, lo cual no era un milagro ordinario.

No somos Dios. Estamos hechos a Su imagen y semejanza, pero se nos ha dado la Gloria en la que Dios opera. Cuando entra en esa atmósfera, ésta pasa por encima de su fe. Pasa por encima de su llamado, su oficina, su ministerio, porque es un acto soberano de Dios. Cuando Jesús iba a la casa de Jairo, hubo milagros en el camino. Primero, porque había una mujer con un problema de sangre. Cuando yo llego a un servicio tengo gente todo a mi alrededor, haciéndome preguntas muy parecidas a las que le hicieron al Hijo de Dios. A menudo me pregunto, si eso me sucede a mí, ¿cómo cree que era con Jesús?

Mucha gente tiene que haberlo tocado. Los discípulos hasta llegaron a decirle: "¿Qué te sucede? Todo el mundo te está tocando". Pero no todos los que nos tocan están haciendo una demanda sobre nuestro don. Cuando la fe hace una demanda hay una extracción. Si bien otros lo habían tocado, el toque de aquella mujer fue el único con el que Jesús se identificó. Jaló algo hacia la manifestación que Jesús ni siquiera estaba buscando. La Biblia establece que Él se dirigía a la casa de Jairo. ¿Sabe lo que sucede, a veces, cuando un hombre de Dios está predicando? Gracias a Dios por los dones del Espíritu. Yo he caminado en ellos desde que era un niño. Sin embargo, si sabe cómo poner una demanda en la Palabra a medida que sale, puede recibir del Espíritu, ahí mismo en su asiento, mientras el ministro habla. La Iglesia, en general, se pierde las más grandes manifestaciones de milagros porque está estancada en la imposición de manos como la principal manera de recibir.

Yo escuché a Oral Roberts decir esto: "Después de imponer mis manos sobre tanta gente, desgasté mis hombros". En aquellos días, no tenían el concepto de los milagros masivos. Todos tenían el concepto de la imposición de manos. A menos que la gente esté entrenada y entienda su fluir cuando está ministrando, nunca tomará la plenitud de la unción que está sobre su vida. ¿Por qué? La está buscando en un lugar de donde no proviene. Ésa es la razón por la que cuando pastorea y ministra a la gente de manera continua, debe enseñarle cómo ser un recipiente de su unción. La gente necesita entender su unción. Yo he visto al muerto levantarse, y a miles de paralíticos caminar. A menudo, cuanto mayor es la multitud, mayor será el milagro que vea. Eso es sentido común. Si les está predicando a cincuenta, sólo verá cincuenta, porque eso es todo lo que hay. La demanda es para eso solamente. Una iglesia para de crecer cuando su expectativa mengua.

Hace unos quince años atrás fui a Mombassa, Kenya. Había allí un hermano tan alto como yo (yo mido 1,90 m), que tenía una pierna colgando a un costado. Para mí no era un problema verlo caminar. Yo había visto gente caminar de manera milagrosa pero nunca había visto un hombre con una pierna tan corta antes. Esa tarde en Mombasa, Kenya, prediqué como un hombre de otro mundo. Estaba arrebatado en la Palabra que se estaba predicando. De hecho, estaba tan atrapado que no me di cuenta de que el hombre estaba de pie frente a mí. En el Espíritu, cuando volví a mirarlo, su pierna estaba corta.

Dios me dijo: *"Así es como yo veo la pierna, Renny. Él ha estado sentado sobre su pierna toda su vida y no lo puede ver".*

Dios no dijo que la pierna no estuviera allí. Dijo que el hombre no lo podía ver. Mientras estaba ahí predicando, el Señor pasó como una ráfaga esta Escritura en mi espíritu.

> 2 Timoteo 1:10 (RV) *"pero que ahora ha sido manifestada por la aparición de nuestro Salvador Jesucristo, el cual quitó la muerte y sacó a luz la vida y la inmortalidad por el evangelio".*

El Señor me dijo: *"No ores el poder, predica el poder".*

Yo no he leído libros acerca del tema, ni tenía ninguna fórmula. No había visto a nadie que supiera lidiar con un milagro como éste. Yo no sabía qué hacer.

El Señor me dijo: *"Párate aquí. Predica hasta que lo veas".*

Esto nos hace preguntarnos qué es la prédica cuando nada está sucediendo, porque se supone que algo suceda cuando se predica la Palabra.

La voz de Dios me dijo más fuerte: *"¡PREDICA!"* Me paré allí y prediqué hasta que dijeron que todo lo que podían ver era una bola de luz delante de ellos. Prediqué hasta que dijeron que ya no podían oír mi voz. Después de que se guardara el micrófono, diez mil personas todavía escuchaban mi voz. La gloria de Dios transporta nuestra voz. Usted no tiene una voz sin tener una atmósfera o ámbito, y una atmósfera no está vacía de una voz. Dios me dijo que predicara y yo prediqué como nunca antes había predicado. Una pierna vino de la nada. No estoy hablando de un milagro de dos o cinco centímetros. Estoy hablando de sesenta centímetros de carne y hueso creciendo donde nunca habían estado.

> Dios me dijo: *"En los días por venir, vas a ver que lo que la gente llama predicar no es realmente predicar. No hay ocasión en que tú predique y el Cielo no se abra. Tengo que abrir los Cielos para testificar de lo que Yo estoy diciendo. Tengo que confirmarlo. No puedo confirmar lo que no he dicho".*

Dios no va a confirmar nuestras ordenanzas o tradiciones. Él va a confirmar lo que dijo. Estoy aquí para decirle que esos sesenta centímetros crecieron de la nada. Dejé la plataforma, no mirando el milagro porque estaba mirando hacia arriba. Mi madre en el Señor me dijo: "Renny, ¿sabes por qué pasó eso?" Yo le contesté: "Bueno, fuera de la aparición de Dios, no sé qué más podría ser".

"En África tienen un mundo espiritual. Saben bien lo que es el mal y saben cuando alguien lo tiene o no. En Occidente, hay un dominio espiritual en el que la Iglesia no quiere caminar. Es un Cristianismo de conveniencia. Queremos modernizarlo e intelectualizarlo de tal manera que sea bueno y agradable. Cantamos nuestros himnos y, si algo sucede, que suceda. Hemos cantado nuestra canción, leído nuestra Escritura, orado nuestra oración, hecho nuestros anuncios y nuestra oración de cierre, y eso ha sido el servicio. La religión es un artículo pero nada está ocurriendo. Renny, no dejes que nadie te engañe con lo que Dios acaba de hacer en tu vida. Yo sé que has visto milagros, pero no dejes que nadie te engañe acerca de tus defectos".

La religión nunca acepta cambios, porque está en contra de ellos. ¿Esto es Dios? Si alguien perturba el statu quo, en su mente, está sacudiendo el bote. Dios manda esto para agrandar su zona de confort. ¿Puede entender por qué cuando vino Jesús eligió la palabra "arrepentíos"? Si el ministro dice la palabra: "arrepentíos", la iglesia piensa que alguien está en pecado. ¿Sabe que no tiene que estar en pecado para arrepentirse? El arrepentimiento afecta la renovación de la mente. Así que si no está preparado para cambiar, en esencia, está rechazando el nuevo patrón de pensamiento que viene a su mente. La palabra arrepentimiento no sólo significa cambiar; significa darse vuelta. ¿Cómo se da vuelta de algo que ha conocido toda su vida? Si se aferras a lo viejo hace de eso su dios, cuando Dios dice: "Tú sabes que Yo soy un poco más que eso. Tengo más para ti. Déjame invadir tu espacio y mostrarte otra faceta de Mí". Dios quiere llevarte más alto. ¿Cuál es el punto de tener un rompimiento si sólo es para retroceder?

## *"Sal del bote".*

La mayoría de ustedes han presenciado milagros, pero ¿están dispuestos a admitir que quieren ver más manifestaciones que las que están viendo ahora? Si no, es que ya no están hambrientos. No se contente ahí. Cave más profundo y empuje más allá de donde ha estado. Pedro vio señales, maravillas y milagros; vio cualquier milagro que pueda mencionar, pero cuando vio a Jesús caminando sobre las aguas, percibió que había otra dimensión que él no había experimentado antes. Pedro salió de la religión; salió de su bote. Es sobrecogedor salir del bote si eres el primero en hacerlo. Cuando la mayoría se sienta, critica y cuestiona si el movimiento es de Dios o no, es difícil. Por eso es que cada vez que Dios se prepara para hacer algo nuevo, usa pioneros de una dimensión.

Algunos años atrás, cuando comenzó la risa santa, no todo el mundo lo entendió. Porque no comenzó en su iglesia primero, no lo aprobaban. Nos puede tomar meses o años entrar en algo que Dios ha estado haciendo por un tiempo ya. Se distingue en la voz cuando alguien está estancado. No importa lo convincente que sean sus palabras, te das cuenta cuando no está creciendo. Enfoquémonos en crecer en el ámbito del Espíritu y en seguir adelante. Todo lo que Pedro quería saber era esto: "Si es de Dios, yo lo quiero". No digo que todo el que esté con usted va a querer lo NUEVO con usted. Sólo asegúrese de que sea de Dios, y cuando sepa que lo es, saque el pie fuera del bote y Él solidificará las aguas debajo de sus pies. Él lo usará como ejemplo para que todos los que están a su alrededor lo vean y sepan que es un movimiento de Dios. Este movimiento es para todo aquel que se atreva a ir más arriba. Diga conmigo: "Voy a ir más arriba". ¿Sabe qué sucede cuando va más arriba? Sus piernas comienzan a colgar. Cuando sus piernas comienzan a colgar no están tocando nada familiar. Es una nueva dimensión.

La tradición no tiene problema con la historia porque la historia es tiempo pasado. Está dentro de una caja. Es segura. Nosotros la abrazamos, y con el tiempo, nacen las doctrinas. Todo el mundo se vuelve a la tradición, sin embargo, usted debe decidir si va a vivir por tradición o por fe. Si se va a mover en el ahora, eso es fe. Si quiere quedarse en el pasado, eso es tradición. La tradición no ha crecido ni se ha movido. Dios es mucho más de lo que usted conoce. Todo lo nuevo es medido por algo sin vida. Una doctrina nueva nunca trae un movimiento de Dios. Cuando la gente joven viene a la Iglesia y le damos la doctrina, la corremos de la Iglesia. Lo que quieren es a Jesús en el ahora. Si no está en el ahora, no lo quieren. Ellos no quieren 1950, 1960, 1970, 1980, ni aun 1990; quieren el ahora.

La Biblia es un libro complejo de interpretar. Algunas cosas no las podemos interpretar. Tiene que pedirle al Espíritu Santo que se lo revele. En ese entonces, se usaba un vocabulario que hoy no tendría sentido. No podría entender algunas de las cosas que se decían en aquel tiempo porque hoy tal vez ni haya una palabra para eso en nuestro lenguaje. La tradición no entiende ni una palabra en el ahora. Hay ciertas cosas que diría que no ofenderían pero vaya a otro ambiente y diga lo mismo; verá la reacción de la gente que lo escucha. Malinterpretan su aplicación por completo. Interpreta algo que el hermano tal o cual ni siquiera dijo porque está midiendo al orador con su significado de la palabra de 1950. No significa eso ahora, porque el significado de una palabra y la verdad, son dos cosas diferentes.

La gente joven te dirá lo que siente mientras esté sufriendo.

La verdad es un absoluto. No puede negociar con ella. Por eso la Biblia habla acerca de llegar al conocimiento de la verdad. Y si se detiene entre 1950 y 1980, ha parado de avanzar hacia el conocimiento de la verdad. Cuando deja de avanzar hacia el conocimiento de la verdad, ya no tiene más la manifestación de la "verdad de ahora". Por eso Pedro habló de la verdad del día presente. Si vengo a ministrarlo a usted y digo lo que está acostumbrado a oír, sería un insulto. Caleb, mi hijo, tiene trece años hoy, y yo veo cómo crece su inteligencia. Cuando un niño está en desarrollo, uno cambia las palabras para adaptarlas a su nivel de inteligencia. Pero si habla por debajo de eso el niño lo malinterpreta. Los niños de hoy dicen: "Mamá y papá creen que yo no entiendo". Es porque estamos hablando por debajo de su nivel de inteligencia. Si alguien le habla por debajo de su intelecto, usted se sientes insultado. Lo que en realidad está diciendo con sus acciones es que no está creciendo. Usted no le habla a una persona que acaba de convertirse como lo haría si tuviera diez o veinte años en la fe.

Fue así con Pablo cuando se encontró con los hermanos. Él dijo en el libro de Hebreos: "Cuando vengo aquí a verlos ustedes deberían estar a la altura de lo que estoy enseñando, pero ahora necesitan que les enseñe otra vez". Acabo de parafrasear esta frase para usted.

> HEBREOS 5:12 (RV) *"Porque debiendo ser ya maestros, después de tanto tiempo, tenéis necesidad de que se os vuelva a enseñar cuáles son los primeros rudimentos de las palabras de Dios; y habéis llegado a ser tales que tenéis necesidad de leche, y no de alimento sólido"*.

Si yo le palmeo la cabeza, lo mantengo bajo mi pulgar y le hablo a su nivel, nunca va a crecer.

> La Biblia dice: *"Mi pueblo fue destruido, porque le faltó conocimiento"*. OSEAS 4:6 (RV)

Usted no puede entender esto si sólo quiere escuchar un Juan 3:16 o un Juan 4. Jesús viene por una Iglesia madura, una Iglesia que ya debe estar comiendo carne.

Las mujeres saben que los niños son destetados a diferentes edades, pues la maduración de cada niño es diferente. Si creemos que Jesús viene pronto y que estamos viviendo en los últimos tiempos, deberíamos entender que los niños que nacen en la Iglesia de hoy entienden más del Espíritu que aquellos que han estado sentados en la Iglesia por años. Los chicos son más rápidos para entender el ámbito del Espíritu, porque no han pasado por la religión y no tienen basura que apartar de su camino. Yo siempre he preferido empezar iglesias con gente que nunca ha sido salva. Son las más fáciles de discipular. Observa la rana toro que conoce cada una de las iglesias de la ciudad. Estúdialo. Lo va a comparar con el primer pastor y con el segundo. Si tiene discernimiento debería preguntarle: "¿Qué estás haciendo aquí? Si era tan bueno allá, ¿por qué te fuiste?" La tradición sofoca el crecimiento, y como resultado, uno deja de avanzar en el conocimiento de la verdad.

Por ejemplo, yo me encontré con un amigo que no había visto en años. Él dijo: "Te ves muy bien. Has cambiado". Yo le dije: "Eso es maravilloso, ¿no?" Y él dijo: "No". No lo veía desde que tenía doce años. Y le dije: "¿Qué quieres que haga, saltar, danzar, llorar o qué?" Él dijo: "Sólo has cambiado". ¿Te das cuenta de que no apreciamos que alguien cambie para mejor? No podemos aceptarlo porque ya no es el mismo. La tradición no tiene problema con la Historia porque ésta ya pasó. No está en el ahora. No es Dios que hace enojar a la gente; ella cree en Dios. Lo que la enoja es la religión. Los pentecostales no somos diferentes de los tradicionalistas cuando dejamos de crecer, y volvemos a nuestras tradiciones. La juventud de hoy no va a tolerar lo que hacíamos en los '50, porque tiene el discernimiento para cuestionarlo. Lo que nosotros aceptamos, ella lo inspecciona. Si no lo ve confiable no se involucrará en lo absoluto. No es suficiente decir: "Así lo hacía mi abuela y nosotros no lo cuestionamos". Funcionó en aquel tiempo pero no funciona ahora. ¿Esto es fe? Si el enemigo te puede sacar del ahora, lo hará. Él lo odia. Imagina lo que sería si te destrabas y tu fe comienza a fluir. Un hombre de doble ánimo no es lo uno ni lo otro porque realmente no sabe. Pero cuando uno comienza a saber, lo consideran rebelde.

Jesús fue criado en la sinagoga. Cuando le pidieron que leyera el rollo judío, leyó a partir de donde la última persona se había detenido. ¿Fue una coincidencia? Jesús había recibido el Espíritu Santo; entra en la sinagoga y el ayudante le dijo: "Por favor, ¿podría leernos las Escrituras?" En la sinagoga hay dos asientos: uno para el rabino y uno para el Mesías. ¿Cómo puede ser coincidencia que la siguiente Escritura fuera: "El Espíritu del Señor está sobre mí"? Jesús leyó el libro de Isaías y se sentó en el asiento del Mesías. Jesús se encontró a Sí mismo en el libro. Cuando usted sabe quién es, la religión no le intimida. El servicio continuó como de costumbre pero el sacerdote anciano no tomó este cambio.

## *"Dios va a cambiar algunos mantos".*

Cuando Jesús murió dejó otra pista. Hay una costumbre judía que Jesús siguió y ellos ni siquiera se dieron cuenta de que era Él. En una casa judía, si una persona come una comida contigo y le gusta tu comida, dobla su servilleta al terminar el plato. Eso significa que va a regresar. La Biblia dice que al entrar a la tumba, encontraron sus ropas dobladas. Por eso, algunos creyeron. Entendieron la señal. Jesús dejó toda señal posible, pero la mayoría de los judíos no vio a Dios. Es posible, por más que lo estemos disfrutando, perdernos la próxima dimensión de Dios. Jerusalén fue juzgada, no porque le faltara revelación o profecía, sino porque no pudo discernir el tiempo. Cuando usted discierne su hora de visitación, sus días en el desierto se terminan. Cuando puede discernir su visitación, sus días de lucha han llegado a su fin. Al diablo le deleita que usted ignore este movimiento de Dios y se quede en el bote. Cuando viene la visitación, se puede perder lo que Dios está haciendo si lo toma livianamente, porque verá cómo Dios lleva este movimiento a otro lugar. Es una llamada de alerta para la Iglesia. Algunos de ustedes luchan porque han agotado el ámbito del Espíritu en el que viven. Dios tiene algo más alto pero hasta que se despojen de lo viejo no podrán recibir lo nuevo. Los milagros que estamos viendo en la Gloria son sólo la punta del iceberg, no la plenitud.

Espere que Dios haga algo totalmente diferente. Dios va a cambiar algunos mantos. La desobediencia puede causar que Su mano gire o cambie. Sé que se viene un arrebato, como el movimiento de Toronto. Puede suceder en cualquier parte donde las cosas caigan en su lugar. Si lo obstaculizamos podemos perderlo. Sólo deje que Dios lo haga a Su manera. ¿Puede ver cómo es posible que deje de crecer y no lo sepa? Puede darse cuenta de que no está creciendo cuando su dieta sigue siendo la misma. Necesitamos un cambio en la dieta. Los franceses toman café con pan de desayuno y no aceptan cambios en su dieta. En el ministerio quíntuple, el último don revelado en la Biblia fue el apostólico. Lo profético fue establecido desde lo antiguo, y el ministerio apostólico fue dado al final porque trae orden. La Iglesia ha sido enredada en un manto pastoral a tal grado que es lo único que puede digerir. Por eso es que estamos llenos de maestros en Occidente. A todo el mundo le gusta el sermón de los tres puntos. Usted tiene su religión y se va a su casa o a su negocio como de costumbre. Hemos aceptado al evangelista, pero no estamos acostumbrados al verdadero profeta.

La profecía necesita un período de tiempo. En la gloria de Dios no hay período de tiempo. Pablo incluso escribió que las lenguas van a cesar (1 Corintios 13). La profecía cesará porque todo está en la gloria de Dios, donde no hay período de tiempo. Nos estamos acercando al fin de las edades. El período de tiempo para que la profecía se complete se está angostando. Lo que normalmente tomaría seis meses va a tomar un mes. Lo que tomaría un mes va a tomar una semana. Lo que tomaría una semana va a tomar un día. Está siendo documentado un hecho científico acerca de que la velocidad de la luz está bajando. Esto es realidad.

La fe es dispensacional, lo cual significa que es por un período de tiempo revelado. Es el ahora revelado. La revelación también es dispensacional. Si la fe y la revelación son dispensacionales, ¿se da cuenta de que el tiempo puede ser agregado a través de la revelación? La verdad revelada puede hacer que se suplemente el tiempo. Jesús viene, y lo que Él hace, lo hará rápido. La Biblia dice que Él derramará Su Espíritu sobre toda carne.

> JOEL 2:28-29 (RV) *"Y después de esto derramaré mi Espíritu sobre toda carne, y profetizarán vuestros hijos y vuestras hijas; vuestros ancianos soñarán sueños, y vuestros jóvenes verán visiones. Y también sobre los*

*siervos y sobre las siervas derramaré mi Espíritu en aquellos días".*

El derramamiento es sólo para un cierto período de tiempo. La fiesta de los Tabernáculos no es un derramamiento. Joel nunca nombró el día. Él dijo que sucedería. Joel vio la totalidad de los comienzos que Pedro vio el día de Pentecostés. Pedro dijo: "Esto es aquello". Era la profecía de Joel siendo cumplida. Dios declaró el fin desde el principio y el principio desde el fin (Isaías 46:10). Ya casi no nos queda tiempo. Estamos cerca del fin del sexto día. "Últimos días" significa dos días. El otro dominio, el de la Gloria, cubrirá la Tierra. La diferencia entre el dominio previo y éste es la revelación. La Biblia dice que la Gloria es un ámbito que ha de ser revelado (1 Pedro 5:1). Si la revelación está siendo derramada, es que a través del conocimiento revelado Dios puede agregar tiempo para completar lo que nos ha llamado a hacer. En una semana Dios puede ayudarnos a hacer lo que hubiera tomado cincuenta años. Ahora sabemos por qué el libro de Isaías dice: "¿Qué es esto que sale de Sion en el mismo día?"

> ISAÍAS 66:8 (RV) *"¿Quién oyó cosa semejante? ¿quién vio tal cosa? ¿Concebirá la tierra en un día? ¿Nacerá una nación de una vez? Pues en cuanto Sion estuvo de parto, dio a luz sus hijos."*

Muchos de ustedes han sido preñados con los propósitos y llamados de Dios pero su tiempo todavía no ha llegado. Dado que usted es parte del fin, Dios restaurará los años que se comió la langosta. ¿Se imagina todos los años en que no podía caminar siendo restaurados? Ahora sabe por qué Satanás odia el conocimiento revelado. Se nos ha agregado tiempo, mientras que el tiempo del diablo se está acortando. Por eso es que cada vez que escucho que alguien tiene una revelación de la gloria de Dios quiero oírla.

En la fiesta de los Tabernáculos hay un día llamado…"la hora que no pensáis".

MATEO 24:44 (KJV) *"Por tanto, también vosotros estad preparados; porque el Hijo del Hombre vendrá a la hora que no pensáis".*

Así es como yo puedo decir que Jesús no viene en este derramamiento. Jesús no viene de la manera que creemos. Él viene a la hora que no pensamos. Eso no es parte del Pentecostés, es parte de los Tabernáculos. Significa que a medida que el mundo se llena de la revelación de la gloria de Dios, Jesús viene. Mateo dice que aparecerá en Gloria.

MATEO 24:30 (KJV) *"...y verán al Hijo del Hombre viniendo sobre las nubes del cielo, con poder y gran gloria".*

La fiesta de los Tabernáculos simboliza la atmósfera de la gloria de Dios. Lo que era una fiesta de cincuenta días, Dios lo tornó en 2.000 años. Pero esta última fiesta no durará 2.000 años.

¿Sabes lo que hará Dios en el siguiente año de su vida? Todo lo que perdió, todo lo que no estaba funcionando para usted será restaurado. ¿Sabía que en la atmósfera de la gloria usted no envejece? ¿Se imagina cuando su pelo comience a crecer otra vez, o sus dientes vuelvan a crecer, como los de la mujer en Pennsylvania? Su reloj biológico no afecta la gloria de Dios. La atmósfera baja y se queda. Dios va a restaurar a la Iglesia los años que ha perdido. En la unción uno se puede desgastar. La unción de Dios es el derramamiento para el trabajo; es poder para el servicio. Vivir en la presencia de Dios no es la demostración de un don. En la gloria todo es Él. Cuando aprendemos a vivir en la presencia de Dios, nuestro trabajo se hace fácil. Del derramamiento a la Gloria, nuestra juventud es renovada. Descansamos.

ISAÍAS 40:31 (RV) *"Pero los que esperan a Jehová tendrán nuevas fuerzas; levantarán alas como las águilas; correrán, y no se cansarán; caminarán, y no se fatigarán".*

# Capítulo 14

## El conocimiento de la Gloria

*"La ciencia sin la religión está coja, la religión sin la ciencia está ciega".*

ALBERT EINSTEIN

Hay ámbitos múltiples que se están agregando a nuestros servicios, y nosotros deberíamos ser muy sensibles a ellos.

HEBREOS 4:1-3 (RV) *"Temamos, pues, no sea que permaneciendo aún la promesa de entrar en su reposo, alguno de vosotros parezca no haberlo alcanzado. Porque también a nosotros se nos ha anunciado la buena nueva como a ellos; pero no les aprovechó el oír la palabra, por no ir acompañada de fe en los que la oyeron. Pero los que hemos creído entramos en el reposo, de la manera que dijo: Por tanto, juré en mi ira, no entrarán en mi reposo; aunque las obras suyas estaban acabadas desde la fundación del mundo".*

Cuando echamos un fundamento para llevarlo a un mejor conocimiento del ámbito de la Gloria, el asunto no es la medida de su fe; el asunto es quién está hablando en realidad. Debemos discernir la diferencia entre confesión y declaración. La palabra declarar significa salir algo hacia delante (anunciar, predecir, proclamar, explicar). Así que no tiene que esperar que llegue diciembre. ¿Por qué? Porque cuando declara algo está sacándolo hacia delante que debería ocurrir en este tiempo natural. Sin embargo, en el ámbito del Espíritu no hay tiempo. En la atmósfera del Espíritu debemos discernir que el tiempo está prácticamente llegando a su fin y no tenemos que esperar hasta el fin para creerle a Dios por el cumplimiento de grandes cosas. Mi Biblia dice: "El fin desde el principio y el principio desde el fin".

ISAÍAS 46:10 (RV) *"que anuncio lo por venir desde el principio, y desde la antigüedad lo que aún no era hecho; que digo: Mi consejo permanecerá, y haré todo lo que quiero".*

Cuando comienza a fluir en la gloria de Dios, su nivel de fe comienza a cambiar. Aprende que no es necesariamente el nivel de fe lo que trae el milagro cuando su fe lo lleva al ámbito donde las cosas ya han sucedido. No es su fe la que trata de hacer que algo ocurra porque está en una atmósfera donde ya existe. Como aún estamos programados para pensar de acuerdo con el tiempo, podemos perder algo que en realidad es para ahora. No estoy hablando acerca de una confesión o de cuánta fe usted tiene.

En el Jardín del Edén Satanás no le dijo a Eva: "¿Cuánta fe tienes?" Si Dios dijo algo, su medida de fe no tiene relación. La pregunta es ésta: ¿Es Dios más grande que usted? Él no necesita fe para ser Dios. Él es Dios. Si Dios realmente está hablando, nosotros tenemos que creer que ninguna palabra que sale del Trono es para "el próximo año".

Mire cómo lo tratan los doctores. Ellos ponen un límite de tiempo a su condición: "en los próximos seis meses". Estamos programados y conformados con la palabra de un hombre. Por lo tanto, establecer un tiempo se interpone en el camino del milagro. La fe no es un problema. El verdadero problema es: "¿Realmente Dios lo dijo?" Si Dios lo dijo, puede ir delante de Dios y decir: "Dios, Tú lo dijiste".

La Biblia dice en NÚMEROS 23:19 (RV) *"Dios no es hombre, para que mienta, ni hijo de hombre para que*

*se arrepienta. El dijo, ¿y no hará? Habló, ¿y no lo
ejecutará?"*

La Palabra no les aprovechó porque no estaba mezclada con fe.

> HEBREOS 4:2 (RV) *"Porque también a nosotros se nos
> ha anunciado la buena nueva como a ellos; pero no les
> aprovechó el oír la palabra, por no ir acompañada de fe
> en los que la oyeron".*

Hay una diferencia entre oír y entender. Hay una diferencia entre
moverse en la fe y moverse en la gloria de Dios. Cuando la fe
trabaja en usted, lo sabe. Es un don impartido y cuando ese don
está funcionando usted lo sabe. Hay momentos en que Dios no se
mueve en su vida. La fe no era el problema, usted ni siquiera estaba
buscando eso.

La recompensa de la fe no es necesariamente un milagro. ¿Cuál es la
plenitud de la fe? Es entrar a la presencia de Dios. Cuando eso sucede,
ya no lo está haciendo más. Está en un mundo donde nada se está
creando. Porque los Cielos son perfectos, no hay nada que te falte
o necesites. La Tierra ahora está en un drama profético; el Cielo es
el ámbito donde ya ha sucedido. No va a suceder. Ya sucedió. En
cambio, en la Tierra todavía no ha ocurrido.

Cuando el hombre fue expulsado de la gloria del Huerto, perdió su
posición en la atmósfera de la Gloria. Fue destituido de la Gloria.

> ROMANOS 3:23 (RV) *"por cuanto todos pecaron, y están
> destituidos de la gloria de Dios."*

Perdió la habilidad de caminar en la presencia manifestada de Dios.

Es posible estar en un lugar donde ve una gran fe pero no por eso
siente la Gloria. Debe discernir la diferencia entre el ámbito de la fe y
el de la gloria de Dios. La gracia es el guante de la fe. En palabras más

simples, no se trata de cuánto tenga ni de lo que pueda hacer. La gracia es dada porque ya fue hecho. Cuando separa la gracia de la fe, tiene una doctrina de obras, y ahí es cuando cree que es su don el que trae los milagros. Debe discernir la manifestación de los dones de la gloria de Dios. De acuerdo con 1 Corintios 12, todos los dones tienen un fundamento de fe. Usted profetiza y se mueve en milagros de acuerdo con su proporción de fe.

ROMANOS 12:6 (RV) *"De manera que, teniendo diferentes dones, según la gracia que nos es dada, si el de profecía, úsese conforme a la medida de la fe".*

En un ámbito de fe, los dones nunca llegan a su máximo porque la atmósfera de la fe es el ámbito de la sustancia. Es el ámbito del principio. En la gloria de Dios ves lo máximo de la manifestación de los dones del Espíritu. En la Gloria no se necesitan dos dones para sacar una manifestación. Por ejemplo, las lenguas y la interpretación son equivalentes para profetizar. No puede decir que sean profecía; son iguales para la profecía. ¿Por qué se enumeran por separado? Hablar en lenguas edifica nuestra fe para decir la palabra profética. Usted tien la palabra antes de hablar en lenguas. Pero habla en lenguas para edificar su fe para interpretar la palabra. Cuando está en la Gloria, está en la misma atmósfera de la presencia de Dios que lleva las palabras dentro de usted. No es su fe. Usted simplemente profetiza.

La Biblia nos habla en Hebreos 4 acerca de entrar a ese lugar de descanso. Cuando entra en la gloria de Dios los dones operan al máximo, no al mínimo. Por esta razón yo fui efusivamente criticado. En nuestras reuniones, la gente comenzaba a sanarse. A veces, uno se pierde los milagros masivos por concentrarse en aquel que está siendo sanado. Esa persona hizo una demanda sobre nuestro don y nosotros paramos para ministrarla. A menos que vaya más allá, los demás no podrán recibir porque usted está ocupado con uno solo.

La mujer con el problema de la sangre hizo una demanda sobre la unción de Jesús. En muchas iglesias locales, aquí es donde el pastor tiene el problema. Cuando viene a la iglesia un don apostólico, y/o profético, o un evangelista, la gente pone la demanda sobre el don del predicador. La expectativa de la gente es mayor.

Si el pastor no está creciendo en la revelación de Dios, es porque la gente no pone la misma demanda sobre él o ella. Los creyentes, a veces, pueden asumir que el pastor no la tiene. En realidad, es porque ella no pone la misma demanda que pone en el predicador invitado. El creyente está orientado hacia los grandes eventos, si hablamos de lo sobrenatural, en vez de ser la vida de Cristo manifestada en la Iglesia. Cuando usted pone una demanda sobre el pastor, él va a crecer de la noche a la mañana, porque su fe está jalando la manifestación que reside en su espíritu. Éste es el motivo por el cual la Iglesia llega al momento en que el pastor se siente quemado o desgastado. ¿Por qué? Porque el pueblo ya no está jalando de su pastor, y cuando esto sucede, el servicio se puede convertir en un aburrimiento. Los cinco ministerios deben ser llamados para que sus dones sean de beneficio para la Iglesia. Si el Cuerpo no recurre a estos oficios y llamados, se perderá todos los beneficios que hay en ellos.

Por eso, a veces, cuando va a estos lugares donde no hay conocimiento de su ministerio, nada sucede. En la versión del Evangelio según Mateo, Jesús fue a Su propia ciudad donde era muy conocido. Y allí sanó sólo a unos pocos enfermos.

> MARCOS 6:5 (RV) *"Y no pudo hacer allí ningún milagro, salvo que sanó a unos pocos enfermos, poniendo sobre ellos las manos."*

Pero cuando tenían conocimiento de Él, le traían a los enfermos y a los poseídos y todos eran sanados. Éstas son las bases de la fe de Dios y de la unción del Espíritu Santo.

No debemos pasar por alto el hecho de que los medios de comunicación ahora nos dan una herramienta que la Iglesia primitiva no tuvo. Las herramientas que tenemos para esparcir la palabra de Dios son mucho mejores de lo que podríamos haber imaginado. La verdadera clave para el éxito de usar estas herramientas es lo que hacemos con ellas. ¿Cuál es nuestra motivación al usarlas? La responsabilidad es algo que debemos tomar en consideración al usar los medios de comunicación para promocionar nuestras reuniones. Cuando no tenemos el dinero para hacer que toda la comunidad se entere de una reunión, debemos confiar en que Dios es, de verdad, Aquel que sabe todo acerca de la situación. Con los años, yo he adoptado una frase que me ayuda a mantener el éxito en cada una de las reuniones. Suena algo parecido a: "No estamos en el libro de Números, estamos en el libro de los Hechos".

Demasiado a menudo vamos a la Iglesia y parece que el servicio nunca termina de entrar en la presencia manifestada de Dios. Por lo general aceptamos una atmósfera de adoración como la plenitud de Dios después de que algo ha sucedido. Puede ser un mensaje en lenguas, una palabra de sabiduría o un milagro. Después de un tiempo, no importa lo bueno que sea, el servicio se vuelve monótono. No hay revelación de Cristo para perpetuar la manifestación de Su presencia. Sin revelación no hay manifestación. Cuando armamos una carpa y establecemos un campamento donde estamos, Dios sigue moviéndose, y nos deja adorando el residual de Su última visitación. Lo que perdemos de vista es que Su nube de Gloria se ha movido, y nos estamos perdiendo las cosas nuevas que Él está haciendo.

La Biblia nos dice que Jacob fue a dormir una noche y soñó. Se levantó y la manifestación de la presencia de Dios lo había dejado. "Dios estaba en este lugar y yo no lo sabía".

> Génesis 28:16 (RV) *"Y despertó Jacob de su sueño, y dijo: Ciertamente Jehová está en este lugar, y yo no lo sabía."*

Dios se había movido. Cuando Jacob se despertó, todo lo que le quedaba era el residuo de su visitación. Sin la revelación no hay aceleración de la manifestación. Hay un principio de creatividad en cada revelación de Dios.

Debes entender que hay una diferencia entre un seguidor del arca y uno que carga el arca. Dios está levantando gente que cargue el arca. Debemos aprender a llevar el arca por nosotros mismos. No se trata de cargar el arca de otra persona. Usted será bendecido, y recibirá de otros, pero si no tiene el arca no la puede cargar. Cuando va a ministrar a un lugar, su espíritu actúa desde la atmósfera que está en ese lugar. Porque su espíritu nunca olvida una atmósfera, también sabe cómo recrearla. Eso puede ser bueno o malo. Si se conforma con una atmósfera donde el ámbito de la adoración no está revelando la manifestación de la Gloria, y decide que ésa es la atmósfera en la que quiere ministrar, a partir de ese día ha puesto un límite sobre usted y sobre su ministerio. Cuando escucha a alguien hablar, realmente puede ver, con los ojos de la fe, desde qué ámbito están saliendo esas palabras. Ahí es cuando sabe si la palabra está llena de vida o de muerte. Lo que esa persona está diciendo realmente viene de un vaso con conocimiento. No se trata de confesarlo para que se vea bien. Se trata de lo que Dios realmente está diciendo. Si Dios lo dijo, sucederá.

> HEBREOS 4:2 (RV) *"Porque también a nosotros se nos ha anunciado la buena nueva como a ellos; pero no les aprovechó el oír la palabra, por no ir acompañada de fe en los que la oyeron".*

Como la Palabra no fue acompañada de fe no les fue de provecho. Hay ciertas cosas que usted puede impartir a través de la imposición de manos, pero hay otras que no se pueden impartir. Muchos necesitan discernir cuándo el Cielo está abierto sobre ellos. Alguna gente está recibiendo porque ha aprendido a recibir, pero cada uno de nosotros necesita aprender a recibir de la atmósfera de la Gloria. Mientras no aprenda a abrir los Cielos por sí mismo, no podrá portar el arca. Hay un nivel de revelación, entendimiento y reverencia necesario para poder llevar el arca de Su presencia.

Permítame darle una mejor idea de cómo es que no logramos el acceso al nivel de relación donde se nos confían las cosas más profundas de Dios. Quiero referirme a aquellos que están en el ministerio, si me lo permiten. Cuando sale de una reunión donde ha recibido una impartición y comience a ministrar, no sabrá cómo traer esa manifestación. Para llevar esa Palabra a través del mundo, debe tener la revelación de cómo administrarla. Otra vez, están aquellos que siguen y aquellos que cargan. Muchos son los llamados, pero pocos los escogidos. El factor de la responsabilidad siempre es lo que hace la diferencia para cualquiera que camina con Dios.

||||||||||||||||||||||||||||||||||||||||||||||||||||||||||||||||||||||||||||||||||||||||||||||||||||||

## *"Una dispensación es un período de tiempo revelado".*

||||||||||||||||||||||||||||||||||||||||||||||||||||||||||||||||||||||||||||||||||||||||||||||||||||||

Permítame compartir una verdad con usted. El creyente promedio tiene dificultades para permanecer en la presencia manifestada de Dios. Muchos ni siquiera saben cómo llegar allí. Cuando un creyente promedio viene a una reunión donde hay Cielos abiertos y alguien lo distrae, salta a la carne porque reacciona a la situación y no a la atmósfera. Que no lo confundan las diferencias a las que me estoy refiriendo. No estoy hablando simplemente de tomar las bendiciones, sino de permanecer en esa atmósfera desde donde las bendiciones vinieron. Cuando está en la Tierra vive por fe. Pero cuando está ahí, en la atmósfera de la Gloria, nada debería molestarle. Está en este mundo pero no es de aquí. Su cuerpo está aquí pero el verdadero usted no está aquí.

La renovación de su mente es dispensacional. Una dispensación es un período revelado de tiempo. La dispensación del tiempo es el ahora de Dios. Ésa es la fe profética; en otras palabras, cuando mira el vocablo "era", en realidad significa ahora. Lo que está diciendo el Espíritu es revelado para el ahora. Cuando alguien habla acerca de eventos posteriores a los hechos, está hablando históricamente, no proféticamente.

En Romanos 12:2, el mensaje es: *"No os conforméis a este siglo".*

Hay otra zona del tiempo que supera ésta en la que usted vive. En realidad usted es de lo eterno, y como es de allá, tiene una conciencia de eternidad. Una vez que está allí, no puede dejarse atrapar por lo que sucede aquí.

Para usted es más real allá arriba que aquí; y el aquí no significa demasiado porque en realidad está allá arriba. Se da cuenta de que el diablo está tratando de reducirlo a aceptar una posición más baja para poder mantenerlo aquí.

Considere esto por un momento. ¿Es un ser humano con una experiencia sobrenatural? ¿O es un ser espiritual con una experiencia humana? Esto le ayuda a ver la perspectiva de una manera más apropiada. Lo sobrenatural es otra atmósfera en su totalidad.

Debemos llegar a la madurez en el Espíritu donde dejamos de limitar a Dios. Cuando realmente lo veamos a Él, no a través de los ojos de la tradición o de nuestra cultura, le daremos el lugar que le pertenece. Hace mucho tiempo atrás, cuando la Iglesia tenía reuniones donde nada sucedía, la gente decía: "Estuvo bueno, ¿verdad?" Y uno preguntaría: "¿Quién se sanó? ¡Nadie! ¿Quién se liberó?" ¡Nadie!" Alguien le daba una linda palabra emocional pero nada realmente sucedía. Pero sabíamos que algo había tomado lugar. Era sólo que no podíamos articular qué era lo que había ocurrido.

Si realmente creemos que Jesús viene, debemos entender la atmósfera sobrenatural. Seremos atrapados en lo que sucede aquí. No me importa lo que viene. La Biblia dice: "Cuando veas estas cosas, alza tus ojos". No debe mirar las cosas en la Tierra. Si sigue mirando las cosas aquí se conforma a lo que está mirando. Cuando uno se conforma adopta su escuela de pensamiento. ¿Por qué? ¿Cómo puede estar en la presencia de Dios, que es todopoderoso, y estar lleno de miedo? Si le damos a Dios Su lugar y lo dejamos ser Dios, nuestras vidas nunca serán las mismas.

HEBREOS 4:2 (RV) *"Porque también a nosotros se nos ha anunciado la buena nueva como a ellos; pero no les aprovechó el oír la palabra, por no ir acompañada de fe en los que la oyeron ".*

La Escritura decía que no les fue de provecho porque no estaba acompañada de fe. Moisés conocía los caminos de Dios pero su pueblo sólo conocía Sus obras. Cuando Dios hace algo, usted se regocija. Cuando no lo hace, está de vuelta aquí, en la atmósfera terrenal.

HEBREOS 4:3 (RV) *"Pero los que hemos creído entramos en el reposo, de la manera que dijo: Por tanto, juré en mi ira, no entrarán en mi reposo; aunque las obras suyas estaban acabadas desde la fundación del mundo ".*

Las obras fueron terminadas desde la fundación del mundo. "Consumado es" fueron las palabras de Jesús en la Cruz. Por cuarenta años los hijos de Israel vagaron por el desierto buscando las obras sobrenaturales de Dios. Antes de su desierto, Él les dio un anticipo. Envió plagas a los egipcios, cubriendo a los israelitas y protegiéndolos de cada plaga. Cuando fue su tiempo de ser liberados para salir al desierto, usted podría pensar que un milagro no sería problema. Pero lo fue, porque ellos no habían aprendido a vivir sobrenaturalmente. Estamos en un tiempo de la Historia en que estamos siendo empujados hacia la arena de los milagros, sepa usted cómo fluir en ellos o no.

Dios creó circunstancias que vienen a la Tierra, y Su movimiento sobrenatural será lo único que nos sostenga. No se trata de la experiencia de alguien más. Cuanto más clone menos calidad tendrá. Todos somos únicos. Tenemos que conocer a Dios por nosotros mismos. Nada puede sacudirlo o conmoverlo si Lo conoce personalmente.

Usted podría creer que la mentalidad de los israelitas hubiera sido: "Si lo hizo antes lo hará otra vez". Cuando llegamos a este punto en nuestra vida, no deberíamos cuestionar a Dios. Él nos librado y rescatado. Lo ha probado vez tras vez. ¿Por qué las cosas que están diseñadas para conmover al mundo lo conmueven a usted?

Pablo dice en HECHOS 20:24 (RV) *"Pero de ninguna cosa hago caso, ni estimo preciosa mi vida para mí mismo, con tal que acabe mi carrera con gozo, y el ministerio que recibí del Señor Jesús, para dar testimonio del evangelio de la gracia de Dios".*

La Iglesia nació en circunstancias adversas. Si Dios cuidó de la Iglesia en ese entonces, lo hará ahora. Sólo asegúrese de que haya sangre en sus dinteles. Ésta es la palabra de Dios. Jesús viene pronto y debemos aprender a caminar en lo sobrenatural como un estilo de vida. No tiene que luchar para creer. ¡Si algo sé es que Él es capaz!

# Capítulo 15

## Conocer el ámbito

*"El hombre de experimentos es como la hormiga, sólo recolecta y usa; los razonadores se parecen a las arañas, que hacen sus telarañas de su propia sustancia. Pero la abeja toma el curso del medio. Recolecta su material de las flores del jardín y el campo, pero lo transforma y lo digiere por su propio poder. Esto no difiere de la ciencia. Ésta es la verdad de la ocupación de la filosofía, porque ni se basa única o principalmente en los poderes de la mente, ni toma la materia que recolecta de la historia natural y los experimentos mecánicos y la deposita en la memoria a medida que la encuentra, sino que lo basa en el entendimiento alterado y digerido. Por lo tanto, desde una liga más cercana y pura entre estas dos facultades, lo experimental y lo racional (como nunca se ha hecho), se puede esperar mucho".*

Francis Bacon

Yo tenía la sensación de que había un milagro para el cual Dios no me había dado la palabra de conocimiento. En otra reunión, el Señor me dijo: "Declara el milagro creativo". Todos experimentaron la presencia manifestada de Dios en sus cuerpos. Una señora me dijo: "Renny, debes entender que en la gloria de Dios no hay período de tiempo para crecimiento. Por eso, cuando entras en la Gloria, los milagros son instantáneos. En una atmósfera de fe puede tomar cierto tiempo. No hay nada malo con la fe, tú entiendes, sólo asegúrate de tomar tu milagro de una manera o de la otra".

Cerramos ese servicio a la medianoche y yo había estado en la plataforma desde las siete. Dios se está moviendo. Gracias a Dios por Su presencia, pero hay algo más que tenemos que percibir. Yo me pregunto cuántos milagros sucedieron en realidad en el ministerio de Jesús.

¿Se da cuenta de que el ministerio promedio que se mueve en milagros ve más de 26 milagros por noche? No todos los milagros que Jesús realizó fueron registrados. La Biblia dice que si se escribiera todo lo que Jesús hizo, ni todos los libros del mundo podrían contenerlo.

Antes de la aparición inicial del polvo de oro, habíamos visto el aceite sobrenatural manifestarse en nuestras reuniones. Eso no era nuevo para nosotros. Yo dije: "Señor, dime algo acerca de las señales inusuales".

Él dijo: *"No es más que una señal y una maravilla, Renny. Con estas manifestaciones hay cosas que no explicas. Es una señal y una maravilla".*

Usted no puede explicárselo al hombre carnal pero el hombre espiritual sabe que es Dios. Para la gente que realmente no discierne lo que el Espíritu quiere hacer ahora, es un enigma.

Él dijo: *"Renny, ha llegado el tiempo en el ámbito del Espíritu en que lo invisible no será más invisible".*

Hemos hablado acerca de las riquezas en Gloria pero ha llegado el tiempo en que realmente vas a ver las riquezas en Gloria. Sí, vamos a verlo. Si está allí, vamos a verlo.

Las preguntas más comunes en 1999, fueron con relación al virus

Y2k. Cuando me preguntaron al respecto, Dios me recordó una visión que me diera en 1989. Vi la Tierra girando. A la derecha de la Tierra veía las balanzas de Dios. Las veía cada vez que Dios hablaba de un cambio que estaba por suceder. Él dijo: "No quites los ojos de allí. Sólo observa". Cuando un lado de la balanza bajó, había gente encima mientras bajaba. Pero cuando la otra parte de la balanza se levantó, había gente que experimentaba una increíble transferencia de riqueza.

Creo que estamos en una hora en que la transferencia de riquezas va a ocurrir. ¿Por qué? Hemos estado en los "últimos días" por 2.000 años. Pero hablando proféticamente, sólo hemos estado en los "últimos tiempos" desde 1948. Desde 1948 hasta 1998 son cincuenta años. ¿Qué está sucediendo ahora en 2004? La profecía de Joel se está cumpliendo. ¿Sabía que la gloria de Dios es dispensacional (por un período de tiempo revelado)? Lo es. Si el tiempo final comenzó en 1948, ¿dónde nos posiciona eso ahora? Éste es un ámbito que está siendo revelado.

Estamos familiarizados con la unción. Sabemos acerca de la atmósfera de la fe. La fe está escrita. Mire la Biblia. Realmente le habla de "una atmósfera siendo revelada". La Biblia dice que sucederá que la Tierra será llena del conocimiento de la gloria del Señor como las aguas cubren el mar.

> HABACUC 2:14 (RV) *"Porque la tierra será llena del conocimiento de la gloria de Jehová, como las aguas cubren el mar"*.

Estamos persiguiendo la Gloria pero la Biblia dice que es conocimiento de la Gloria, y ahora mismo, este conocimiento está siendo revelado. Cuando comienza un servicio, es difícil saber lo que uno va a predicar, a menos que hable lo que siempre ha hablado.

Cuando la Gloria está presente, eso quita el stress de predicar. Es otro mundo. La parte del cuerpo que le falta está en esa atmósfera. A veces, usted ha entrado en la gloria de Dios pero se ha ido sin esa parte del cuerpo que necesitaba. El hombre no fue creado en la atmósfera de la fe. El hombre fue creado en la gloria de Dios. Por eso todo lo que necesita, todo lo que es, está en la gloria de Dios. Cuando está en la Gloria, no hay tiempo.

Los científicos hicieron un descubrimiento que nos debería poner a pensar. Descubrieron que la velocidad de la luz está aminorando. Estamos saliendo de una zona de tiempo y entrando en el ámbito eterno. Allí su reloj corporal es diferente. Habrá momentos en que esté enfermo y los cirujanos removerán una parte de su cuerpo y la reemplazarán. Ha oído de hígado y riñones transplantados. A veces, la gente muere aún después de haber sido transplantada. Tal vez no fue su cuerpo el que lo rechazó. Tal vez su espíritu lo rechazó porque su espíritu sabe que Dios puede recrearlo.

Debemos entender que este ámbito creativo es válido. No es una atmósfera de fe donde tenemos que estirarnos para llegar. Si usted entra en la presencia de Dios, sus tímpanos están allí. Sus nuevos ojos están allí. Sus huesos están allí. Si realmente entra en la gloria de Dios y se queda allí, las partes que le faltan en el cuerpo se formarán de motu propio.

He estado en lugares donde la gente, en la atmósfera de la fe, recibe más milagros que aquellos que caminan en la atmósfera de la Gloria, porque tiene el conocimiento del ámbito de la fe, sabe cómo maximizarlo. Si no tiene ese mismo nivel de conocimiento, se puede perder manifestaciones.

|||||||||||||||||||||||||||||||||||||||||||||||||||||||||||||||||||||||||||||||||||||||||||||||

## *"La fe es el fundamento para el acceso a la gloria de Dios".*

|||||||||||||||||||||||||||||||||||||||||||||||||||||||||||||||||||||||||||||||||||||||||||||||

¿Se imagina tener la misma revelación de la gloria de Dios que la que tiene de la fe? Alguna gente tiene conocimiento de la Gloria pero no del ámbito de la fe. Puede vivir en la Gloria pero cuando vienen los problemas, no puede permanecer allí si no tiene un fundamento.

La fe es el fundamento para el acceso a la gloria de Dios.

En una reunión de avivamiento en el Medio Oriente, estaba orando por el pastor para mantener el avivamiento cuando yo me fuera. Cuando lo toqué vi la escalera de Jacob. Vi al pastor subiendo esa escalera. A medida que ascendía, Dios iba quitando los peldaños de la escalera. Yo le dije a él: "El Señor quiere que sepas que donde vas no hay escalones para que vuelvas a bajar". Es tiempo de que dejemos de tener experiencias de subida y bajada, de entrada y salida.

Si estamos en el ámbito de la Gloria, más vale que nos quedemos allí. Si nos quedamos en la Gloria el enemigo no es un problema porque él no está allí. Algunos de ustedes se están quedando en el ámbito donde él está. Esta gente está rabiando y resoplando, luchando la batalla de la fe. No ha aprendido a entrar en el reposo de Dios. Cuando entra en el descanso de Dios, sabe que la victoria es suya, pero la batalla es del Señor. Él quiere que se quede delante de Su rostro y lo alabe. Cuando lo alaba no está consciente de lo que sucede alrededor porque la atmósfera cambia cuando usted alaba.

Recientemente, cuando estaba barado en el aeropuerto, sentí la unción de un carácter pentecostal por primera vez en años. Sentí que tenía que imponer las manos sobre alguien.

Algunos momentos más tarde, mientras (finalmente) estábamos en vuelo, Dios me habló:

*"Renny, ¿te diste cuenta de que cuando estás en el aire no estás consciente de la velocidad del avión? Sólo estás consciente de la velocidad a medida que desciendes más".*

De la misma manera, usted sólo está consciente de su enfermedad, dolencia o deuda a causa del lugar donde vive. No quiere ir más arriba. Cuando sube aprende que su circunstancia no puede ir adonde usted va. Si Dios logra llevarlo al ámbito de la Gloria, Satanás no puede ir allí con usted. Él puede quedarse ahí mismo donde está porque la Tierra es su territorio. Peor la atmósfera de la Gloria no es su territorio. Cuanto más alto ascendemos, menos conscientes estamos de nosotros mismos. Todo en usted fue sanado mucho antes de que se manifestara en el tiempo.

# Capítulo 16

## La atmósfera sobrenatural del Espíritu

*"La ciencia todavía tiene que explicar la más excepcional de las creaciones en el mundo... el cerebro humano".*

LOREN C. EISELEY
Profesor de Antropología
Universidad de Pennsylvania

Hay tres atmósferas de lo sobrenatural: de la fe, de la unción y de la gloria de Dios. Hay momentos en que decimos que es la unción cuando en realidad es la Gloria. Considere las fiestas judías: La Pascua representa la fe, el Pentecostés representa la unción y los Tabernáculos representan la gloria de Dios. Él hizo al hombre para que viviera en la Gloria.

Cuando el hombre pecó (y todos han pecado y fueron destituidos de la gloria de Dios), cayó de la Gloria. Dios le dio lo próximo mejor. Él tenía que ungir al hombre a través de las edades. En el principio, el hombre vivió en la gloria de Dios. La unción logra varias cosas. Nos convence de pecado y de justicia; nos hace estar vivos en Su presencia, y nos llena de poder para estar firmes.

Dios ungió a los profetas, sacerdotes y reyes. Sin la unción el sacerdote no podía pararse en el Lugar Santo. Estamos familiarizados con las expresiones de fe y de unción, pero la atmósfera más alta de Dios es Su Gloria. Dios está llamando a la Iglesia a caminar en Su Gloria. Gracias a Dios por el ámbito de la fe, pero la fe es la sustancia.

Dios nos está llamando a caminar en Su plenitud. Hay ciertas cosas que van a cambiar radicalmente en la vida de la Iglesia. Lo actual está cambiando. En la atmósfera del Espíritu, hay una diferencia entre ver y percibir. Cualquiera puede mirar pero no todos pueden percibir. Cuando estás en la atmósfera de los Cielos percibes y sabes. ¿Alguna vez has sabido algo en lo natural, sin saber cómo lo supiste? No necesitaste a nadie que te lo explicara o te diera una doctrina para ello. Así es en la atmósfera del Espíritu.

A menudo, nuestro pensamiento mal oliente se interpone en el camino del Espíritu. Si no podemos razonarlo, decimos que no es Dios. Esta mentalidad impide percibir a Dios. Leyendo a los profetas mayores, solemos encontrar esta palabra: "La palabra del Señor vino a mí diciendo y vi…" En la atmósfera del Espíritu, podemos describir lo que vemos. Sin embargo, no hay palabras para algunas cosas en el Espíritu. Pablo vio algunas cosas de las que no podía hablar. Hay ciertos asuntos en la gloria de Dios que no podemos describir.

Por ejemplo, no hay palabras para explicar de forma completa el amor agape. Una palabra no es más que una idea en la que todos estamos de acuerdo. Así mismo es en el Espíritu. Por ejemplo, Josué le dijo al sol: "Detente ahí".

Por la fe, el mundo fue enmarcado por la palabra.

> HEBREOS 11:3 (RV) *"Por la fe entendemos haber sido constituido el universo por la palabra de Dios, de modo que lo que se ve fue hecho de lo que no se veía".*

La atmósfera de la fe es la estructura espiritual del mundo invisible. Cuando usted percibe algo, se compone en el ámbito del tiempo, y luego se registra en la Historia. La visión y la audición son lo mismo en el ámbito del Espíritu. Hay manifestaciones que dejan el trono de Dios constantemente, y las perdemos. Debemos estar conscientes de ellas para mantenerlas en la Tierra. La velocidad de la luz es mayor que la velocidad del sonido. ¿Se da cuenta de que lo que oímos ya ha sucedido? Lo que estamos viendo es lo que está sucediendo. Las manifestaciones dejan el Cielo constantemente y se mantienen aquí sólo si las tomamos y las declaramos. Dios está buscando la gente que va a tomar las cosas que Él está enviando y las va a mantener en la Tierra. Esto fue hablado a la Tierra 3.000 años atrás. No me refiero a confesarlo sino a declararlo. Hay una diferencia entre declararlo y confesarlo.

En la palabra de Dios, usted declara lo que está revelado. Cuando nombra eso, está enmarcado. Cuando las manifestaciones vienen a la Tierra, usted las declaras cuando las ve. En este Siglo XXI, la Iglesia está buscando tanta confirmación que para cuando tenga su confirmación, la manifestación ya se habrá ido. No se queda en la Tierra a menos que la declaremos. El Señor está llevando a la Iglesia a declarar lo que ve y a mantenerlo en la Tierra.

> En Apocalipsis 4:1 (RV) *Juan dijo: "Después de esto miré, y he aquí una puerta abierta en el cielo; y la primera voz que oí, como de trompeta, hablando conmigo, dijo: Sube acá, y yo te mostraré las cosas que sucederán después de éstas".*

Juan entraba de inmediato en el Espíritu. ¿Cuánto tiempo toma llegar allí? A veces, toma una hora de fuerte alabanza para liberarse y pasar. Allí es donde está la Iglesia hoy. Dios quiere que vayamos al lugar donde ya no necesitemos ser estimulados, donde estemos de inmediato en el Espíritu. Si estamos allí, nuestro lenguaje debe cambiar. No podemos hablar desde la perspectiva de la Tierra, sino desde la perspectiva del Cielo. La perspectiva del Cielo no habla de lograr que algo pase. Usted habla del asunto como si realmente estuviera sucediendo. Génesis 1 dice que el Espíritu se movía cuando Dios hablaba (Génesis 1:2-3)

El habla fue originalmente diseñada para una respuesta. Usted habla en respuesta a algo que ha sucedido. Así que cuando Dios dijo: "Que sea la luz", el Espíritu del Señor se movió. En la mente de Dios ya la luz era. Dios creó el sol y las estrellas en el cuarto día. El mundo conoció el tiempo y las cuatro estaciones de la Tierra por medio del sol. La velocidad de la luz aminoró para el cuarto día. La ciencia verificará que la velocidad de la luz está aminorando ahora. Dicen que la velocidad de la luz está llegando al punto en que el tiempo no exista más. Los milagros creativos serán la norma porque ya no estaremos mirando al tiempo para que un miembro vuelva a crecer. Se dará cuenta de que cuando hable todo sucederá en el mismo preciso momento.

El ámbito del Espíritu es fácil. Incluso los psíquicos entran en este ámbito más rápido de lo que la Iglesia lo hace. Ellos creen en la atmósfera espiritual más fácilmente que la Iglesia, porque en el cuerpo de Cristo nos educaron alejados de la atmósfera del Espíritu. Estamos tan llenos de lógica que no podemos percibir el ámbito del Espíritu. El ámbito del Espíritu no es aquí ni allá. Inconscientemente, nos han enseñado a vivir en el ámbito del alma. Por lo tanto, no podemos percibir el ámbito del Espíritu.

El ámbito del Espíritu siempre está allí. Hay cosas de los Cielos que siempre se están dispersando por la Tierra, pero no las vamos a tocar lo suficientemente rápido como para que se queden aquí. Las manifestaciones sí, vienen, pero no se quedan en la Tierra.

Cuando las manifestaciones vienen estan dejando la Tierra. Por eso la gente se sana a medias. En un servicio donde las manifestaciones se están moviendo, Dios tiene que traer de vuelta ese momento a través de la alabanza y la adoración. El momento estaba presente para que alguien fuera sanado o liberado. Cuando el momento vuelve, debe hablar una palabra en ese momento y temporada. Ésta es la temporada y el tiempo de su milagro. Inconscientemente, estamos entrenados para que el hombre ungido de Dios nos imponga las manos. El servicio atraviesa múltiples tiempos y temporadas. Nuestra fe todavía está apegada a las manos del hombre. Inconscientemente, estamos entrenados para poner un espacio entre nosotros y Dios. Estamos entrenados para creer que es necesario que alguien nos imponga las manos. Si bien Dios está en los Cielos, también está a su lado. Por tanto, si Él está a su lado, ¿por qué esperar? Él puede imponer Sus manos sobre usted. La persona espera porque está programada para esperar. Está condicionada a esperar por cosas que la Biblia dice que son ahora.

En Ashland, Virginia, la gloria del Señor vino y yo vi que la gente comenzó a perder peso. Vi ese momento en mi Espíritu. Fue como si un globo fuera a estallar y Dios esperaba que yo declarara una palabra. La alabanza era fuerte. Yo sólo dije: "Están sucediendo pérdidas de peso". En ese momento, una mujer se enrolló el vestido tres veces. . Fue como si Dios, de repente, hubiera pinchado un alfiler en la mujer y ella perdió el peso. El ámbito de la Gloria vino; sin embargo, tuve que declararlo.

Nos han enseñado que el tiempo para dar nuestra ofrenda es cuando los ujieres se paran frente a nosotros. ¿Podemos romper los límites del tiempo que tenemos sobre nosotros? Estamos entrenados para esperar y demorar las cosas que son ahora. En la atmósfera del Espíritu, su momento para moverse puede no ser el mismo que para la persona a su lado.

Hay momentos en los servicios en que todas sus necesidades pueden ser suplidas. Pero estamos programados para responder juntos. Hay momentos en que Dios está supliendo su necesidad antes que las de la persona que está a su lado. Tiene que discernir la diferencia entre una nube personal y una nube corporativa. Debemos aprender a discernir nuestras nubes. Hay multiplicidad de nubes en la atmósfera del Espíritu. Creo que hay una nube de sanidad, una nube de prosperidad. Necesitamos aprender a crear una nube. Sin una nube no hay lluvia.

Cuando la Gloria se movía la gente corría al altar a dar, y le daba hasta el último centavo a Dios. Pero cuando volvía a sus asientos, el mismo monto que había ofrendado estaba de vuelta en sus bolsillos. Una mujer corrió, puso su dinero en el altar, y en el camino de vuelta, el Señor le dijo que leyera el Salmo 100. Ella abrió su Biblia en el Salmo 100 y, allí mismo, había un billete de 100 dólares nuevo. Su esposo dio fe de que ella no tenía dinero, así que no se trataba de ningún billete que hubiera olvidado en su Biblia. De hecho, dijo que ella había dejado caer su Biblia varias veces esa noche y nada había caído de ella. Dios puede aumentar su dinero. Puede hacer crecer sus ojos, sus tímpanos, su piel, y puede rellenar sus dientes. ¡Créame, es real!

## "La gloria de Dios no respeta la enfermedad".

Toda vez que la gente pierde la noción del tiempo y entra en lo eterno, lo eterno se hace real. Dios está tratando de conectarnos del tiempo a la eternidad. Usted se dará cuenta de que la eternidad es más real que el tiempo. Verá que el tiempo es sirviente de la eternidad. El tiempo hace exactamente lo que la eternidad le declara que haga. Si Dios tiene que detener el reloj para que usted recupere su salud, Él lo hará. Él puede detener el reloj para que usted restaure un miembro de su cuerpo. Viene el día en que no tendremos nada más que servicios de adoración porque todas nuestras necesidades están suplidas. ¡Ya está hecho!

La alabanza es una afirmación de las obras de Dios, y la adoración es la afirmación de Su presencia. Cuando llegamos al conocimiento de que Dios está presente y moviéndose entre nosotros, el tiempo ya no dicta el servicio. En un momento toda enfermedad puede dejar un auditorio. La gloria de Dios no respeta la enfermedad. La unción de Dios no respeta la enfermedad.

Saquemos el pie del freno y entendamos que la atmósfera del Espíritu es genuina. Dios está esperando que declaremos lo que vemos.

Ver no es suficiente. Declararlo y enmarcarlo hace que se quede. Éste es el poder de Dios en la Tierra. Él quiere que declaremos desde el mundo del Espíritu lo que vemos en los Cielos. Él quiere que lo mantengamos en la Tierra. Dios está llamando a Su pueblo a caminar en Su presencia manifestada donde se suplen todas nuestras necesidades.

Cada grupo tiene sus diferentes perspectivas. Yo sé que al hacer esta afirmación puedo molestar a algunos; sin embargo, es mi humilde opinión. Si yo estuviera ministrando a ciertos grupos y en un servicio los ojos ciegos se abrieran, dirían que ese ministerio tiene una unción para los ojos. Si los oídos se abrieran, sería una unción para los sordos. ¿Qué pasa si está en una reunión donde todo es sanado? Yo elijo creer que fue la gloria de Dios. No estoy hablando de ser divinamente capacitado. Estoy hablando de que cuando la gloria de Dios viene a un lugar, la enfermedad y las dolencias desaparecen.

En el dominio del Espíritu, la enfermedad y las dolencias son clasificadas como materia. El pecado es clasificado como materia. Las Escrituras están llenas de esto. Dicen que dejemos atrás todo peso que fácilmente nos agobia.

> HEBREOS 12:1 (NVI) *"Por tanto, también nosotros, que estamos rodeados de una multitud tan grande de testigos, despojémonos del lastre que nos estorba, en especial del pecado que nos asedia, y corramos con perseverancia la carrera que tenemos por delante".*

A lo largo de los años, he predicado muchas veces acerca de desechar aquellas cosas que nos dificultan la vida y que tan fácilmente nos enredan. Quiero clarificar esta Escritura para que vea lo que el Espíritu Santo dice acerca de estos conceptos. Primero, hay un escenario donde suceden estas cosas. Establece que hay una nube de testigos que nos rodea. Si bien estos testigos están observando no son como los dioses mitológicos del tipo de Zeus, que podía intervenir a favor de sus mortales menores. Estos testigos están allí sólo para observar. ¿Podría ser que cuando las Escrituras hablan de ser conocidos como lo somos, esta posición de observación tiene algo que ver con ese proceso? Esos testigos, ¿serán capaces de hablarnos acerca de las carreras que ganamos o perdimos? No importa quién o qué son, el hecho es que una gran multitud está observando nuestro progreso.

El pecado es clasificado como gravedad espiritual. Si uno no llega a la causa radical de cualquier cosa, no hay cambio. Mientras no llegue a la raíz de lo que le está enfermando, seguirá enfermo. Mientras no llegue a la raíz, lo espiritual dará soporte a esa circunstancia y la considerará como una materia que usted quiere, no como una que no quiere. La elección es suya. Como le dijo Jesús a la mujer: "Que sea conforme a tu fe". Dios va a llegar a la raíz de su enfermedad y dolencia, y la raíz de su deuda. Él llegará a la raíz del abuso de drogas, no de los síntomas, sino de la causa, la causa por la cual tiene un rompimiento y aun así vuelve al mismo lugar.

"¡Dios, ve a la causa! La materia se va a soltar si yo dejo que Dios llegue a la raíz. Hay rompimientos sucediendo en el Espíritu. Voy a descubrir la raíz y todo se arreglará. Descansaré seguro, porque Dios está yendo a la raíz y seré libre ahora mismo".

# Capítulo 17

## El universo de nuestra fe

Diga estas palabras en voz alta conmigo:
*"Por encima y más allá, más allá y por encima".*

Está a punto de entrar en un nuevo ámbito de la fe. La revelación acerca de lo sobrenatural vendrá a usted como nunca antes. El mundo del más allá ha seguido adelante, lo natural no es más que lo sobrenatural desacelerado, y lo sobrenatural no es más que lo natural acelerado, en su tiempo original. Debemos entender que las cosas no son como parecen. Necesitará revelación para seguir haciendo extracciones del mundo del más allá, porque no todo lo del más allá está aquí ahora. Lo que está aquí ahora está aquí a causa de la palabra hablada. El mundo más allá es tan vasto que está más allá de lo que podemos comprender naturalmente. Por eso la razón no puede comprender el mundo del más allá.

> HEBREOS 11:3 (Weymouth Translation) *"Por la fe entendemos que el mundo vino a la existencia, y aún existe, por el comando de Dios, para que lo visible no le deba su existencia a lo visible".*

'Por la fe entendemos' se refiere a un entendimiento perceptivo. Usted tiene que ser capaz de percibir más allá de lo natural. Como la razón y la lógica son naturales no lo conectan con el ámbito del Espíritu; lo conectan con el mundo natural. En otras palabras la fe es la habilidad de creer más allá de la razón. "Cuando la razón está ausente, la fe está presente". Es decir, la razón no tiene la habilidad de comprender la creatividad en su forma original. La razón es un factor determinante de su incredulidad. Pero, cuando la conocemos, la fe está sobre y por encima de la razón.

El universo invisible gobierna el universo del tiempo. El tiempo fue creado de la eternidad y la fe habla desde un punto de vista eterno. Entonces, lo que vemos no determina lo que algo va a ser. Llamamos las cosas que no son como si fueran. El tiempo no determina su fe. La fe es superior a la ley del tiempo. Dios puede hacer en un segundo lo que nos habría tomado un año hacer.

El problema es cuando hablamos con una consciencia de tiempo. Nosotros somos los que decimos que las cosas van a suceder en seis meses. Nosotros somos los que ponemos el plazo de tiempo. Estamos hablando desde la eternidad. Yo quiero enfatizar que no hay plazo de tiempo en las cosas eternas de Dios; porque la fe es ¡ahora! ¡Ahora! ¡Ahora!

*"La revelación es a tu hombre espiritual
lo que el sentido común es
a tu hombre natural".*

¡Dios puede sanarle ahora! Sí, su hígado puede volver a crecer; sus huesos pueden volver a crecer, ¡ahora mismo! ¡Sí, puede soltar su fe ahora! Mire la respuesta; mire cómo se forma la manifestación en su hombre espiritual. Créalo. Quite sus ojos de aquello en lo que el diablo lo tiene enfocado. ¡Ahora mismo! El diablo quiere que siempre vea el problema o la situación, pero ahora usted está saliendo del tiempo. Todas sus circunstancias están atadas al tiempo, pero la fe rompe la ley del tiempo. Hable la conclusión de todo el asunto. "No necesito sentirlo para saber que las cosas están cambiando ¡en este instante!" La fe lo cree y lo confiesa por adelantado. El tiempo ya no es un factor determinante. ¡Pero la fe lo es! Está completado, está hecho. Viva lo que acaba de decir, no visite la situación en su mente. Renueve su mente. El pasado ya fue, es un nuevo día en su vida, espiritual, física y financieramente.

Hay una realidad física en el hablar; nada se fabrica en el mundo del más allá hasta que nosotros hablamos. Una de las leyes de la masa que nos enseñaron en Ciencias era que no toda masa es visible. La fe es la masa invisible de la que Dios crea la dimensión visible. Por eso es la sustancia de lo que esperamos. Por lo tanto, mientras no hablamos una palabra revelada nada tiene permiso de venir desde el mundo del más allá.

> HEBREOS 11:3 (Traducción de Young) *"Por la fe entendemos que las edades fueron preparadas por una palabra de Dios, con respecto a que lo que se ve no salieron de lo que se muestra"*.

La revelación es a nuestro hombre espiritual lo que el sentido común es a nuestro hombre natural. La revelación eleva, sacude la actividad espiritual. Pero, mientras usted no hable por la fe, los milagros no ocurrirán. La revelación es un requisito para la fe. Aumente su esfera de influencia en la atmósfera del Espíritu. Un hombre no puede operar más allá de su nivel de revelación. Por eso es imperativo que salgamos de nuestros marcos religiosos y no seamos más controlados por nuestras denominaciones. Debemos estar dispuestos a asociarnos con otros. Ningún grupo tiene toda la verdad. De hecho, la mayoría de los grupos se han estacionado en sus verdades pasadas y no han pasado a la revelación actual. Lo que ha sucedido es que la actividad espiritual comienza a menguar porque usted no se está moviendo en una fe para ahora que haya salido de la palabra revelada.

Cuando la fe viene usted no está pensando en las posibilidades dentro de los límites del tiempo y la razón. La razón no puede entender la revelación, porque la revelación viene de la mente de Cristo. La razón es la mente natural, que la Biblia dice que es enemiga de Dios.

Romanos 8:7-8 (Traducción de Young) *"Porque la mente carnal es enemiga de Dios, porque no se sujeta a la ley de Dios, ni es capaz de hacerlo; y aquellos en la carne no pueden agradar a Dios".*

Su mente natural no puede pensar al mismo nivel de Dios. No puede computar lo que está más allá de ella. Cuando la fe viene usted no está pensando en los límites del tiempo y la razón. Ya que nuestro razonamiento está conformado a lo natural, ahora se convierte en el factor determinante para las posibilidades del hombre natural. En otras palabras, el asunto no está basado en si algo es lógico. A veces, la gente le dirá que está loco si opera más allá de la norma. Pero, ¡eso es la fe! Todo es posible cuando cree. La lógica lo mantiene de acuerdo con el mundo natural. La revelación no es nada más que la lógica de Dios revelada al hombre para que éste sea capaz de pensar y operar fuera de la eternidad. El mundo desde el que hablamos es más grande que el tiempo en sí mismo. La fe es el dominio del creyente sobre la zona del tiempo.

Uno de los principios del ámbito espiritual es que debemos entender que el creyente es el agente de Dios en la Tierra, autorizado por Él para declarar las cosas del Cielo en la Tierra. Pero, como agentes de Dios en la Tierra debemos ponernos de acuerdo con Su Reino y Su Gobierno. Los Cielos respaldan nuestra palabra y están de acuerdo con su materialización.

Mateo 16:19 (Traducción de Young) *"Y yo te daré las llaes del reino de los cielos, y todo lo que ates en la Tierra será algo ya atado en los cielos, y lo que desates en la tierra será algo ya desatado en los cielos".*

Recuerdo una mujer en Depoe Bay, Oregon, que vino a nuestra reunión hace años atrás; su nombre era Margaret. Habíamos estado en una serie de reuniones donde todo lo que hablábamos era adoración; de cómo, en adoración, salimos del tiempo a la eternidad y los milagros que están en Su presencia vienen a estar disponibles para nosotros. En la mayoría de los casos no esperamos los milagros en la adoración. Sus cánceres desaparecieron; sus ojos fueron sanados; sus huesos fueron sanados; sus oídos abiertos; las sillas de ruedas se vaciaron porque cuando adoramos edificamos la masa sobrenatural. Los milagros están dentro de la masa de Su presencia, la cual se conoce como la Gloria. Le hablamos a esa masa y luego la masa asume la palabra que hablamos y los milagros ocurren. Hoy en las iglesias estamos hablando la Palabra sin la masa de la gloria de Dios porque no nos tomamos el tiempo para adorar. No hay suficiente masa en el servicio para manifestar milagros. Si eres un predicador, ésta es la clave, allí mismo, para tu ministerio. La hermana Margaret, adoraba, y yo recuerdo que le dije: "Levántate y camina". Ella estaba en una silla de ruedas, yo no sabía que ella tenía caderas de plástico, y que no podía caminar debido a una cirugía fallida. La presencia de Dios vino al salón, y ella se levantó por fe. Debemos responder a la presencia de Dios por la fe. Deje de cuestionar o de mirar alrededor, y enfóquese en Jesucristo, entonces los milagros sucederán. Ella adoró, y cuando se puso de pie siguió adorando, y comenzó a caminar. Alabo al Señor por ese milagro, pero nosotros sólo vimos la primera parte del mismo. Cuando la llevaron al hospital y la revisaron, no había plástico en sus caderas, se habían vuelto de hueso. ¡Qué clase de milagro creativo! Dios puede crear lo que sea que le falte. ¡Crea! ¡Ya mismo! ¡Y reciba!

Hay momentos en que hablamos la Palabra y tenemos que seguir hablándola porque no había suficiente masa en nuestra palabra cuando la hablamos para que se manifestara. Por eso la Palabra dice que debemos seguir confesándola, y sucederá.

# Capítulo 18

## Descartando doctrinas religiosas

La primera vez que fui a la gente de Masai (la gente que no usa ropa), mis modos pentecostales y yo nos sentimos ofendidos. Yo no sabía qué predicar porque había perdido mis notas. Ellos no dijeron: "Tú tienes que ser todo para toda la gente". Si ellos eran espontáneos, hubieran dicho algo como eso. Me sentí tan bien cuando alguien dijo: "Ellos no son tan espontáneos como tú". Tuve que pararme y predicar allí mismo, frente a un público desnudo, ¡y sin notas! Yo he predicado en cincuenta naciones. Tuve una pistola apuntada a mi cabeza, y aun así prediqué. He estado en todo el mundo. Supongo que si el mundo nos ofende, ¿a quién le vamos a predicar? ¿Cómo vamos a ganar la última cosecha? A principios y mediados de los '80 perdimos un grupo de jóvenes que hasta el día de hoy no pondría un pie en la iglesia. ¿Sabe qué es lo que asusta? Todo el mundo está hablando de cosecha ahora. Y encaja en lo que es la Iglesia ahora porque no se trata de lo que hay por fuera si Jesús está dentro. ¿Cómo le va a predicar a gente desnuda? Eso le hará olvidar su religión rápido. Uno no se da cuenta de que tiene religión hasta que viaja. Para el sabio una palabra es suficiente.

Nunca olvidaré lo que me pasó la vez que viajé a cierto país donde conocían todo de mí, mi trasfondo, y aun mis hábitos alimenticios. Uno no puede adivinar qué carne cocinaron. Si alguna vez tuve que acudir al fruto del Espíritu, lo hice profundamente ese día. Porque si tú no comes, los ofendes. Si los alejas de ti, ¿cómo se van a sentar contigo y escucharte? ¿Sabe lo que hice? Me postré ante Dios y dije: "Si tengo que comer cerdo para ganar a esta gente, lo haré". Viajar te cambia. El problema es que nos hemos sentado demasiado tiempo detrás de cuatro paredes que todavía tenemos religión. El hecho de que no podamos hablarle a la juventud en su lenguaje lunfardo es que hay algo mal.

Yo estoy frecuentemente en ruta y realmente lamento perderme de ver crecer a mi hija menor. Zoe, de seis años, es un personaje en sí misma. Yo le dije que iba a escribirle mientras estuviera fuera de la ciudad. Un día ella fue a la escuela y le dijo a su maestra acerca de las señales y las maravillas y las manos de Papá. Zoe dijo: "Señales y maravillas". Su maestra le preguntó: "¿Señales y maravillas? ¿Qué señales y maravillas?" Zoe le contó acerca de los milagros que había visto en las reuniones de Papá. ¿Se puede imaginar si yo tratara de conformar a Zoe a este mundo? Si yo fuera políticamente correcto en la crianza de mi hija, ella nunca alcanzaría a su generación. Nunca alcanzará a su generación si no se puede comunicar con ella. Yo no conozco mucho el lunfardo que habla esta generación. He tratado de escuchar un par de veces y aun no lo entiendo. Yo dije: "Dios, ¿he estado desconectado tanto tiempo?"

Él me contestó: *"No, has estado en medio de mi pueblo por demasiado tiempo. Tienes que salir de allí y escuchar lo que se dice afuera".*

¿Sabe qué le ofende a los jóvenes? Cuando realmente no está con ellos. Si Jesús fuera a un bar nuestra doctrina lo alienaría. Cuando la gente llega a la puerta de la iglesia viene buscando la realidad. Cuando vemos a los jóvenes atados a la droga hay una carencia de realidad; están escapando de la realidad. Ellos saben que la realidad está allí pero no saben bien qué es. Nosotros estamos supuestos a ser eso. No me refiero a "vuestro" o "vosotros". Ellos no entienden ese lenguaje. El mundo no conoce ese lenguaje. ¿Ha notado que cada vez que su médico le habla, la mitad de lo que dice pasa por encima de su cabeza? Él usa todos esos términos médicos elevados, y luego le dice qué significa esto o aquello. ¿Por qué no lo dice desde el principio, en lugar de darle un curso intensivo de anatomía?

# Capítulo 19

## Lo que importa es el corazón

*¡Éste es el más emocionante tiempo de tu vida! Estás al borde de la grandeza, de la gloria, de vigor y fuerza renovados. ¡Puedes decir que la noche se cierne sobre ti, pero el día está rompiendo!*

En asuntos del corazón, hay un camino escabroso para llegar a entender si lo que sentimos es la realidad o el resultado de una fuerte mentira tóxica en la que el corazón ha sido arrebatado. A lo largo de este libro he tratado de llevar su atención al corazón del asunto, que es la simple y poderosa verdad: "El ámbito del Espíritu sostiene unida toda la materia". Este planeta entero, y todo lo que hay sobre él y en él, se sostiene en su lugar por el poder de la Palabra hablada. Juan impactó a la Iglesia primitiva con una poderosa revelación cuando habló en el primer capítulo de su Carta.

Él declaró en JUAN 1:1-5 (RV) *"En el principio era el Verbo, y el Verbo era con Dios, y el Verbo era Dios. Este era en el principio con Dios. Todas las cosas por él fueron hechas, y sin él nada de lo que ha sido hecho, fue hecho. En él estaba la vida, y la vida era la luz de los hombres. La luz en las tinieblas resplandece, y las tinieblas no prevalecieron contra ella".*

Usted no puede separar a Dios de Su Palabra. Los dos son uno en lo mismo. El lógos y la jréma son uno en Dios. El pasaje del texto que habla acerca de las cosas hechas por Él y que nada fue hecho sin Él deja en claro que Él es quien hizo la creación. Él la diseñó. Él fue quien habló todo a la existencia. Y todo lo que Él ha hecho respondió al timbre de Su voz. Antes de que Él declarara la materia, no había materia. Después de que creó la materia, tenía el poder sobre Su creación para hacer que haga lo que sea que quisiera. A la materia no se le ha dado el poder de elegir qué hacer. No tuvo un acceso azaroso a la voluntad. Existió. Esperó hasta que su Creador le dijera qué hacer. Como un escultor que se acerca a un trozo de mármol y asesta el primer golpe en el proceso de transformar un bloque de piedra en una estatua, el mármol está allí, esperando el golpe comandante que declare en qué se convertirá.

No podría ponerse mejor, aun si se le diera la opción, porque un Creador perfecto ha creado algo perfecto. Imagine esto. No había espacio, y entonces fue el espacio. ¿Qué había antes del espacio? ¡Él! Imagine que no hay constelaciones, galaxias o agujeros negros. ¿Qué había antes de eso? ¡Él! Nada, absolutamente nada fue hecho sin que Él lo hiciera. Pero nuestro intelecto caído se rebela contra estas verdades porque no podemos imaginar que algo salga de la nada. Sin embargo, cuando el hombre tiene una idea, ¿de dónde viene? ¿De dónde viene la invención de las cosas que hace el hombre? De la nada. Eran pensamientos creativos. Sin embargo, de esas ideas vinieron las cosas que usamos hoy. Si el hombre, que tiene un intelecto caído, que es imperfecto, puede crear cosas que requieren el uso de la materia que Él creó, ¿por qué no podemos creer que Él podría crear algo que nosotros necesitaríamos más tarde cuando Él nos creara? ¿Crearía Él un ser creativo sin crear aquellas cosas necesarias para que ese ser creativo pudiera crear con ellas?

HEBREOS 11:3 (RV): *"Por la fe entendemos haber sido constituido el universo por la palabra de Dios, de modo que lo que se ve fue hecho de lo que no se veía".*

Se necesita fe para entender la mentalidad creativa de Dios. Si usted no posee fe, no puede comenzar a entender cómo Él usa Su voz para hacer su armazón. Escuche esto en su hombre espiritual. Los mundos –plural– fueron formados por la Palabra de Dios. La interpretación de este pasaje abarca no sólo otros planetas, sino todas las otras dispensaciones y edades. En cada uno de esos mundos "enmarcados" habrá materiales distintivos que se designarán a medida que aparezcan en ese marco distintivo. Había un hombre en Inglaterra cuyas visiones proféticas desdeñaban la afirmación "todas las cosas son paralelas". Ahora coloque esto en su hombre espiritual. En lo natural hay tiempos de asombrosos avances en varios frentes. Pero debe establecerse que si esta afirmación es cierta, que todas las cosas son paralelas, entonces deberían haber asombrosos avances en el ámbito espiritual al mismo tiempo que suceden en lo natural.

Ahora, vayamos a la otra parte del versículo: "de modo que lo que se ve fue hecho de lo que no se veía". Es obligatorio que se de cuenta del poder de este texto. La materia o material utilizado para hacer las cosas que no eran visibles era invisible. ¿Cómo será esto? Es realmente muy sencillo. Si Él está creando de Sí mismo entonces el material o la materia que usa sale de Su parte invisible. Él sabe que está ahí, pero no necesita hacer una pila de material para luego ensamblarlo. Él hace un diseño previo y produce una manifestación, la cual es una reflexión de algo que ya existe en el pasado eterno, y aun así, es visible ahora.

Hay una antigua historia que habla de un joven que estaba en un encuentro de boxeo. Estaba recibiendo una gran golpiza y cuando llegó al último round su entrenador le dijo que estaba perdiendo la pelea, y que era tiempo de buscar muy dentro de él para sacar ese golpe de knockout. Cuando sonó la campana, el joven salió rugiendo de su esquina, y sorprendió a todo el estadio derribando a su adversario en seco y ganando el encuentro. Cuando le preguntaron cómo hizo esto después de todos los rounds que supuestamente había perdido, él respondió: "Sólo busqué en lo profundo de mi ser y encontré ese golpe que sabía que lo dejaría tendido en la lona". Cada

*busqué en lo profundo de mi ser el golpe de mi Victoria*

vez que Dios buscó dentro de Sí mismo, sacó algo que nunca antes se había visto u oído. Era algo distintivo de Dios.

## *"La materia debe obedecer nuestros comandos".*

Dios hizo al hombre a Su propia imagen. Eso significa que tenemos poder sobre la materia. Ésta debe obedecer nuestros comandos. ¿Por qué? Porque fuimos hechos superiores a la materia. Esto no se trata de que la mente sea sobre la materia. Estamos hablando acerca de la autoridad del ser que Dios creó a Su imagen. El diseño fue que el hombre y la mujer tuvieran dominio sobre la Tierra. Eso significaba todo. El dominio sobre el mundo vegetal, la tierra firme, el reino animal y cualquier cosa creada, o hecha, por Dios. El hombre fue hecho para tener autoridad para dominar el medio ambiente. Hasta que Adán y Eva pecaron, hicieron eso exactamente. Gobernaron con Dios sobre las cosas que Él creó.

Dios tomó el polvo de la tierra, que era su material previamente diseñado que salió de Su ser invisible, y formó al hombre. Luego, sopló el aliento de vida, que también era algo que estaba dentro de Él, sobre el hombre. El hombre se levantó en un estado glorificado, no porque fuera su elección, sino porque era Su diseño. Imagine el primer instante en que Adán miró el rostro de Dios, las primeras palabras que salieron de su boca hacia su Creador. ¿Qué dijo? ¿Cuál fue su reacción? La Palabra establece que fuimos creados para Su placer. Esa palabra siempre indica adoración. No puedo imaginar que Adán no se inclinara delante de Él y lo adorara. Tenía Su mente en él, así que Adán intrínsicamente sabía lo que se esperaba de lo creado. ¿De qué otra manera iba a saber qué nombre ponerles a los animales y cómo ellos responderían? ¿De qué otra manera sabría cómo atender el jardín sobre el cual Dios le había dado dominio? ¡La mente de Dios! ¡Imagina lo que es hablar con Él cara a cara y no morir! Adán y Eva caminaron con Él cada día cuando refrescaba. ¿No se pregunta por qué Dios esperaba a que estuviera fresco? Eso significaba que el sol se estaba poniendo y que el proceso de polinización y la reproducción que sucede en la luz del día se iban a descansar. Las abejas ya no merodeaban zumbando de flor en flor, el ganado en las laderas de las colinas ya había comido hasta hartarse, la oveja y el león descansaban juntos en paz al final del día. La noche era para la tierra, y la tierra comenzaba a descansar con Él. Toda la Creación miraba cuando Dios, Adán y Eva caminaban a través del huerto observando el crecimiento de todo a su alrededor. ¿Puede ver cuando se estiraban para tocar la cabeza del tigre, las escamas del rinoceronte, el suave descenso de las aves en el aire? Toda la Creación adoraría al Creador mientras pasaba. No adoraba a Adán y a Eva, porque ellos también estaban arrebatados en la sinfonía de alabanza a Aquel que los había llamado desde Su mismo interior al ahora.

Entonces, una simple conversación derribó todo por tierra. Un pensamiento Anti-Dios. Una pregunta crearía tal agitación que todo lo que Él había creado sentiría el impacto desde ese momento en adelante. El sueño de tener fraternidad con Sus creaciones se vería teñido por un simple acto de desobediencia. Un animal no estaba actuando como todos los demás. Éste parecía diferente; como si hubiera perdido el deseo de adorar al Creador. La serpiente, de algún modo, había aprendido el arte del engaño. El árbol del Conocimiento del Bien y del Mal estaba prohibido para Adán y Eva. ¿Por qué? Porque era una parte de Él que no quería que probaran. No quería que ellos tuvieran que cargar con el peso de ese conocimiento. Dios sabía lo que ese conocimiento les haría. Los haría envejecer, los desgastaría, les causaría dolor y sufrimiento. Él sabía cómo tener dominio sobre el mismo porque era parte de Su conocimiento. Sin embargo, con todo lo que había a su alrededor, ellos quisieron más; quisieron ser iguales. Parecía lógico. Eran tan parecidos a Él como podían serlo. ¿Por qué no tener el mismo conocimiento?

Llegaron al decreto de destierro. Nunca más entrarían al Huerto. No volverían a hablar con Él. Aquel sueño se había terminado, y la pesadilla había comenzado. El nacimiento se convirtió en una experiencia traumática de nueve meses de labor. Cada vez que Adán fuera a cavar la tierra tendría que sudar y debilitarse. Donde una vez reinara el amor, ahora el odio estaba presente. El sol parecía más caliente y las noches pasaron de frescas a frías. Todo a causa de la sed de conocimiento.

## "¡Lo espiritual sostiene la materia unida!"

¿Puede ver que esta relación, que Él creó en un principio, es la misma que reinstaurará cuando vuelva por Su Novia? Él quiere caminar con el hombre y la mujer en la frescura del día una vez más. Él quiere lo que una vez fue. Algunos teólogos argumentan que si Dios era todopoderoso, ¿por qué no hacer una creación que no tuviera la capacidad de elegir entre lealtad y amor? Personalmente, creo que ése es uno de los conceptos más ignorantes que haya escuchado. El raciocinio lógico está tan disminuido en ese argumento. Él ya había creado ese escenario. Sólo mira alrededor de Su trono. Las criaturas vivientes fueron hechas por el propósito distintivo indicado en la Palabra. Continuamente cumplen su diseño.

Dios quería, y todavía quiere, una relación con aquellos que Lo amen, como Él los ama. Simple y sin complicaciones. Dios creó al hombre y a la mujer con una mente, una voluntad y emociones en un cuerpo glorificado con la opción de elegir ser obediente o desobediente. Cuando vino la tentación, ambos eligieron comer del árbol del Conocimiento del Bien y del Mal. Enfaticemos la palabra "conocimiento".

¡Lo espiritual sostiene la materia unida! El Señor me dio esta asombrosa revelación hace pocos días atrás. Cuando el Señor me dijo esto, entendí por qué los milagros van a explotar en todas partes.

Él dijo: "Lo espiritual sostiene la materia unida. En el ámbito del espíritu, la materia cambia, porque ya no tiene nada que la sostenga".

Cuando un jardinero decide desarraigar una planta o un árbol que ha estado en el suelo por un largo tiempo, siempre entra en consideración el sistema de la raíz. Si él planea replantar la planta, removerá tanto del suelo circundante como le sea posible para asegurarse de que la planta no entrará en shock cuando sea replantada. Si la planta va a ser removida y descartada el jardinero simplemente jala desde la parte de debajo de la planta y saca tanta raíz como puede. Si realmente quiere que esas raíces rotas no vuelvan a crecer tendrá que insertar un agente que mate las raíces. Incluso así, no hay manera de que pueda saber si las mató todas. Sólo cuando llega la primavera al año siguiente puede discernir si el sistema de raíces fue realmente destruido.

Muy a menudo, en situaciones espirituales donde estamos removiendo un sistema de raíces de incredulidad adoctrinada, religión, denominación, teología teórica o ideología perversa, lleva un tiempo realmente discernir la condición del desarraigo. Aquí es donde la fe debe pararse firme en la cara burlona del enemigo. Mientras la naturaleza Adámica diría que aún está en gobierno, el hombre espiritual debe levantarse en el poder de su posición en Cristo y declararla muerta. Creer es una cosa, declarar es otra. Hay poder en la declaración. En algunos casos, la declaración debe ser hecha a menudo para recordarle su derrota a la naturaleza Adámica.

Mientras lee este libro, Dios ha estado lidiando con muchas raíces en su sistema de creencias. Le ha llamado a arrancar muchas de estas raíces mortales con el fin de que pueda cumplir Su plan divino para su vida. Por muy doloroso que pueda parecer en el momento, esto es precisamente lo que debe hacer para llegar a ser victorioso. Cuando cierren las páginas de este libro, muchos serán tentados a descartar su contenido y alejarse de la corrección que ha comenzado en ellos. ¡Les ruego, en el nombre de Jesús, que no lo hagan! Ha estado buscando una relación nueva y fresca con Él. Ha dicho que tiene que haber más en el Reino de los Cielos, y con la lectura de estas páginas ha encontrado la clave para acceder a esa abundancia en Él. No sea como la esposa de Lot, y no mire atrás. Apunte su rostro hacia los

Cielos, hacia la gloria de Dios e inspire el viento fresco de Su Espíritu. Deje que sature su mismo ser. Recuerde, Él lo ha plantado en nuevo suelo. No hay miedo de un shock espiritual más adelante. Él está esperando que crezca hasta ser la Novia que busca. Quite las manchas y las arrugas de sus vestidos, lávelos en Su sangre hasta que queden blancos, y prepárese para encontrarse con su Novio. Él lo está esperando. ¡Crezca!

*Interesante ORACIÓN*

"Padre celestial, declaramos que se cortan las raíces de comportamientos adictivos, de espíritus de enfermedad, de todo lo que trata de exaltarse a sí mismo contra el conocimiento de la gloria de Dios. Ponemos el hacha a la raíz del problema y declaramos: "Sin raíz no hay fruto". Elegimos entrar al dominio mayor de Dios. Decimos que somos libres para vivir en el ámbito superior de los milagros por el Espíritu, y la palabra concuerda con que todo aquel que el Hijo libertare será verdaderamente libre, en el nombre de Jesús. ¡Amén!"

# Capítulo 20

## Avivamiento y cosecha

*"El avivamiento no se puede organizar, pero podemos levantar nuestras velas para agarrar el viento del Cielo cuando Dios quiera soplar sobre Su pueblo una vez más".*

G. Campbell Morgan

Conocer la diferencia entre avivamiento y cosecha cambiará su mundo. Debemos discernir la diferencia entre el programa para cosecha y el programa para avivamiento. El avivamiento es el lugar para llenarse de poder. Pero no viva en el Aposento Alto; tiene que salir y levantar la cosecha. Si no vamos afuera y tomamos la cosecha, entonces la experiencia del Aposento Alto es en vano. No nos damos cuenta de que estamos ungidos y señalados para sacudir este mundo, no con teoría, doctrina o razonamiento mental, sino con señales, maravillas y milagros. Entonces nuestra experiencia en el Aposento Alto no será en vano. Perdone mi atrevimiento, pero seamos honestos. Algunos de nosotros hemos estado en el Aposento Alto por años, pero perdimos la cosecha y nuestras familias se están yendo al Infierno. Nosotros seguimos adelante y creemos que va a suceder. Tengo noticias para usted. Jesús viene, no por una Iglesia en programa de avivamiento, sino por una Iglesia en programa de cosecha. Ésta es la hora en que Dios está levantando obreros. Yo soy un obrero. El dilema en la Iglesia es que miramos a aquellos que trabajan y terminamos no trabajando nosotros. Con base en eso, permítame hacer esta declaración otra vez: "No hay nada en este momento, no importa de qué país sea, que no tenga significado divino". Él se está moviendo en la cosecha y nosotros debemos ser sensibles a lo que el Espíritu está diciendo.

¡Saber que Dios lo está haciendo! Dios nos habla a través de pensamientos. ¿Cuántos de ustedes han tenido esa experiencia en que, de repente, su pensamiento es cancelado y algo que no estaba pensando, algo inimaginable, simplemente entra? Es como si de repente concibiera los pensamientos de Dios. Él puso esto en mi espíritu justo antes de que cambiáramos de siglo.

El Señor dijo: *"Hay una mayor atmósfera de milagros"*. Yo dije: "Señor, yo lo sé". Y Él respondió: *"Las más grandes manifestaciones de milagros no se verán en Pentecostés como las han conocido"*. Yo dije: "Señor, no entiendo. ¿Por qué?" Entonces Él me dijo que hemos llegado al punto en que sabemos como encasillarlo. Sabemos cómo hacerlo funcionar, empacarlo, y cuando Dios viene y hace algo nuevo, no nos damos cuenta de que nos hemos vuelto controladores. Esto realmente puede bloquear lo que Dios está por hacer.

Yo entendí al instante. Cuando el avivamiento recién golpeaba la Iglesia, interrumpió la atmósfera de la Iglesia. Mientras esa atmósfera no se rompa, el avivamiento no puede mantenerse en la Iglesia. Cambiará radicalmente la atmósfera de la Iglesia y creará un hambre por algo fresco y nuevo.

El Señor me dijo: *"Los mayores milagros que están a punto de suceder no serán del modo convencional. No serán a través de personas convencionales, como lo has visto hasta ahora. Este movimiento que estoy haciendo en la Tierra no tendrá punto de referencia. Lo que estoy haciendo en la Tierra antes de Mi retorno no necesitará un punto de referencia. La única referencia será el Trono"*.

¡Lo mayor está a punto de explotar! Ninguno de nosotros tiene idea de lo que está por manifestarse en la Tierra. Ningún ojo lo ha visto, ningún oído lo ha oído... Ni siquiera ha entrado a nuestro corazón todavía todo lo que Dios está por hacer en la Tierra...

1 Corintios 2:9 (RV) *"Antes bien, como está escrito: Cosas que ojo no vio, ni oído oyó, ni han subido en corazón de hombre, son las que Dios ha preparado para los que le aman".*

Usted cree que la manifestación sobrenatural de señales y maravillas inusuales es una cosa pero lo mayor todavía está por venir. Lo mayor se está cerniendo sobre la Iglesia y está comenzando a desatarse y usted lo verá. Dios está a punto de explotar en una demostración de señales y maravillas que dejará a la Iglesia sin palabras. Todavía no hemos visto nada. Nunca ha venido un tiempo como el de ahora, donde los Cielos y el mundo espiritual estén tan alineados con la Tierra con ahora. Se puede oler en la misma atmósfera. Hay una expectativa en el aire que se corresponde con los Cielos por lo que Dios quiere hacer en la Tierra. Estamos al borde de ello.

¡Estamos en tiempo suplementario! Cuando entremos en enero de 2001, el Señor me mostró sellos sobre la Iglesia. Uno de ellos es el de las finanzas. Uno es de milagros creativos, y otro es de conocimiento revelado. Estoy viendo el plan y el ciclo de Dios. Esto es tan diferente de cualquier otro tiempo, porque ahora estamos en tiempo suplementario. Por eso nadie puede decirle lo que va a suceder. Estamos en tiempo suplementario. ¿Me pregunta por qué? Ya casi hemos cumplido los días de acuerdo con el tiempo. Las cosas están siendo reveladas ahora. Por eso la Biblia usa la palabra dispensación, que significa "un período de tiempo revelado".

¡Conocer los actos sobrenaturales de Dios es un deber para los vasos puestos en la Gloria! La única manera de saber lo que está sucediendo en la Tierra ahora es la revelación. Usted está llegando a un punto en que escucha la voz profética como nunca antes.

La Biblia dice en Amós 3:7 (RV): *"Porque no hará nada*

*Jehová el Señor, sin que revele su secreto a sus siervos los profetas".*

Si hay una hora en que los profetas van a soñar, si hay una hora en que los profetas van a ver visiones, si hay una hora en que los profetas van a recibir la visita de Sus ángeles para decirles lo que vendrá, es la hora que estamos viviendo.

Inmediatamente después de la caída las cosas estaban tan alineadas con la Tierra. El mundo espiritual comenzó a caminar entre los hombres. Ahora es el tiempo en que los ángeles comenzarán a entrar en las iglesias y a sentarse con usted. Tendrá un espíritu aquí y un espíritu allá. Sólo recuerde que hay ángeles enviados para este período de tiempo a ayudar a la Iglesia a llevar la cosecha. Éste no es momento para jugar. No es tiempo para ocuparse en lo usual. Es hora de que la Iglesia se componga. Yo creo que habrá milagros a todo lo ancho de la ciudad. Creo que habrá milagros a todo lo ancho del estado. Los milagros, literalmente, sacudirán una ciudad y un estado. Creo que un milagro pondrá a los oficiales de gobierno de rodillas pidiendo una explicación de este movimiento divino. ¡Dios no se guardará nada en este tiempo!

## "Lo profético será diferente de lo que hemos conocido".

El Espíritu Santo es el punto de referencia. El diablo está soltando todo lo que tiene en su arsenal contra la Iglesia. ¿De verdad cree que está en los planes de Dios retener u ocultar todo de la Iglesia? ¿Aquello por lo que ha orado, lo que usted ha profetizado? Si nos quedamos en lo que Dios nos ha llamado a hacer seremos partícipes de las señales y las maravillas que la Tierra jamás ha visto antes. Hay algunas cosas de las que estás sucediendo ahora mismo de las que no podemos hablar, porque nadie será una autoridad en el tema. ¿Sabe quién es la máxima autoridad? ¡El Espíritu Santo! Por eso Él va a ser el punto de referencia para todo lo que ocurra en la Tierra.

230

*Contestemos esta pregunta de acuerdo a la Palabra de Dios? ¿Qué es? ¿Quién*

¡Nuestro conocimiento es por revelación!

El Señor me dijo: *"La inteligencia va a ser reveladora pero el vocabulario será profético. Lo profético será diferente de lo que hemos conocido".*

Cuando le pregunté de qué manera sería diferente me respondió:

*"Por mucho tiempo Mis siervos han preparado la marea. El momento en que sale de sus bocas, es en la Tierra. Inconscientemente están buscando eso en el futuro pero no tienes que buscar en el futuro el brazo que te falta. No tienes que buscar en el futuro los ojos que te faltan. No tienes que buscar en el futuro nuevas partes para tu cuerpo. ¡Es aquí y ahora! ¡Es aquí y ahora!"*

¿Cómo podemos poner algo en un marco de tiempo que ni siquiera está garantizado? Lo único garantizado es el aquí y ahora; no mañana, no el próximo año. Inconscientemente, estamos entrenados para buscar algo mucho más allá, que se cierne sobre la Tierra. Dios quiere que seamos tan valientes como para tomarlo ahora.

¡La inteligencia del Milenio será de revelación! El trono está despachando manifestaciones que se ciernen sobre la Tierra al mismo tiempo que usted lee esto. No estamos entrando en ellas. La inteligencia del Milenio será de revelación pero el vocabulario será profético. Por eso, a veces, no hablamos para hacer que algo suceda ahora. Estamos hablando las cosas mientras suceden. Si cree que algo ha ocurrido debe actuar así. Se supone que alabe. No se supone que actúe como si esto todavía estuviera viniendo. Está AQUÍ y es AHORA… esa nueva dimensión de fe.

Veo una nueva dimensión de fe que viene a la Iglesia; una fe que la Iglesia no había conocido antes; una fe que está siendo vista aquí y ahora. Va a entender lo que Jesús tenía en mente cuando dijo: "Yo sólo hago lo que escucho y lo que veo".

*no han venido a escuchar un sermón, han venido a VER un SERMÓN.

LA ETERNIDAD INVADE EL TIEMPO

JUAN 5:19-20 (RV) *"Respondió entonces Jesús, y les dijo: De cierto, de cierto os digo: No puede el Hijo hacer nada por sí mismo, sino lo que ve hacer al Padre; porque todo lo que el Padre hace, también lo hace el Hijo igualmente. Porque el Padre ama al Hijo, y le muestra todas las cosas que él hace; y mayores obras que estas le mostrará, de modo que vosotros os maravilléis".*

Ahora puede entender por qué la inteligencia tiene que ser de revelación. Si lo ve, existe, y si lo puede llamar, está enmarcado. Algunos de nosotros ahora estamos altos en visión pero bajos en el enmarcado. Permanece allí y mientras no declaremos lo que vemos, se queda allí. Puede quedarse allí por otros diez, veinte, treinta, cuarenta, cincuenta años hasta que alguien decida declararlo.

Hay cosas que la Iglesia nunca ha visto. Hay nuevas manifestaciones viniendo a la Tierra. Hay una nueva dimensión viniendo a la Iglesia. Por eso es que no puede quedarse sentado en la Iglesia. Dios ha puesto una nueva expectativa en su espíritu. ¿Puede decir honestamente que tiene una expectativa para lo nuevo en señales, maravillas y milagros? ¿Sabe por qué nunca antes tuvo la expectativa? Porque no lograba ver cómo podía ser posible. Ahora puede ver que lo es y su expectativa está subiendo.

Nunca olvidaré la reunión que tuve en Inglaterra, en un lugar llamado Watford. Me pidieron que predicara tres noches consecutivas en una Iglesia de Dios.

Dios me dijo: *"No predicarás ni una sola palabra".* Yo le pregunté ¿por qué? *"La gente no ha venido a escuchar un sermón; ha venido a ver un sermón. Te sentarás y no hablarás ni una palabra, y Yo sanaré a toda la iglesia".*

Recuerdo claramente que me senté en aquella reunión y que mi esposa, Marina, me miraba como diciendo: "Toma el micrófono, Renny. La gente está comenzando a ponerse nerviosa". Entonces el Señor dijo a mi espíritu:

Éxodo 33:15 Y Moisés respondió: Si tu presencia no ha de ir conmigo, no nos saques de aquí.

*"Las manifestaciones deben ser invitadas. Cuando son invitadas, tienen que ser contenidas. Si no entras en ellas, verás que las manifestaciones se levantan".* El Señor dijo: *"Ponlos a adorar".*

Mientras adorábamos al Señor, vi que una nube descendía sobre la reunión y cubría todo el santuario. Todo el mundo estaba adorando. La gente en silla de ruedas se levantaba, sana. Los huesos se formaban y no se había hecho ni una oración. Los tímpanos se formaban; las piernas crecían de cuatro a cinco pulgadas, sólo por estar en la presencia del Señor.

El Señor me dijo: *"La adoración es una afirmación de que estoy presente. Por eso es que cuando soy afirmado tengo que manifestarme".*

Yo me senté y subieron las sillas de ruedas una por una. Subieron los aparatos para la audición. La plataforma se llenó de aparatos para la audición, lentes para los ojos, bastones y muletas. La gente decía: "Cuando te paraste y dijiste: 'El Señor va a ministrar', supimos que sólo podía ser Dios, por el modo como sucedió todo". Recuerdo claramente que me quedé sin habla y me fui a sentar. De inmediato, la nube del Señor vino sobre la congregación. Ellos vieron a Jesús sentado a mi lado. Él se puso de pie delante de ellos con Sus manos levantadas y el pueblo lo escuchó audiblemente decir: *"Levántate y sé sano".*

Toda la congregación se puso de pie y fue sanada. Había una mujer allí con 22 enfermedades en su cuerpo. Ella se puso de pie cuando Jesús se paró y dijo: "Levántate y sé sano". Más tarde, cuando fue al médico, los resultados de las pruebas mostraron que las 22 enfermedades se habían desvanecido. Los doctores reportaban que los cánceres habían sido sanados. 28 casos fueron sanados en una noche y no se hizo ni una oración. Cuando volví a la habitación del hotel, el Señor me dijo: "¿Quieres ver eso otra vez?" Yo le dije: "Señor, quisiera ver más que eso".

Él dijo: *"A través de los tiempos le he dado a cada hombre y mujer un anticipo del ámbito que vendrá sobre la Tierra, y éste es uno de esos anticipos"*.

La gente quiere saber si Jesús está en la casa. Nos estamos acercando a un tiempo en el que no nos va a importar si oímos o no un mensaje. Nuestro interés será si Jesús está o no en la casa.

Y dijo más: *"Ya no habrá más personalidades de hombre. Será Mi personalidad en la casa. Las señales y maravillas y milagros serán la norma, pero Mi pueblo saldrá de las personalidades, y se acercará a Mí"*.

No me importa si nadie me impone manos. Hoy, la mayoría de nosotros busca un ser terrenal que la afirme, entonces no entra en la presencia de Dios por sí misma. El hecho de que entre a Su presencia  significa que es afirmado. El hombre fue expulsado de esa presencia en la caída de Adán. El hecho de que nos paremos en Su presencia y tengamos acceso a verlo como es debería ser suficiente afirmación. No podríamos desear mayor validación que la del Rey de reyes y Señor de señores. Vamos a tener servicios donde los seres angelicales caminarán en los servicios y escoltarán a Jesús a los servicios de adoración. Lo veo al mismo tiempo que lo hablo aquí.

La alabanza desata las visitaciones angelicales, preparando el camino para que más seres angelicales entren a los servicios. Vendrán Glorias a las reuniones y no sabremos cómo contenerlas. Todo lo que podemos hacer es pararnos allí con los rostros descubiertos, observando la Palabra como un espejo, y seremos transformados de una Gloria en otra. No podremos acampar nuestras tiendas en Glorias pasadas. Ésta es la razón por la que toda Gloria pasada es eclipsada por la presencia de la nueva. Lo nuevo siempre lleva a una consciencia mayor que en el ámbito previo. No se da cuenta de que  está en el nuevo ámbito hasta que ya está en él. No es algo que pueda estudiar. Es algo que tiene que experimentar. No lo sabe hasta que lo hace. La experiencia hará algo por usted que nada más hará.

Los misterios de Dios están hablados en códigos. Quiero que note cómo Pablo lo dijo en 1 CORINTIOS 2:7 (RV) *"Mas hablamos sabiduría de Dios en misterio, la sabiduría oculta, la cual Dios predestinó antes de los siglos para nuestra gloria"*.

Déjeme parafrasearlo de otra manera. Si alguna vez hubo una hora en que los códigos serán revelados es ahora. Estoy hablando de las cosas en el Espíritu que de hecho están codificadas. Por eso es que, a veces, cuando alguien habla debe oír algo que ni siquiera sabía que estaba diciendo. Es la respuesta a su oración. Es la respuesta a su situación y estaba codificada. La persona no supo que lo estaba hablando. Voy a decir esto en el ámbito del Espíritu. ¡La revelación precede a la manifestación! Hay manifestaciones del Espíritu que están codificadas. No pasan sólo por pasar. Están divinamente codificadas. Jesús fue enemigo de los fariseos porque sólo Él conocía el código. En la Hebraica se transmite la idea de que quien se mueve en señales, maravillas y milagros no puede caminar sin la revelación divina. No hay manera de que pueda tener revelación sin tener señales y maravillas. Es imposible. No hay revelación sin una manifestación. La manifestación confirma que la revelación vino de Dios. Por eso es que los fariseos miraron a Jesús y dijeron: "Sabemos que vienes de Dios por las cosas que dices, porque nadie más las dice. Nadie más las sabe". Jesús habló en código.

Muchos de ustedes han dicho algo en una reunión y desataron una nueva ola de Dios. ¿Alguna vez notó que usamos la frase: "¿Fue algo que yo dije?" Oh, sí, lo es. Hay momentos en el ministerio de sanidad en que algo sale de usted, y usted sabe que debe dejar de predicar porque la presencia de sanidad está allí. Fue algo que dijo. Como enseñaba Jesús, el poder de Dios estaba presente para sanar. ¿Sabe por qué el diablo odia el conocimiento revelado?

Porque la Biblia dice en OSEAS 4:6 (RV): *"Mi pueblo fue destruido, porque le faltó conocimiento. Por cuanto desechaste el conocimiento, yo te echaré..."*.

III

## *"El intelectualismo se ha convertido en el medio por el cual determinamos nuestra realidad".*

IIIIIIIIIIIIIIIIIIIIIIIIIIIIIIIIIIIIIIIIIIIIIIIIIIIIIIIIIIIIIIIIIIIIIIIIIIIIIIIIIIIIIIIIIIIIIIIIIIIIIIIIII

Por qué la gente no quiere el conocimiento revelado es algo que me supera. Sin ella no hay llenura de poder. En lo natural, quedamos atrapados en el razonamiento mental. Recuerdo claramente cuando el Señor puso esto en mi espíritu. "El intelectualismo se ha convertido en el medio por cual determinamos nuestra realidad". Creo que es así como nos reprimimos de entrar en el ámbito del Espíritu. No es de extrañar que la Biblia nos diga que tenemos que renovar nuestra mente.

> ROMANOS 12:2 (RV) *"No os conforméis a este siglo, sino transformaos por medio de la renovación de vuestro entendimiento, para que comprobéis cuál sea la buena voluntad de Dios, agradable y perfecta".*

Lo que va a suceder está más allá del razonamiento mental y más allá de su doctrina porque no hay doctrina que apunte a lo que será.

Le diré quién va a ser el punto de referencia. Es el Espíritu Santo. Cuando esto comience a pasar y se convierta en la norma encontrará a du intelecto menguando. Verá que es más y más fácil entrar y salir del ámbito del Espíritu. Sabrá cómo entrar y salir sin dificultad. Entrará a la eternidad y traerá algo de la eternidad al tiempo. Su cabeza no se interpondrá en el camino. El intelectualismo se ha convertido en el medio por el cual determinamos lo que es real. Si viviéramos en los tiempos en que la cabeza del hacha volaba, la gente hubiera dicho que era brujería. ¿Quién dijo que Dios no podía hacer volar la cabeza de un hacha o hablar a un burro? Yo no sé qué dice su doctrina o sus ordenanzas. Nuestro adoctrinamiento es un intelecto que niega las manifestaciones espirituales extremas. Decimos: "¿Cómo será esto Dios?" Hermanos, yo no sé cómo partió el Mar Rojo. No sé si sacó Su lengua, si plantó Su pie o levantó Su mano. Todo lo que sé es que partió el Mar Rojo. Debemos llegar al punto en que no nos importe cómo somos sanados o liberados, siempre que sea a la manera de Dios.

Si existe un tiempo en que Dios va a dar visiones sobre Sus manifestaciones, es ahora. Debemos retomar las cosas que Él está mostrando. Cuando se las muestra a la gente, debemos llamarla adelante, y cuando comencemos a llamar, las cosas comenzarán a suceder. El problema con muchos de nosotros es que nos sentamos a esperar que suceda. La inteligencia del Milenio es la de revelación. Aquí es donde lo viejo entra en conflicto con lo nuevo.

La comprensión del primero, segundo y tercer día remapearán nuestra mente. Somos gente del tercer día atrapada en una comprensión del primer día. Todavía estamos en la infancia. Esto funciona así: si yo hago algo un poquito diferente a ti, tú te ofendes. No tenemos el entendimiento del segundo día donde ungimos a un hombre o una mujer como Dios lo desea. Él los usará según Su voluntad. Pablo dijo: "Cuando era niño (entendimiento de primer día) actuaba como niño. Pero cuando me hice hombre dejé atrás los pensamientos infantiles". ¿Sabe lo que nos lleva al pensamiento del primer día? Gente etiquetada. Este movimiento de Dios no tiene limitaciones denominacionales. No es pentecostal, no es bautista, no es metodista ni presbiteriano. Este entendimiento del primer día nos ha educado en diferencias e ismos. Por eso es que cuando Dios trae una nueva voz la Iglesia no puede lidiar con ello, porque los nuevos son más espirituales que aquellos que han estado allí por años. Aquellos que entran frescos por la puerta tienen menos religión que atravesar.

Dios va a levantar gente que no sea necesariamente conocida. Es la generación que yo estoy buscando. No estoy buscando una generación que sepa ser agradable, o que sepa hacer sus "íes" y cruzar sus "tes". Hay un grupo de gente remanente que conoce el trono de Dios. Estoy harto de escuchar acerca de la necesidad de una buena doctrina. El avivamiento rompió con el entendimiento del primer día. En el Aposento Alto pensaban que esto que sucedía era judío. Este movimiento de Dios va más allá de la liturgia, o de lo pentecostal, o de las líneas denominacionales. ¿Sabe lo que hizo el entendimiento del primer día? Nos enseñó a juzgarlo todo. Aquellos de ustedes que han viajado por el mundo saben que esto es cierto. Debemos cambiar nuestra mentalidad. Hay un desafío en frente de nosotros en estos últimos días. El desafío es superar el 8% de intelecto de la mentalidad Adámica y estimular la mente eterna de Cristo.

Mis queridos amigos:

Quise tomar este último momento para compartir algo desde mi corazón. Las palabras no pueden expresar la gratitud y el agradecimiento en mi interior por todas las maravillosas expresiones de amor que nuestra familia ha recibido durante los últimos años. Los testimonios maravillosos de la gente alrededor del mundo que ha sido impactada por las revelaciones en este libro han logrado que mi corazón se regocije.

Tal vez hayas llegado al final de este libro, pero la jornada hacia los Cielos recién comienza. Sabes que el tiempo ha caído. Estás más consciente de Su poder AHORA que nunca antes. Debe ser muy emocionante saber que acabas de salir del mundo de la religión y de entrar en el eterno ámbito de lo sobrenatural del Creador del Universo. Nunca más volverás a conformarte con el statu quo de mediocridad. Estás en un nuevo día, el tercer día de consciencia de que algo asombroso está a la vuelta de la esquina.

Mientras planeas tu agenda para este año, no te olvides de hacer separar un tiempo para asistir a una de nuestras reuniones en algún área cercana a ti. Nuestra cumbre internacional en Texas está llena de líderes de todo el mundo. El nivel de adoración es sin precedentes, el nivel de revelación está fuera de todo, ¡y los amigos que puedes hacer son eternos! Tienes que hacer planes para asistir. Me encantaría conocerte en persona, estrechar tu mano y decirte lo mucho que aprecio tus oraciones y tu respaldo.

De mi parte, y de parte de Marina, Maranatha, Caleb y Zoe, es nuestra oración que continúes en la Gloria de Dios todos y cada uno de los días de tu vida, hasta Su regreso. Recuerda, ¡vamos de Gloria en Gloria! ¡Alab-A-Lei-Lu-Ya!

*Dr. R. G. McLean*